U0661770

CENTURY
CLASSIC PROSE

百年经典散文

谢冕◎主编

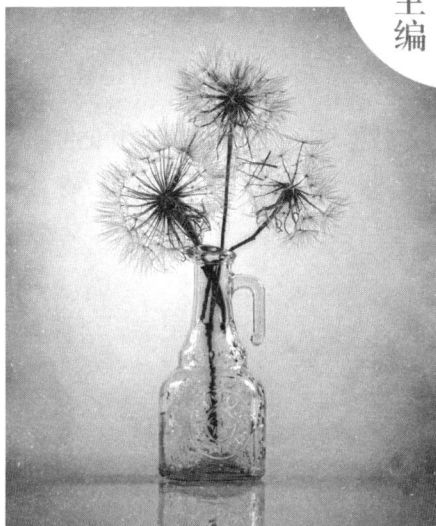

游踪漫影

著名特级教师王岱联袂推荐——
著名作家黄蓓佳，著名文学评论家孟繁华、王干，

聆听大家心语，沐浴经典成长。

山东人民出版社

全国百佳图书出版单位 国家一级出版社

图书在版编目（CIP）数据

游踪漫影 / 谢冕主编 .— 济南：山东人民出版社，2014. 5（2023.4重印）
（百年经典散文）
ISBN 978-7-209-05705-9

Ⅰ.①游⋯ Ⅱ.①谢⋯ Ⅲ.①散文集—中国—近现代
Ⅳ.①I26

中国版本图书馆 CIP 数据核字（2014）第 019958 号

责任编辑：孙　姣

游踪漫影

谢冕　主编

山东出版传媒股份有限公司
山东人民出版社出版发行
社　址：济南市舜耕路517号　邮编：250003
网　址：http://www.sd－book.com.cn
市场部：（0531）82098027　82098028
新华书店经销
三河市华东印刷有限公司印装

规　格　16 开（170mm × 240mm）
印　张　18
字　数　189 千字
版　次　2014 年 5 月第 1 版
印　次　2023 年 4 月第 3 次
ISBN 978-7-209-05705-9
定　价　58.00 元

如有质量问题，请与印刷厂调换。（010）57572860

那些让人心旌摇荡的文字 ①

这里汇聚了近百年来世界和中国一批散文名家的作品，作者来自中国和中国以外的国度。有的非常知名，有的未必知名，但所有的入选文字都是非常优秀的。这可说是一次空前的集聚。这里所谓的"空前"，不仅指的是作品的主题涉及社会人生浩瀚而深邃的领域，也不仅指的是它们在文体创新方面以及在文字的优美和艺术的精湛方面所达到的高度，而且指的是它们概括了人类长期积累的宝贵经验，它所传达的洞察世事的智慧，特别重要的是它代表了人性的美以及人类的良知。

从十九世纪后期到二十世纪末这一百年间，人类经历了从工业革命到电子革命的沧桑巨变，科技的发达给人类创造了伟大的二十世纪文明。人类理所当然地享受着它应有的荣光，同时，他们也曾蒙受空前的苦难：天灾、战乱、饥饿，特别是两次世界大战给人类留下了巨大的伤痛。在战争的废墟上

---

① 这是为山东人民出版社《百年经典散文》所写的总序。这套丛书计八卷，分别为《闲情谐趣》《游踪漫影》《天南海北》《励志修身》《亲情无限》《挚友真情》《纯情私语》《哲理美文》。

反顾来路，那些优秀的、未曾沉酣的大脑开始了深刻的反思。于是有了关于未来的忧患和畏惧，有了对于和平的祈求和争取，以及对于人类更合理的生活秩序和理想的召唤。这种反思集中在对于人类本性的恢复和重建上。

世纪的反思以多种方式展开，其中尤以文学的和艺术的方式最为显眼有力，它因生动具象而使这种反思更具直观的效果。以文学的方式出现的诗歌、小说和戏剧的文体当然有着令人印象深刻的贡献。而我们此刻面对的是散文，这是有别于其他文体的一种文学类别。在我们通常的识见中，文学创作的优长之处在它的虚构性。我们都知道，文学的使命是想象的，人们通过那些非凡的想象力获得对物质世界和精神世界更真实也更有力的升华，从而获得更有超越性的审美震撼。

散文作为文学的一种无疑也具有上述特性。但我们觉察到，散文似乎隐约地在排斥文学的虚构，那些优秀的散文几乎总在有意无意地"遗忘"虚构。散文这一文体的动人心魄之处是：它对于人的内心世界的绝对的"忠实"，它断然拒绝情感和事实的"虚拟"。散文重视的是直达人的内心，它弃绝对心灵的虚假装饰。一般而言，一旦散文流于虚情，散文的生命也就荡然无存，而不论它的辞采有多么华美。散文看重的是真情实意。以往人们谈论最多的"形散而神不散"，其实仅仅是就它在谋篇构思等的外在因素而言，并不涉及散文创作的真质。当然，这里表述的只是个人的浅见，并不涉及严格的文体定义。这种表述也许更像是个人对散文价值的一次郑重体认。

广泛地阅读，认真地品鉴，严格地遴选，一百年来中外的散文名篇跃进了选家的眼帘，并在读者面前展示了它的异彩。可以看出，所有的作者面对他的纷繁多姿的世界，面对这个世界的万事万物万种情思，他们都未曾隐匿自己的忧乐爱憎，而且总是付诸真挚而坦率的表达。真文是第一，美文在其次，思想、情怀加上文采，它们到达的是文章的极致。

这些作者通过一百年的浩瀚时空，给了我们一百年人世悲欢离合的感兴，他们以优美的文字记下这一切内心历程，满足我们也丰富我们。有的文字是承载着哲理的思忖，有的文字充盈人间的悲悯情怀，有的文字敞开着宽广的胸怀，是上下数千年的心灵驰骋。人们披卷深思并发现，大自对于五千年后的子孙的深情寄语，论说灵魂之不朽，精神之长在，对生命奥秘之拷问，乃至对抽象的自由与财富之价值判断，他们面对这一切命题，均能以睿智而从容的心境处之。表达也许完美，表达也许并不完美，这都不重要，重要的是，所有的文字均源生于对于自然界的一草一木、人世间的一颦一笑，于日常的举手投足之间，总是充满了人间的智慧和情趣。

这些文字，有的深邃如哲学大师的启蒙，有的活泼如儿童天籁般的童真，有的深沉而淡定，有的幽默而理趣。我们手执一卷，犹如占有整个世界。整个世界都在聆听大师，整个世界都在与我们平等对话，我们像是在过着盛大的节日。这里的奉献，不仅是宽容的、无私的，而且是慷慨的，我们仿佛置身于精神的盛宴。举世滔滔，灯红酒绿，充满了时尚的诱惑与追逐，使人深感被疏远的、从而显得陌生的精神是多么可贵。

能够在一杯茶或一杯咖啡的余温里沐浴着这种温暖的、智性的阳光，这应该是人间的至乐了！朋友，书已置放在你的案前，那些依然健在的，或者已经远去的心灵，在等待与你对话，那些让人心旌摇荡的文字，在等待你的聆听。

二〇一三年一月一日，执笔于北京昌平寓所

目 录

目 录

目录

广西

□ [中国] 胡适

　　我们一月十一日下午飞到梧州了，在梧州住了一夜，我在广西大学讲演一次，次日在梧州中山纪念堂公开讲演一次。广西大学校长马君武先生是我的老师，校中教职员有许多是中国公学的老朋友，所以我在梧州住的一天是最快乐的。大学在梧州的对岸，中间是抚河（漓水），南面是西江。我们到的太晚了，晚上讲演完后，在老同学谢厚藩先生的家里喝茶大谈。夜深过江，十二日讲演完后，吃了饭就上飞机飞南宁了，始终没有机会参观西大的校舍与设备，这就是用嘴不能用眼的害处了。

　　十二日下午到南宁（邕宁），见着白健生先生，潘宜之先生，邱毅吾（昌渭）先生等，都是熟人。住在乐群社，是一个新式的俱乐部，设备很好。梧州与南宁都有自来水，内地省份有两个有自来水的城市，是很难得的。白先生力劝我改船期，在广西多玩几天。我因为我的朋友贵县罗尔纲先生的夫人和儿女在香港等候我伴送他们北上，不便改期。十四日罗钧任和罗努生如约到了南宁，白健生先生又托他们力劝，白先生说，他可以实行古直先生们的

"真电"，封锁水陆空的交通，把我扣留在广西！后来我托省政府打电报请广西省银行的香港办事处把我和罗太太一家的船票都改了二十六日的胡佛总统船。这样一改，我在广西还可住十二天，尽够畅游桂林山水了。

我在邕宁住了六天，中间和罗努生到武鸣游了一天。钧任飞去龙州玩了一天，回来极口称美龙州的山水，可惜我不曾去。我在邕宁讲演了五次。十九日飞往柳州，住在航空署，见着广西航空界的一般青年领袖。钧任、努生和我在柳州游览了半天，公开讲演一次。二十日上午飞往桂林，在桂林讲演了两次，游览了两天，把桂林附近的名胜大致游遍了。二十二日上午，我和钧任、努生、毅夫，桂林县公署的秘书曹先生，飞机师赵志雄、冯星航两先生，雇了船夫游阳朔。在漓水里走了一天半，二十三日下午才到阳朔。在阳朔游览了小半天，我坐汽车赶到良丰的省立师范专科学校讲演一次，讲演后坐汽车赶回桂林，已近半夜了。

二十四日早晨从桂林起飞，本想直飞梧州，在梧州吃午饭，毅夫夫妇约了在广州北面的从化温泉吃晚饭。但那天雾太低了，我们飞过了良丰，还没到阳朔，看前面云雾低压，漓水的河身不宽而两旁山高。所以飞机师赵光生决定折回向西，飞到柳州吃午饭，饭后顺着柳江浔江飞往梧州，在梧州吃夜饭，打电报到广州去报告那些在从化等我们吃夜饭的朋友们。在梧州住了一夜，二十五日从梧州飞回广州，赶上火车，晚上赶到香港。我们在梧州打电报问明胡佛船是二十六日早晨四点钟就要开的，前一天的大雾几乎使我又赶脱了船期！

这是我在广西的行程。以下先记广西的山水。

广西的山水是一种特异的山水。南宋大诗人范成大在他的《桂海虞衡志》里说得最好：

> 余尝评桂山之奇宜为天下第一。士大夫落南者少，往往不知；
> 而闻者亦不能信，余生东吴，而北抚辽蓟，南宅交广，西使岷峨之

下，三方皆走万里，所至无不登览……其最号奇秀莫如池之九华，歙之黄山，括之仙都，温之雁荡，夔之巫峡，此天下同称之者。然皆数峰而止耳，又在荒绝僻远之濒，非凡杖间可得；且所以能拔乎其萃者，必因重冈复岭之势，盘亘而起，其发也有自来。桂之千峰，皆旁无延缘，悉自平地崛然特立，玉笋瑶簪，森列无际。其怪且多如此，诚当为天下第一。……山皆中空，故峰下多佳岩洞。

范氏指出两点特色：第一是诸峰"悉自平地崛然特立，玉笋瑶簪，森列无际"，第二是"山皆中空，故峰下多佳岩洞"。这两点都是广西山水的特色。这样"怪而多"的山都是石灰岩，和太湖石是同类；范石湖所指出的"山多中空，故多佳岩洞"，也正和太湖石的玲珑孔窍同一个道理，在飞机上望下去，只看见一簇一簇的圆锥体黑山，笋也似的矗立着，密密的排列着，使我们不能不想着一千多年前柳宗元说的名句："桂州多灵山，发地峭坚，林立四野。"这种山峰并不限于桂林，广西全省有许多地方都有这种现象。我们在飞机上望见贵县的南山诸峰，也是这样的。武鸣的四围诸山，也是这一类。我们所游的柳州诸山，还有我们不曾去游的柳州北面融县真仙岩一带的山岩，也都和桂林、阳朔同一种类。地质学者说，这种山岩并不限于广西一省，贵州的山也属于这一类。翁文灏先生说，这种山岩，地质学家称为"喀尔斯特"山岩（Karstic），在世界上，别处也有，但广西、贵州要算全世界最大的统系了。

徐霞客记广西的山水岩洞最详细，他在广西游了一年，从崇祯丁丑（1637）闰四月初八到次年三月二十七，写游记凡八万字，即丁文江标点本（商务印书馆出版，附地图）卷四至卷七。这是三百年前的游记，我们现在读了还不能不佩服那一位千古奇人脚力之健，精力之强，眼力之深刻，与笔力之细致。我们要知道广西岩洞的奇崛与壮美，不可不读徐霞客的游记，未游者固然应该读，已游者也不可不读。因为三百年来，还没有第二个人有这样伟大的好奇心，费这样长久的时间，专搜访自然的奇迹，作那么详细的记载。他所游的，往往有志书所不载，古今人所不知，或古人偶知而久无人到又被丛莽封塞了的。所以读过徐霞客粤西游记的人，真不能不感觉我们坐汽车匆匆游山的人真不配写游记：不但我们到的地方远不如他访搜所得的地方之多，我们到过的地方，所看见的，所注意到的，也都没有他在三百年前攀藤摩挲所得的多而且详尽。

凡听说桂林山水的，无人不知道桂林的独秀峰。图画上的桂林山水，也只有独秀峰最出名。徐霞客游遍了广西的山水，只不曾登独秀峰，因为独秀峰在桂林城中，圈在靖江王府里，须先得靖江王的许可，外人始得登览。徐霞客运动王府里的和尚代为请求，从五月初四日直到六月初一日，始终不得许可，他大失望而去。游记中屡记此事，最后记云：

五月二十九日，入靖藩城，订独秀期，主僧词甚辽缓。予初拟再至省一登独秀，即往柳州。至此失望，怅怅。

六月初一日，讹传流寇薄衡水，藩城愈戒严，予遂无意登独秀。独秀山北西临池，西南二麓予俱已浇其下，西岩亦已再探，惟东麓与绝顶未登。其他异于他峰者，只亭阁耳。

独秀峰现在人人可以登临了。其此峰是桂林诸峰中的最低小的，高不过一百多尺！有石级可以从山脚盘旋直上山顶，凡三百六十级，其低可想！此峰所以独享大名，也有理由。徐霞客已说过："其异于他峰者，只亭阁耳。"现时山腰与山顶尚有小亭台可供游人休憩，是一胜。此山在城中，登山可望全城和四围山水，是二胜。诸峰多是石山，无大树木，独秀峰上稍有树木，是三胜。桂林诸大山以岩洞见奇，然而岩洞都是可游而不可入画的；独秀峰无岩洞，而娇小葱茏，有小亭阁，最便于绘画，故画家多喜画独秀，是四胜。有此四胜，就使此峰得大名！徐霞客两度到桂林，终以不得登独秀峰为憾事。我们在飞机上下望桂林附近的无数石山，几乎看不见那座小小的石丘，颇笑徐霞客的失望为大不值得！

徐霞客最称赏柳州北面融县的真仙岩，游记中有"真仙为天下第一"之语。可惜真仙岩我们没有去；我们游的岩洞，最大的是桂林七星山的岩洞。这岩洞一口为栖霞洞，一口为曾公岩。徐霞客从栖霞洞进去，从曾公岩出来，依他的估计，"自栖霞达曾公岩，径约二里；复自岩口出入盘旋三里"。我们从曾公岩进去，从栖霞出来，共费时五十五分钟。向导的乡人手拿火把（用纸浸煤油，插入长笔直筒的一头），处处演说洞里石乳滴成的种种奇异形状："这是仙人棋盘，那是仙人种田，那是金钟对玉鼓，这是狮子对乌龟，那是摩天岭，这是观音菩萨，那是骊山老母……"那位领头用很清楚的桂林话一一指给我们看，说给我们听，真如数家珍。洞中有一股泉水，有些地方水声很大。洞中石乳确有许多很奇伟的形态。我们带有手电筒，又有两三盏手提汽油灯，故看得比较清楚。洞中各处皆被油烟熏黑，石壁石乳，手偶摩抚，都是煤黑。徐霞客记他来游时，向导者用松明照路。千百年中，游人用的松明烟与煤油烟，把洞壁都熏黑了。其实这种岩洞大可装设电灯，可使洞中景物都更便于赏观，行路的人可以没有颠跌的危险，也可以免除油烟熏塞的气闷。向来做向导的村人，可以稍加训练，雇作看洞和导游的人，而规定入门费与向导费，如此则游人不以游洞为苦。若如现状，则洞中幽暗，游人非多人结伴不敢进来，来者又必须雇向导，人太少又出不起这笔杂费。

曾公岩是因曾布得名。曾布在元丰初年以龙图阁待制出外，知桂州。他是一个有文学训练的政治家，在桂时，游览各岩洞，到处都有他的刻石题名，不止此一处。

七星山的岩洞，据徐霞客的几次探访搜寻，共有十五洞，他说：

　　此山岩洞骈峙：栖霞在北，下透山之东西；七星在中，曲透西北出；碧虚在南，以东西上透。三穴并悬，六门各异。北又有"朝雪""高峙"两岩，皆西向。此七星山西面之洞也，洞凡五。……曾公岩西又有洞在峰半，攀莽上，洞口亦东南向。……此处岩洞骈峙者亦三。曾公岩北下同列者又有二岩。……此七星山东南之洞也，洞凡五。

若前麓省春三岩，会仙一岩，旁又浅洞一，则七星北面之洞也，
洞凡五。一山凡得十五洞云。

我们所游，其实只是十五洞之一！我们在洞里，固是迷不知西东，出了
岩洞，还是杳不知南北。看徐霞客连日攀登，遍游诸洞，又综合记叙，条理
井然，我们真不能不惭愧了！

七星山的对面就是龙隐岩，在月牙山的背后，洞的外口临江，水打沙进
洞，堆积颇高，故岩上石刻题名有许多已被沙埋没了。龙隐岩很通敞，风景
很美。岩外摩崖石刻甚多，有狄青等"平蛮三将题名"碑，字迹完好。

龙隐岩往西，不甚远，有小屋，我们敲门进去，有道士住在里面，此屋
无后墙，靠山崖架屋，屋上石刻题记甚多，那最有名的"元祐党籍碑"即在
此屋后。我久想见此碑，今日始偿此愿。元祐党籍于徽宗崇宁元年（1102），
最初只有九十八人，那是真正元祐（1086-1093）反新法的领袖人物。徽宗皇
帝亲写党籍，刻于端礼门；后来又令御史台抄录元祐党籍姓名"下外路州军，
于监司门吏厅，立石刊记"。到崇宁三年（1104）六月，又把元符末（1100）
和建中靖国（1101）年间的"奸党"和"上书诋讥"诸人一齐"通入元祐籍，
更不分三等"。（三等是原分"邪上尤甚"，"邪上"，"邪中"各等。）这个新合
并的党籍，共有三百九十人，刻石朝堂，此碑到崇宁五年正月，因彗星出现，
徽宗下诏毁碑，"如外处有奸党石刻，亦令除毁"。除毁之后，各地即无有此
碑石刻，现今只有广西有两处摩崖刻本，一本在融县的真仙岩，刻于嘉定辛
未（1211）；一本即是桂林龙隐岩附近的摩崖，刻于庆元戊午（1198）；这两
本都是南宋翻刻的。桂林此本乃是用蔡京写刻拓翻刻的，故字迹秀挺可爱。
两本都是三百九十人，已不是真正元祐党籍了，其中如章、曾布、陆佃等人，
都是王安石新法时代的领袖人物，后来时势翻覆，也都列名奸党籍内，和司
马光、吕公著诸人做了同榜！

广西的岩洞内外，有唐宋元明的名人石刻甚多。石灰岩坚固耐久，历
千百年尚多保存很完整的。如舜山的摩崖《舜庙碑》，是唐建中元年（780）

韩云卿所立，距今已一千一百五十五年了。又如我们从楼霞洞下山，路旁崖上有范成大题名，又有张孝祥题名，这都是南宋大文人，现在都在路旁茅草里，没有人注意，此类古代名人题记，往往可供历史考据，其手书石刻更可供考证字画题跋者的参考比较。广西现有博物馆，设在南宁；我们盼望馆中诸公能作系统的搜访，将各地的古石刻都拓印编纂，将来可以编成一部"广西石刻文字"，其中也有不少历史的材料。

舜山有洞，名韶音洞，虽不甚深，而风景清幽，洞中有张栻（南轩）的《韶音洞记》石刻，字小，已不能全读了。洞前有庙，我们登楼小坐，前有清流，远望桂林诸山，在晚照中气象很雄伟。

城中人士常游的为象鼻山，伏波山，独秀峰，风洞山。其中以风洞山的风景为最胜。风洞山有北洞，虽曲折而多开敞之处，空气流通，多凉风，故名风凉，有小亭阁，下瞰江水，夏日多游人在此吃茶乘凉。

广西人说："桂林山水甲天下，阳朔山水甲桂林。"我们游了桂林，决定坐船去游阳朔。一路上饱看漓水（抚河）的山水，但是因为我要赶香港船期，所以到了阳朔，只有几个钟头可以游览了。在小雨里，我们坐汽车到青厄渡，过渡后，下车泛览阳朔诸峰，仅仅能看一个大概。阳朔诸山也都是石山，重重叠叠，有作牛角支尖的，有似绝大石柱上半截被打断了的，有似大礼拜寺的，有似大石龟昂头向天的。远望去，重峰列岫，行列凌乱，在轻烟笼罩中，气象确是很奇伟。桂林诸山稍稍分散，阳朔诸山紧凑在江上；桂林诸山都无树木，此间颇有几处山上有大树木，故比较更秀丽。

但我们实在有点辜负了阳朔的山水，我们把时间用在船上了，到了这里只能坐汽车看山，未免使山水笑人。大概我们误会了"阳朔山水必须用船去游"的意思。我后来看徐霞客的游记，始知阳朔诸山都可以用船去细细游览。我们若再来，可以坐汽车到阳朔，然后雇船去从容游山。阳朔诸山也多岩洞，徐霞客所记龙洞岩、珠明洞、来仙洞，都令人神往；其中珠明洞凡有八门，最奇伟。我们没有攀登一处的岩洞，颇失望。

但我们这回坐船游阳朔，也有很好的收获。徐霞客游记里没有提到"光岩"，我们却有半夜游光岩的豪举。光岩是刘毅夫先生前年发现的，所以他力劝我们坐船游阳朔，一半也是为了要游光岩。船到光岩时，已半夜了，我们都睡了。毅夫先生上岸去，先雇用竹筏进去探看，出来时他把竹筏火把都准备好了，然后把我们都从睡梦里轰起来，跟他去游洞，光岩口洞临江，洞甚空敞，洞里石乳甚多而奇，有明朝游人石刻甚多。毅夫前年曾探此洞，偶见洞后水面上还有小洞，洞口很低，离水面不过两三尺，毅夫想出法子来，用竹排子撑进去探险，须全身弯倒始能进去。进去后，他发现里面还有很奇的岩洞，为向来游人所未曾到过。所以他很高兴，在第一洞石壁上题字指示游人深入探奇。今夜他带领我们进洞口，石壁上他的墨笔题记还如新的。我们一班人分坐三个竹排子，排子上平铺着大火把，大家低头弯腰，进入第二洞。里面共有三层大洞，都很高大，有种种奇形的石乳，最后一洞内有石乳作荷藕形，凡八九节，须节都全，绝像真藕，每一洞内有沙涨成滩，都是江水打进来的。每过一洞口，都须低头用手攀住上面岩石，有时撑排的人都下水去用手推竹排子。第二洞以后，石壁上全无前人题刻，大概古人都不知有这些幽境。毅夫为游此洞，在桂林特别买了一个价值十七元的大电筒，每进一洞，他用大电筒指示各种石乳给我们看。他说，最后一洞的顶上有三个小洞透入光线，也许"光岩"之名是从那里来的。晚间我们当然看不见那三处透光的小洞。但我想里洞既非前人所熟知，光岩之名未必起于这透光的小孔，大概因前洞高敞通明，故得光岩之名。此洞之发现，毅夫之功最多，最后一洞大可以题作"沛泉洞"（毅夫名沛泉），毅夫说，此洞颇像浙西金华的双龙洞。

徐霞客记他从阳朔回桂林的途中，"舟过水绿村北七里，西岸一岩，门甚高敞，东向临江，前垂石成龙，曰蛟头岩"，其地在与平之南约三里，不知即是光岩否。

漓水的一日半旅程，还有一件事足记。船上有桂林女子能唱柳州山歌，我用铅笔记下来，有听不明白的字句，请同行的桂林县署曹文泉科长给我解释。我记了三十多首，其中有些是绝妙的民歌。我抄几首最可爱的在这里：

（一）

燕子飞高又飞低，两脚落地口衔泥。

我俩二人先讲过，贫穷落难莫分离。

（二）

石榴开花叶子青，哥哥年大妹年轻。

妹子年轻不懂事，哥哥拿去耐烦心。

（三）

大海中间一枝梅，根稳不怕水来推。

我们连双先请过，莫怕旁人说是非。

（四）

如今世界好不难！井水不挑不得干。

竹子搭桥哥也过，妹妹跌死也心甘。

（五）

高山高岭一根藤，藤上开花十九层。

你要看花尽你看，你要摘花万不能。

（六）

要吃笋子三月三，要吃甜藕等塘干。

要吃大鱼长放线，想连小妹耐得烦。

（七）

买米要买一斩白，连双要连好脚色。

十字街头背锁链，旁人取笑也抵得。

（八）

妹莫愁来妹莫愁，还有好日在后头。

金盆打水妹洗脸，象牙梳子妹梳头。

（九）

大塘干了十八年，荷叶烂了藕也甜。

刀切藕断丝不断，同心转意在来年。

我们在柳州的时间太短，只游了几次名胜之地。柳州城三面是江；我们在飞机上看柳江从西北来，绕城一周，往东北去。空中望那有名的立鱼山，真有点像个立鱼。那天下午，我们去游立鱼山，有岩洞很玲珑，我们匆匆不曾遍游。傍晚我们去游罗池柳宗元祠堂；有苏东坡写的韩退之罗池庙碑的《迎享送神辞》大字石刻。退之原辞石刻有"春与猿吟兮秋鹤与飞"一句，颇引起后人讨论。今东坡写本此句直作"春与猿吟兮秋与鹤飞"，此当是东坡从欧阳永叔之说。以"秋鹤与飞"为石刻之误，故改正了。石刻原碑也往往可以有错误，其误多由于写碑者的不谨慎。罗池庙碑原刻本有误字后经刊正，见于东雅堂韩集校语。后人据石本，硬指"秋鹤与飞"为有意作倒装健语，似未必是退之本意。

我们从阳朔回桂林时，路上经过良丰的师范专科学校，我在那边讲演一次。其地原名雁山，也是一座石山，岩壑甚美，清咸丰、同治之间，桂林人唐岳买山筑墙，把整个雁山围在园里，名为雁山园，后来园归岭春煊，岭又转送给省政府，今称为西林公园，用作师专校址，现有学生二百三十人。我们到时，天已黑了；讲演完始吃晚饭，晚饭后，校长罗尔先生和各位教员陪我们携汽油灯游雁山。岩洞颇大，中有泉水，流出岩外成小湖。洞中多凉风，夏间乘凉最宜。洞中多石乳，洞口上方有石乳所成龙骨形，颇奇突。园中旧有花树三千种，屡次驻兵，花树多荒死，现只存几百种了。有绿萼梅，正开花，灯光下奇艳逼人。校中诸君又引我们去看红豆树，树高约两丈余。教员沈君说，这株红豆树往往三年才结子一次。沈君藏有红豆，拿来遍赠我们几个同游的人。红豆大于檀香山的相思子约一倍，生在豆荚里，荚长约一寸半。

游岩洞时，我问此岩何名，他们说："向来没有岩名，胡先生何不为此岩取一个名字，作个纪念？"我笑说："此去不远有条相思江，岩下又有相思红豆树，何不就叫他做相思岩？"他们都赞许这个名字。次日我在飞机上想起这个相思岩来，就戏仿前夜听得的山歌，作小诗寄题相思岩：

相思江上相思岩。

相思岩下相思豆。

三年结子不嫌迟。

一夜相思叫人瘦。

这究竟是文人的山歌，远不如小儿女唱的地道山歌的朴素而新鲜。

那天我在空中又作了一首小诗，题为《飞行小赞》：

看尽柳州山，

看遍桂林山水，

天上不须半日，

地上五千里。

古人辛苦学神仙，

要守百千戒。

看我不修不炼，

也凌云无碍。

佳作赏析：

胡适（1891—1962），安徽绩溪人，学者、作家。有诗集《尝试集》、学术论著《中国哲学史大纲》《白话文学史》等。

这是胡适在访问广西期间的一篇游记。

作者开宗明义，先将自己在广西的基本行程介绍清楚，然后开始介绍广西山水。作者先指出广西山水的两个特点：一是峰奇，二是峰下多岩洞。然后依次介绍了桂林山水中最具盛名的独秀峰、柳州真仙岩、七星山岩洞、龙隐岩、阳朔"光岩"等。广西的风景名胜基本都被作者一一写到。文章语言平实，为了介绍景色的历史渊源和特点，作者引用了许多古人著作的相关记载和论述，又收录了大量的民间山歌，使文章增色不少。

上景山

□〔中国〕许地山

无论哪一季，登景山，最合宜的时间是在清早或下午三点以后。晴天，眼界可以望到天涯的朦胧处；雨天，可以赏雨脚的长度和电光的迅射；雪天，可以令人咀嚼着无色界的滋味。

在万春亭上坐着，定神看北上门后的马路（从前路在门前如今路在门后），尽是行人和车马，路边的梓树都已掉了叶子。不错，已经立冬了，今年天气可有点怪，到现在还没冻冰。多谢芰荷的业主把残茎都去掉，教我们能看见紫禁城外护城河的水光还在闪烁着。

神武门上是关闭得严严的。最讨厌是楼前那支很长的旗杆，侮辱了全个建筑底庄严。门楼两旁树它一对，不成吗？禁城上时时有人在走着，恐怕都是外国的游人。

皇宫一所一所排列着非常整齐。怎么一个那么不讲纪律的民族，会建筑这么严整的宫廷？我对着一片黄瓦这样想着。不，说不讲纪律未免有点过火，我们可以说这民族是把旧的纪律忘掉，正在找一个新的咧。新的找不着，终久还要回来的。北京房子，皇宫也算在里头，主要的建筑都是向南的，谁也没有这样强迫过建筑者，说非这样修不可。但纪律因为利益所在，在不言中被遵守了。夏天受着解愠的薰风，冬天接着可爱的暖日，只要守着盖房子的法则，这利益是不用争而来的。所以我们要问，在我们的政治社会里有这样的薰风和暖日吗？

最初在崖壁上写大字铭功底是强盗的老师，我眼睛看着神武门上底几个大字，心里想着李斯。皇帝也是强盗一种，是个白痴强盗。他抢了天下，把自己监禁在宫中，把一切宝物聚在身边，以为他是富有天下。这样一代过一代，到头来还是被他的糊涂奴仆，或贪，讨，瞒，偷，换，到连性命也不定保得住。这岂不是个白痴强盗？在白痴强盗底下才会产出大盗和小偷来。一个小偷，多少总要有一点跳女墙钻狗洞的本领，有他的禁忌，有他的信仰和道德。大盗只会利用他的奴性去请托攀缘，自他，禁忌固然没有，道德更不必提。谁也不能不认盗贼是寄生人类的一种，但最可杀的是那班为大盗之一的斯文贼。他们不像小偷为延命去营鼠雀的生活；也不像一般的大盗，凭着自己的勇敢去抢天下。所以明火打劫的强盗最恨的是斯文贼。这里我又联想到张献忠。有一天他开科取士，檄诸州举贡生员后至者妻女充院，本犯剥皮，有司教官斩，连坐十家。诸生到时，他要他们在一丈见方底大黄旗上写个帅字，字画要像斗的粗大，还要一笔写成。一个生员王志道缚草为笔，扩大缸贮墨汁将草笔泡在缸里，三天，再取出来写。果然一笔写成了。他以为讨张献忠的喜欢，谁知献忠说，"他日图我必定是你"，立即把他杀来祭旗。献忠对待念书人是多么痛快。他知道他们是寄生的寄生。他的使命是来杀他们。

东城西城的天空中，时见一群一群旋飞的鸽子。除去打麻雀，逛窑子，上酒楼以外，这也是一种古典的娱乐。这种娱乐也来得群众化一点。它能在空中发出和悦的响声，翩翩地飞绕着，教人觉得在一个灰白色的冷天，满天乱飞乱叫的老鸹的讨厌。然而在刮大风的时候，若是你有勇气上景山的最高处，看看天安门楼屋脊上的鸦群，噪叫的声音是听不见，它们随风飞扬，直像从什么大树飘下来的败叶，凌乱得有意思。

万春亭周围被挖得东一沟，西一窟。据说是管宫的当局挖来试看煤山是不是个大煤堆，像历来的传说所传的，我心里暗笑信这说的人们。是不是因为北宋亡国的时候，都人在城被围时，拆毁牢狱的建筑木材去充柴火，所以计划建筑北京的人预先堆起一大堆煤，万一都城被围的时，人民可以不拆宫殿。这是笨想头。若是我来计划，最好来一个米山。米在万急的时候，也可以生吃，煤可无论如何吃不得。又有人说景山是太行的最终一峰。这也是瞎说。从西山往东几十里平原，可怎么不偏不颇，在北京城当中出了一座景山？若说北京的建设就是对着景山的子午，为什么不对北海的琼岛？我想景山明是开紫禁城外的护城河所积的土，琼岛也是垒积从北海挖出来的土而成的。

从亭后的枯树缝里远远看见鼓楼。地安门前后的大街，人马默默地走，城市的喧嚣声，一点也听不见。鼓楼是不让正阳门那样雄壮地挺着。它的名字，改了又改，一会是明耻楼，一会又是齐政楼，现在大概又是明耻楼吧。明耻不难，雪耻得努力。只怕市民能明白那耻的还不多，想来是多么可怜。记得前几年"三民主义""帝国主义"这套名词随着北伐军到北平的时候，市民看些篆字标语，好像都明白各人蒙着无上的耻辱，而这耻辱是由于帝国主义的压迫。所以大家也随声附和，唱着打倒和推翻。

从山上下来，崇祯殉国的地方依然是那棵半死的槐树。据说树上原有一条链子锁着，庚子联军入京以后就不见了。现在那枯槁的部分，还有一个大洞，当时的链痕还隐约可以看见。义和团运动的结果，从解放这棵树，发展到解放这民族。这是一件多么可以发人深思的对象呢？山后的柏树发出幽恬的香气，好像是对于这地方的永远供物。

寿皇殿锁闭得严严地，因为谁也不愿意努尔哈赤的种类再做白痴的梦。每年的祭祀不举行了，庄严的神乐再也不能听见，只有从乡间进城来唱秧歌的孩子们，在墙外打的锣鼓，有时还可以送到殿前。

到景山门，回头仰望顶上方才所坐的地方，人都下来了。树上几只很面熟却不认得的鸟在叫着。亭里残破的古佛还坐在结那没人能懂的手印。

许地山（1893—1941），福建龙溪人，作家、学者。代表作品有散文集《空山灵雨》、小说集《缀网劳蛛》、学术论著《中国道教史》等。

这是一篇颇具特色的文章。从标题上来看，作者似乎重点是要写上景山的过程及途中所见的景色，但文章却在叙述之外就见到的景物进行丰富的联想，展开议论。夹叙夹议是这篇散文的最大特色。作者在立冬时节登上景山，坐在万春亭上，举目四望，周边景色尽收眼底。

作者的想象和议论则天马行空，古今中外无所不包，而其中又以政治方面的内容居多，作者关心国家前途命运的一颗赤子之心令人赞叹。

成都、灌县、青城山纪游

□［中国］袁昌英

　　天下最大名胜之一，伟大峻秀的峨眉，我去观光过两次，而至今未曾想到去写游记，这次去游了几处名声远逊的地方，倒要来写篇纪事，这岂不是滑天下之大稽！然而天下事固不必如此规规矩矩的。文章总依兴会而来。兴会不来，峨眉就是比喜马拉雅山还高还壮丽，怕也逗引不出我的文章。可是两次峨眉的相遇，实也经验过不少可歌可泣的情趣。除了在几封与朋友的信里，略略说了，以外别无记载，如今只好让这些美妙的情绪，仃伶孤苦地消失于淡烟浅霞的记忆中罢了！

　　五月十三日，得好友张先生之伴，约了顾陆二友，同上成都。张先生是我在英国爱丁堡大学的老同学，一向和我们家里的交谊是很深的。他现在担负着后方建设的重任，领着人员，往各处已建的及尚在计划中的重工业区域视察。我们和他同行，当然各有各的目的。我除了要配一副眼镜的重要事件外，还要去看一个四年阔别，初从英国返国的少年朋友周小姐。

　　那天天气很热，汽车后面的那卷偌大白尘，简直如水上飞机起升时尾巴上搅起的那派万马奔腾的白泡沫一样，浩浩荡荡的尾随着，给路上行人的肺部太有点吃不消，使乘客的良心不免耿耿然。然而岷江两岸，一望无际的肥沃国土，经数十万同胞绣成的嫩绿田园，葱翠陇亩，万紫千红的树木，远山的蓝碧，近水的银漾，占据了乘客的视线，捉住了他的欢心，无暇顾及后面的灰云滚滚与行人的纠葛了。

到了三苏的发源地——眉山县，就在原为东坡祠，现改为公园的绿荫深处度过了正午的酷暑。"四川伟大"一言，是不错的。任你走到那个小市镇，你总看见一个像样的公园，一座像样的中山堂。眉山的公园，也许因为它是三苏父子祠堂所在之处，也就来得特别宽敞，清幽而洁净。浸在优美的环境里面，而又得沱茶与花茶的刺激，谈笑也就来得异常的热闹了。一餐清爽的午饭后，吐着灰云的汽车把我们一直送到成都。

到了成都的第二天（十四日），我的两个目的都赶着完成了。眼镜配了光之后，朋友早就来到旅社找我们了。四年不见面的少年朋友竟还是原来面目，短短旗袍，直直头发，活活跳跳的人儿，连昔日淡抹脂粉的习惯也都革除了。可是又黑又大又圆的眼睛上面，戴上了一副散光眼镜，表示四年留英在实验室内所耗费的时光有点过分的事实。她的母亲周夫人特由重庆来尝尝老太太的味儿，这回显得特别的年轻了，仿佛完全忘记了战争所给予她的一切苦痛与损失，似乎女儿得了博士，做了教授的事实，改变了她的人生观，潇洒达观是她的现在。

十五日的清晨，我们从灌县出发。在城门口遇着了约定同去的刘先生。刘先生也是我们爱丁堡的老同学。豪爽磊落，仍不减于昔日，可是无由地添上了满腮鄂的黑胡须，加上了他无限的尊严与持重，大约也是要表现他已是儿女成行的老父亲了吧！赶到灌县公园，已是午牌时分。在公园里，一餐饱饭后，去找旅馆，不幸新式清洁的四川旅行招待所客满了，只得勉强在凌云旅社定了几间房子之后，大家就出发去参观灌县的水利。

耳闻不如目见。历史只是增加我们对于现实的了解与兴味。秦朝李冰父子治水的事迹，在史册上只是几句很简单的记载，不料摆在我们眼前的，却是一件了不得的伟大工程！灌县的西北，是一派直达青海新疆的大山脉。群山中集流下来的水，向灌县的东南奔放，直入岷江，春季常成洪瀑，泛滥为灾。山瀑入岷江口的东北角上有石山挡住，阻塞大水向东流淘，使川中十余县缺乏灌溉。李冰是那时候这地方的郡守，秉着超人的卓见，过人的胆量，居然想到将石山由西往东凿出一条水道，将山瀑分做外江与内江二流。他自己的一生不够完成这伟大的工程，幸有贤子继承父志，如愚公移山般，竟将这惊人的事业成就了。块然立在内外二江中间所余的石山，名为离堆，成为一个四面水抱的岛屿。灌县公园即辟于此离堆上。外江除分为许多支流外，直入岷江，向南流淘，灌溉西川十余县，因为水量减少，从此不再洪水为灾了。内江出口后，辟成无数小河，使川中十余县成为富庶的农业区，使我民族已经享受了二千余年的福利，而继续到无尽期。读者如欲得一个鸟瞰的大意，可以想象一把数百里长的大马尾展开着的形势。马身是西北的巨大山脉。由马身泄下来的山洪，顺着一股股的无数的马尾鬃，散向东北东南徐徐而流，使数百里之地，变为雨水调匀的沃壤。我们后辈子眼见老祖宗这种眼光远大，气象浩然，在绝无科学工具的条件下，只以人工与耐力完成了这样功业的事实，何能不五体投地而三致敬意！

离堆四面及内外江两岸，常易被急流冲毁。我们老祖宗所想出的保护方法，恐怕比什么摩登工程师所设计的还要来得巧妙而简单。方法是：将四川盛产的竹子，劈成竹片，织成高二三丈、直径二三尺的大篓子，里面装满菜碗大小的卵石，一篓篓密挤的直顺的摆在险要处，使急流顺势而下，透过石隙，而失其猛力。这可谓一种对于水的消极抵抗法。据说这以柔克柔的方法，在这种情形之下，较诸钢骨水泥还要结实得多！可是竹质不经久，每年必新陈代谢地更换一次。灌县水利局当然专司其事。

由离堆向西北数里地方，水面很宽，水流亦极湍猛，地势当然较高。那里就是天下传名的竹索桥的所在。索桥的起源是一个动人的故事。我的老同学美髯刘先生是本地人，他把那凄怆伟大的故事，用着莞尔而笑，徐徐而谈的学者风度，说给我们听了。不知几何年月以前，彼此两岸的交通是利用渡船的。有乡人某，家居南岸，逢母病，求医得方后，必得往北岸的县城检药。他急忙取了药，匆匆奔走于回家的路上。到得渡船处，苦求艄公急渡，而艄公竟以厚酬相要挟。乡人穷极，窘极，实无法多出渡资。艄公毕竟等着人数相当多，所得够他一餐温饱，始肯把他一同渡过。乡人回到家里，天已黑，而老母亦已辞世多时了。

不知若干年后，这乡人的幼子，又遇病魔侵扰。在同一情形之下，也因渡船艄公不肯救急，一条小性命竟冤枉送掉。乡人在悲愤填胸，痛定思痛之余，推想到天下同病者的愁苦，乃发宏愿，誓必以一生精血来除此障碍。他以热烈的情感，跪拜的虔诚，居然捐募得一笔相当醵金，在不久时间中，果然在洪流之上建起了一座索桥。

可是"故天将降大任于斯人也，必先苦其心志……"的天意，实在有点不可捉摸！据说这初次尝试的索桥造得不甚牢实，也许是醵金有限，巧妇做不出无米之炊的缘故，索桥好像有些过分的简陋。

一日在大风雨中，这乡人和他的索桥都被风雨送到洪流中去了！

有其夫，而且有其妇！他的妻子，在饱尝丧姑丧子丧夫的悲哀中，继承夫志，破衣草履，抛头露面，竟也捐募得一笔更大的醵金，架起一座货真价实的索桥，从此解除了不可以数目字计算的同胞的苦痛！

索桥长数十丈，阔约八九尺，全是用竹与木料造成的，连一只小铁钉也没有。桥底三四根巨索及两边的栏杆，均是用篾片织成的，粗若饭碗的竹绳，系于两岸的巨石及木桩上。桥面横铺木板，疏密不十分匀整。桥底中央及每相距数丈的地点，有石磴或木桩从河底支撑着。可是整个桥面是柔性的，起伏的，震荡的，再加以下临三四丈的水声滔滔，湍流溅溅，不是素有勇气而惯于此行者，不容易步行过去。

我们参观此桥时，适逢大雨，张先生病脚，颇以不能一试其勇气为恨。只有苏王二先生曾来去的走过一趟。女子里面，只有周夫人还有那番雄心壮志，在上面蹒跚了一二丈远，其余的均只得厚颜站住脚，默默凭吊那对远古的贤夫妇的卓绝的精神与功垂万世的遗德。

索桥北岸附近有二郎庙，倚山而立，建筑相当宏敞，园地亦甚清幽。庙内有李冰父子神像，乃都江十四县人民对于先贤崇敬的具体表征。庙侧有一崇奉土地菩萨的偏阁，上面挂一颇为有趣的匾"领袖属于中央"六个大字，平立于中，旁署光绪某年月立。我们当时计算一下，距今约有五十多年了。灌县传为可喜的预言。其实，中央者五行之土也。原立匾的人无非尊敬土地菩萨而称其为领袖之意而已。然而"领袖属于中央"在当时实也是一种不普通的说法，称之为一种可悦的预言亦无不可。

由索桥往上，再一些距离，地势更高，水流更急，也就是都江堰的所在地。堰者就是一种活动的堤。冬季储水于堤内，来春清明时节，开堰为水，以滋农事。每年开堰典礼是全四川认为最郑重的一种仪式，由县政府主持，各县及省政府均派重员参加。百姓观礼者总以万计，人山人海，道常为之塞云。

我们参观一遍之后，雨势愈来愈大。对于索桥既未能一尝那心惊胆战、目眩足软的味道，对于都江堰更是不能尽见其详细建筑。在那春濛乍冷，郁郁的氤氲中，大家不免有衣单履薄，春野不胜寒的感觉，只得各购竹笠一顶，冒雨向凌云旅社的归途中奔回。

那夜在凌云旅社所遭遇的，恐怕是我平生第一次的经验。恰巧电灯厂修理锅炉，电灯赋缺。在小油灯的微光中，周夫人发现我们的床上埋伏着无数的棕色坦克车，在帐缘、床缘及铺板上成群结队地活动着，宛似有什么大员在那里检阅的神气。我们甜血动物最怕这种坦克车。周夫人和我就大大地怀起"恐惧病"来了。其余三位，虽是色变，可是病症来得轻松一点。周夫人坚持着不肯睡，我是简直不敢睡，然而夜深了，疲倦只把我们向睡神的怀抱里送，实在不能熬下去了，她们三位早就呼呼打打的睡熟了。可是，哎呀！痒呵！你瞧这么大个疙瘩！……梦呓般的传到我们耳内。最后，我也不顾一切地糊涂地倒在床上了。周夫人最后的一个故事，大约失了一半在我的梦里。她一人也就和外套斜歪在我的旁边，用尽心思去提防坦克车的侵犯。我大约朦胧了五分钟，脖子上一阵又痛又痒又麻木的感觉把我刺醒了，两手往脖子上一摸，荸荠大小的疙瘩布满一颈。赶着把手电筒一照，只见大队坦克车散队各自纷逃。气愤之余，一鼓作气，我一连截获了五大辆。捷报声中，以为可以得片刻的安宁，无奈负伤过重，用了朋友大量亚蒙尼亚，亦无法再睡下去。

十六号早晨，八位同伴，聚在一堂，吃早饭的时候，都各将一夜与坦克车周旋的战讯报告了。在那谈虎变色的渥然欢笑中，都共庆天雨乍寒不受飞机侵扰的幸事。突然中张先生离餐桌数步，右手反向背心，捻住衣服，不动声色地说着："咦！没有放警报，怎么发高射炮？我这背上仿佛有不少的高射炮在那儿乱开咧！"这一阵笑，不是相当西化的我们当之，一餐早饭怕是白吃了的！

不错，那绵绵的春雨把内地旅行所不免的三种摩登武器的侵害，减少了一种飞机的刺股，可是原定上青城山的计划不得不因之而有拖延了。在阴雨无聊的下午，一部分的我们竟去看了一阵子平戏。三毛钱一座，我们赶上了马蹄金（即宋江杀妻，通名乌龙院）及雁门关（即陆登死守潞安州的壮烈史事）两出戏。戏做得不太好。有一处，我大约表示要叫倒彩的神气，张先生微笑地说道："三毛钱，你还要求更好的货色吗？"我才始恍然大悟自己的苛求！可是反转来说，三毛钱在这地方这时节，能买得几声平调听听，总算不错，况且这还是朋友的惠赐咧！

回到凌云旅社，寒气确实有点逼人。张先生命人买了木炭，我们围灶向火，大谈起天来。索桥起源的故事是刘先生这时候讲给我们听的。那一夜我们与坦克车的苦战也一样的够劲。我一人所截获的就比昨夜还多一辆咧。

十七号早上，天霁了。大家欢欢喜喜束装上青城山。八乘滑杆，连人带行李，熙熙攘攘，颇是个有声有色的小小军队。一路上，天气清丽，阳光温而不灼，歪在滑杆上，伴着它的有节奏的动摇，默然收尽田野之绿，远山之碧，逶迤河流的银辉，实令人有忘乎形骸的羁绊，而与天地共欣荣的杳然之感。中途过了两渡河。也许是因为水流过急的关系吧，渡船驶行之法，颇不普通。横在河上，有一根粗如拳的竹绳，系在两岸的木桩或石磴上。另有一粗竹绳，系于船尾，他端则以巨环套在横绳上。于是船上只需一人掌舵，任东任西，来去十分自如地渡过。如此，不特船本身不受急流冲跑，即人工亦减少过半，我常觉得四川人特别聪明，好像无论遇着什么环境都应付裕如的。

青城山远不及峨眉之大之高之峻拔之雄奇。然而秀色如长虹般泛滥于半空，清幽迎面而来，大有引人直入琼瑶胜境之概。至于寺宇的经营，林园之布置，其清雅则又非一般寺院可比。小小亭榭，以剥去粗皮的小树造成，四角系以短木，象征灯笼，顶上插以树根象征鸟止，完全表现东方艺术的特色。我们在这里觉得造物已经画好一条生气蓬勃的龙，有趣的诗人恰好点上了睛，就是一条蜒蜒活跃的龙，飞入游人的性灵深处，使他浑然与之同乐了。东方的园林艺术是与自然界合作的，是用种种极简单而又极相称的方法，来烘托出宇宙的美，山林的诗意，水泽的微情的。西方的山水常有令人感觉天然与人意格格不相入，人意硬夺天工的毛病。西方的山水，很是受"征服自然"的学说的影响，因而吃亏不少。

天师洞的腊味，泡菜，绿酒，非常可口。逛山水，住寺观，而能茹荤饮酒，那是峨眉山上所不可得，而是道家特别体贴人情的地方。晚饭后，山高风厉，寒气不免袭人。我们八个同伴于是又令人焚起熊熊的炭盆，一面剥着落花生，嚼着油炸豆腐干，一面大摆龙门阵（四川人称谈天为摆龙门阵）来。主要的题目是相法。苏先生对于相法颇有研究。相法的故事又多又妙，可惜不能一一记得清楚了。只记得某人的鼻子生得奇紧，连风都吹不进去，所以他的为人非常犹太。据相法而论，我的一生好处都生在鼻子上，但是我的手，指缝生得太松疏，任如何合紧，也是一个个的空洞，照见白光的。所以我的鼻子赚来的钱，全由两手的指缝里漏出去了！难怪十年一觉粉笔梦，赢得两袖尽清风！命也如斯，其何言哉！可是笑声送入的梦来得异样甘香。一夜清洁温暖的睡眠。把前两夜坦克车苦战所耗费的精神都完全恢复过来了。

十八日为得要赶回成都的缘故，一清早就带着滑杆赶上上清宫。中途经过朝阳洞，洞只是一个宽而不深的大岩窖，里面摆着几座菩萨，朝下可以收览很远的田野，清晨可以看日升的名胜而已。可是靠山的绿阴里面有一栋小小的别墅，蓝窗红门，上有瓦顶，下有地板，倒是十分有趣，很有点像枫丹白露宫的皇后农庄，可谓贵而不骄，朴实而风雅的人间住宅了。

到了上清宫，满以为可以一瞻名画家张大千先生的风采，借此可以在他的笔里见到青城山更深一层的神韵。不幸他下山了。只得用自己的俗眼，去欣赏了一番青城山的全景，另外买了一张大千名笔的照相，聊以慰情而已。画为平坡上一棵大树，树下迎风立住一诗人。画石题字云："人洁心无欲，树凉秋有声，高天日将暮，搔首动吟情。"张先生也买了一张非常秀美的观音图送他的夫人，因为他的夫人信奉佛法。

由青城山岭乘滑杆一直回到灌县，为时不过一二个钟头。在路上是同样舒服而静穆。在灌县与刘先生一家会齐了，在公园里用了午餐之后，我们回成都。到了成都郊外，刘家下了车，回到他们的乡居；我们就赶着向城内奔进，因为日已西沉，为时不早了。

车子刚刚停在春熙路口，苏王等三四位，下车去找旅馆。在车上的人，正在议论夜饭的地点。说定我做东，因为我一直是做客，最后总该做一次漂亮的东了。正是姑姑筵？不醉无归小酒家？四五六？镇江楼……议论纷纭，莫衷一是……呜——呜……警报来了。顾先生素有临事不乱的本领，一听警报，即知姑姑筵等今夜均无缘见面了，连忙买了两磅面包，以备充饥。苏王各位赶回汽车之后，车子即向城外奔，不料在某街上被军警阻止了，因为空袭警报中，汽车不准行动，以免有碍群众的逃避。可是因为我们是外来客人，不识成都方向，终被有情军警通融了这一次。我们直向某城门外奔，到了一个相当远的所在，即停下来，以为可以躲避，不料下车一问，始知正停在飞机场！这一下把我们吓住了，只嚷：快开走！快开走！大约又飞奔了十余里，才停下来。我和三位男先生及周夫人躲在一座土墙根下。旁边有捆稻草，我们搬至墙根，覆在上面静候着。不到十分钟，隆隆！隆隆！……飞机来了，在我们头上经过。我们的探照灯把飞机九架照住在薄云上面，只见银翅斑斓，在白云里漾来漾去。我们的飞机早已上去，与之周旋。那夜月虽如水，却银云暧暧，飞机不易低飞，且因我们自己的飞机在上面与之搏斗，恐有误伤，故各色不令放高射炮的信号满天飞舞。一时彩色飘漾，机声隆隆，枪声噼啪，颇为美观。最后飞机仍掷下来一些烧夷弹。转瞬间，只见烟火冲天，红光四射。我们当时一阵心酸，痛心同胞的苦难，以为去年八一九嘉定的我们所身受的惨剧，又遭遇到成都人身上了。可是不到数分钟，烟消了，火熄了，一轮明月照天空，大地静得如梦样的甜蜜。我们不得不欣感成都救火队救火的神速！

隆隆！隆隆！……第二批又来了。这一批不知从何方而来，而未从我们头上经过。可是这次连一个蛋也没下，就被我们的飞将军赶逃了。

隆隆！隆隆！第三批又由我们头上飞过了。我方的探照灯，驱逐队，把他们逼住在云间。他们一时逃不出圈子，就放下十二个照明弹，把一个伟大的成都照得明如白昼。十二盏照明弹散挂在天空中，与我机所放的各色信号，混然杂然飘动着，简直是一幕壮丽奇美的战舞，而隐隐在云端里飞机相互搏斗的机枪声，可谓是陪舞的音乐了！惨绝人寰的空战竟有如此之幽丽，是亦老天爷特与人类的恶作剧吗？这一批虽然投下了许多炸弹，却大都落在荒丘，城内毫无损失。

第二天张先生见形势不佳，飞机不免还要光临，赶着替我们找了便车，把我们送回嘉定了。我们回家之后，一连是五次夜袭与无数次的日袭。我们在这些无止息的威胁之中，还是继续苦斗着，忍耐着，努力于自己的职务。我在上课改卷以及丧失爱妹的悲哀与其他种种忧虑里面，而能在警报声中写完这篇游记，亦可谓这种不屈不挠的精神的明证。

一九四〇年六月十日完稿于四川乐山城郊警报声中

佳作赏析：

袁昌英（1894—1973），女作家、学者。著有《山居散墨》《行年四十》等散文集，《法兰西文学》等论著。

这是一篇写于抗日战争时期的颇具特色的游记。作者一行数人前往成都，先后游览了途经的三苏祠、都江堰、索桥、青城山。文章以时间为顺序，除记叙了沿途见闻和风景外，一些生活琐事、趣闻也有收录。李冰修都江堰工程浩大，千秋功业造福万民；乡人夫妻建索桥义感天地，便利后人，这些无不体现中华民族在艰难困苦面前坚强不屈的伟大精神。而夜宿旅社捉"坦克车"（蟑螂）、回成都后避敌人飞机轰炸看到的情形，则无不体现着作者与成都人民在困难、战争面前表现的乐观诙谐、顽强不屈的精神。祖国河山风景美丽雄伟，而中国人民更是不可战胜的钢铁之躯。文章看似写景，其实写景背后有着深刻的含义和特定的思想感情，值得细细品味。

游了三个湖

□［中国］叶圣陶

这回到南方去，游了三个湖。在南京，游玄武湖，到了无锡，当然要望望太湖，到了杭州，不用说，四天的盘桓离不了西湖。我跟这三个湖都不是初相识，跟西湖尤其熟，可是这回只是浮光掠影地看看，写不成名副其实的游记，只能随便谈一点儿。

首先要说的，玄武湖和西湖都疏浚了。西湖的疏浚工程，做的五年的计划，今年四月初开头，听说要争取三年完成，每天挖泥船轧轧轧地响着，连在链条上的兜儿一兜兜地把长远沉在湖底里的黑泥挖起来。玄武湖要疏浚，为的是恢复湖面的面积，湖面原先让淤泥和湖草占去太多了。湖面宽了，游人划船才觉得舒畅，望出去心里也开朗，又可以增多渔产。湖水宽广，鱼自然长得多了。西湖要疏浚，主要为的是调节杭州城的气候。杭州城到夏天，热得相当厉害，西湖的水深了，多蓄一点儿热，岸上就可以少热一点儿。这些个都是顾到居民的利益。顾到居民的利益，在从前，哪儿有这回事？只有现在的政权，人民自己的政权，才当做头等重要的事儿，在不妨碍国家社会主义工业化的前提之下，非尽可能来办不可。听说，玄武湖平均挖深半公尺以上，西湖准备平均挖深一公尺。

其次要说的，三个湖上都建立了疗养院——工人疗养院或者机关干部疗养院。玄武湖的翠洲有一所工人疗养院，太湖、西湖边上到底有几所疗养院，我也说不清。我只访问了太湖边中犊山的工人疗养院。在从前，卖力气淌汗水的工人哪有疗养的份儿？害了病还不是咬紧牙关带病做活，直到真个挣扎不了，跟工作、生命一齐分手？至于休养，那更是做梦也想不到的事儿，休养等于放下手里的活闲着，放下手里的活闲着，不是连吃不饱肚子的一口饭也没有着落了吗？只有现在这时代，人民当了家，知道珍爱创造种种财富的伙伴，才要他们疗养，而且在风景挺好、气候挺适宜的所在给他们建立疗养院所。以前人有句诗道，"天下名山僧占多"。咱们可以套用这一句的意思说，目前虽然还没做到，往后一定会做到，凡是风景挺好、气候挺适宜的所在，疗养院全得占。僧占名山该不该，固然是个问题，疗养院占好所在，那可绝对地该。

又其次要说的，在这三个湖边上走走，到处都显得整洁。花草栽得整齐，树木经过修剪，大道小道全扫得干干净净，在最容易忽略的犄角里或者屋背后也没有一点儿垃圾。这不只是三个湖边这样，可以说哪儿都一样。北京的中山公园、北海公园不是这样吗？撇开园林、风景区不说，咱们所到的地方虽然不一定栽花草，种树木，不是也都干干净净，叫你剥个橘子吃也不好意思把橘皮随便往地上扔吗？就一方面看，整洁是普遍现象，不足为奇。就另一方面看，可就大大值得注意。做到那样整洁绝不是少数几个人的事儿。固然，管事的人如栽花的，修树的，扫地的，他们的勤劳不能缺少，整洁是他们的功绩。可是，保持他们的功绩，不让他们的功绩一会儿改了样，那就大家有份，凡是在那里、到那里的人都有份。你栽得整齐，我随便乱踩，不就改了样吗？你扫得干净，我嗑瓜子乱吐瓜子皮，不就改了样吗？必须大家不那么乱来，才能保持经常的整洁。解放以来属于移风易俗的事项很不少，我想，这该是其中的一项。回想过去时代，凡是游览地方、公共场所，往往一片凌乱，一团肮脏，那种情形永远过去了，咱们从"爱护公共财物"的公德出发，已经养成了到哪儿都保持整洁的习惯。

现在谈谈这回游览的印象。

出玄武门，走了一段堤岸，在岸左边上小划子。那是上午九点光景，一带城墙受着晴光，在湖面和蓝天之间划一道界限。我忽然想起四十多年前头一次游西湖，那时候杭州靠西湖的城墙还没拆，在西湖里朝东看，正像在玄武湖里朝西看一样，一带城墙分开湖和天。当初筑城墙当然为的防御，可是就靠城的湖来说，城墙好比园林里的回廊，起掩蔽的作用。回廊那一边的种种好景致，亭台楼馆，花坞假山，游人全看过了，从回廊的月洞门走出来，瞧见前面别有一番境界，禁不住喊一声"妙"，游兴益发旺盛起来。再就回廊这一边说，把这一边、那一边的景致合在一起儿看也许太繁复了，有一道回廊隔着，让一部分景致留在想象之中，才见得繁简适当，可以从容应接。这是园林里回廊的妙用。湖边的城墙几乎跟回廊完全相仿。所以西湖边的城墙要是不拆，游人无论从湖上看东岸或是从城里出来看湖上，就会感觉另外一种味道，跟现在感觉的大不相同。我也不是说西湖边的城墙拆坏了。湖滨一并排是第一公园至第六公园，公园东面隔着马路，一带相当齐整的市房，这看起来虽然繁复些儿，可是照构图的道理说，还成个整体，不致流于琐碎，因而并不伤美。再说，成个整体也就起回廊的作用。然而玄武湖边的城墙，要是有人主张把它拆了，我就不赞成。不知道为什么，我总觉得那城墙的线条，那城墙的色泽，跟玄武湖的湖光、紫金山复舟山的山色配合在一起，非常调和，看来挺舒服，换个样儿就不够味儿了。

这回望太湖，在无锡鼋头渚，又在鼋头渚附近的湖面上打了个转，坐的小汽轮。鼋头渚在太湖的北边，是突出湖面的一些岩石，布置着曲径磴道，回廊荷池，丛林花圃，亭榭楼馆，还有两座小小的僧院。整个鼋头渚就是个园林，可是比一般园林自然得多，何况又有浩渺无际的太湖做它的前景。在沿湖的石上坐下，听湖波拍岸，挺单调，可是有韵律，仿佛觉得这就是所谓静趣。南望马迹山，只像山水画上用不太淡的墨水涂上的一抹。我小时候，苏州城里卖芋头的往往喊"马迹山芋艿"。抗日战争时期，马迹山是游击队的根据地。向来说太湖七十二峰，据说实际不止此数。多数山峰比马迹山更淡，像是画家蘸着淡墨水在纸面上带这么一笔而已。至于我从前到过的满山果园的东山，石势雄奇的西山，都在湖的南半部，全不见一丝影儿。太湖上渔民很多，可是湖面太宽阔了，渔船并不多见，只见鼋头渚的左前方停着五六只。风轻轻地吹动桅杆上的绳索，此外别无动静。大概这不是适宜打鱼的时候。太阳渐渐升高，照得湖面一片银亮。碧蓝的天空中飘着几朵若有若无的薄云。要是天气不好，风急浪涌，就会是一幅完全不同的景色。从前人描写洞庭湖、鄱阳湖，往往就不同的气候、时令着笔，反映出外界现象跟主观情绪的关系。画家也一样，风雨晦明，云霞出没，都要研究那光和影的变化，凭画笔描绘下来，从这里头就表达出自己的情感。在太湖边作较长时期的流连，即使不写什么文章，不画什么画，精神上一定会得到若干无形的补益。可惜我来也匆匆，去也匆匆，只能有两三个钟头的勾留。

刚看过太湖，再来看西湖，就有这么个感觉，西湖不免小了些儿，什么东西都挨得近了些儿。从这一边看那一边，岸滩，房屋，林木，全都清清楚楚，没有太湖那种开阔浩渺的感觉。除了湖东岸没有山，三面的山全像是直站到湖边，又没有衬托在背后的远山。于是来了总的印象：西湖仿佛是盆景，换句话说，有点儿小摆设的味道。这不是给西湖下贬辞，只是直说这回的感觉罢了。而且盆景也不坏，只要布局得宜。再说，从稍微远一点儿的地点看全局，才觉得像个盆景，要是身在湖上或是湖边的某一个所在，咱们就成了盆景里的小泥人儿，也就没有像个盆景的感觉了。

湖上那些旧游之地都去看看，像学生温习旧课似的。最感觉舒坦的是苏堤。堤岸正在加宽，拿挖起来的泥壅一点儿在那儿，巩固沿岸的树根。树栽成四行，每边两行，是柳树、槐树、法国梧桐之类，中间一条宽阔的马路。妙在四行树接叶交柯，把苏堤笼成一条绿荫掩盖的巷子，掩盖而绝不叫人觉得气闷，外湖和里湖从错落有致的枝叶间望去，似乎时时在变换样儿。在这条绿荫的巷子里骑自行车该是一种愉快。散步当然也挺合适，不论是独个儿、少数几个人还是成群结队。以前好多回经过苏堤，似乎都不如这一回，这一回所以觉得好，就在乎树补齐了而且长大了。

灵隐也去了。四十多年前头一回到灵隐就觉得那里可爱，以后每到一回杭州总得去灵隐，一直保持着对那里的好感。一进山门就望见对面的飞来峰，走到峰下向右拐弯，通过春淙亭，佳境就在眼前展开。左边是飞来峰的侧面，不说那些就山石雕成的佛像，就连那山石的凹凸、俯仰、向背，也似乎全是名手雕出来的。石缝里长出些高高矮矮的树木，苍翠、茂密，姿态不一，又给山石添上点缀。沿峰脚是一道泉流，从西往东，水大时候急急忙忙，水小时候从从容容，泉声就有宏细疾徐的分别。道跟泉流平行。道左边先是壑雷亭，后是冷泉亭，在亭子里坐，抬头可以看飞来峰，低头可以看冷泉。道右边是灵隐寺的围墙，淡黄颜色。道上多的是大树，又大又高，说"参天"当然嫌夸张，可真做到了"荫天蔽日"。暑天到那里，不用说，顿觉清凉，就是旁的时候去，也会感觉"身在画图中"，自己跟周围的环境融和一气，挺心旷神怡的。灵隐的可爱，我以为就在这个地方。道上走走，亭子里坐坐，看看山石，听听泉声，够了，享受了灵隐了。寺里头去不去，那倒无关紧要。

这回在灵隐道上大树下走，又想起常常想起的那个意思。我想，无论什么地方，尤其在风景区，高大的树是宝贝。除了地理学、卫生学方面的好处而外，高大的树又是观赏的对象，引起人们的喜悦不比一丛牡丹、一池荷花差，有时还要胜过几分。树冠和枝干的姿态，这些姿态所表现的性格，往往很耐人寻味。辨出意味来的时候，咱们或者说它"如画"，或者说它"入画"，这等于说它差不多是美术家的创作。高大的树不一定都"如画""入画"，可是可以修剪，从审美观点来斟酌。一般大树不比那些灌木和果树，经过人工修剪的不多，风吹断了枝，虫蛀坏了干，倒是常有的事，那是自然的修剪，未必合乎审美观点。我的意思，风景区的大树得请美术家鉴定，哪些不用修剪，哪些应该修剪。凡是应该修剪的，动手的时候要遵从美术家的指点，惟有美术家才能就树的本身看，就树跟环境的照应配合看，决定怎么样叫它"如画""入画"。我把这个意思写在这里，希望风景区的管理机关考虑，也希望美术家注意。我总觉得美术家为满足人民文化生活的要求，不但要在画幅上用功，还得扩大范围，对生活环境的布置安排也费一份心思，加入一份劳力，让环境跟画幅上的创作同样地美——这里说的修剪大树就是其中一个项目。

一九五四年作

佳作赏析：

叶圣陶（1894—1988），江苏苏州人，作家、教育家。有小说集《隔膜》，长篇小说《倪焕之》，童话集《稻草人》，散文集《剑鞘》《未厌居习作》等。

文章写于一九五四年，是一篇优美的山水散文。作者文笔纯朴洗练，分别描绘了西湖、玄武湖、太湖的山光水色，概括了三个湖的各自特点：玄武湖湖边有城墙，别具韵味；太湖广阔，湖中有山；西湖似精致的盆景，周边有灵隐寺等名胜。

值得注意的是，文章在开头特意提到玄武湖和西湖的疏浚工程以及三个湖周边的整洁，并不时夹入作者的议论。写景抒情，写景寓议，文章在展示了一幅幅湖边美景图画的同时，也显露出鲜明的时代特色。

世界公园的瑞士

□〔中国〕邹韬奋

　　记者此次到欧洲去，原是抱着学习或观察的态度，并不含有娱乐的雅兴，所以号称世界公园的瑞士，本不是我所注意的国家，但为路途经过之便，也到过该国的五个地方，在青山碧湖的环境中，惊叹"世界公园"之名不虚传。因为全瑞士都是在碧绿中，除了房屋和石地外，全瑞士没有一亩地不是绿草如茵的，平常的城市是一个或几个公园，瑞士全国便是一个公园；就是树荫和花草所陪衬烘托着的房屋，他们也喜欢在墙角和窗上栽着或排着艳花绿草，房屋都是巧小玲珑、雅洁簇新的（因为人民自己时常油漆粉刷的，农村中的房屋也都如此）。墙色有绿的，有黄的，有青的，有紫的，隐约显露于树草花丛间，真是一幅美妙绝伦的图画！

　　记者于八月十七日下午十二点离开意大利的米兰，两点钟到了瑞士的齐亚素，便算进了"世界公园"的境地。由此处起，便全是用着电气的火车（瑞士全国都用电气火车，非常洁净），在火车上遇着的乘客也和在意大利境内所看见的"马虎"的朋友们不同，衣服都特别地整洁，精神也特别地抖擞，就是火车上售卖员的衣冠态度也和"马虎"派的迥异，这种划若鸿沟的现象，很令冷眼旁观的人感到惊讶。由此乘火车经过阿尔卑斯山（Alps）下的世界有名的第二山洞（此为火车经过的山洞，工程艰难和山洞之长，列世界第二），气候便好像由燥热的夏季立刻变为阴凉的秋天。在意大利火车中所见的东一块荒地西一块荒地的景况，至此则两旁都密布着修得异常整齐的绿坡，赏心悦目，突入另一种境界了。所经各处，常在海平线三四十尺以上，空气的清新固无足怪，远观积雪绕云的阿尔卑斯山的山峰矗立，俯瞰平滑如镜的湖面映着青翠欲滴的山景，无论何人看了，都要感觉到心醉的。我们到了琉森湖（Lake of Lucerne）的开头处的小埠佛露哀伦（Fluelen），已在下午五点多钟，因打算第二天早晨弃火车而乘该处特备的小轮渡湖（需三小时才渡到琉森城，即该湖的一尽头），所以特在湖滨的一个旅馆里歇息了一夜。这个旅馆开窗见湖面山，设备雅洁极了，但旅客却寥若晨星，大概也受了世界经济恐慌的波及。

这段路本来可乘火车，但要游湖的，也可以用所买的火车连票，乘船渡湖，不过买火车票时须声明罢了。我们于十八日上午九时左右依计划离佛露哀伦，乘船渡湖。这轮船颇大，是专备湖里用的，设备很整洁，船面上一列一列地排了许多椅子备旅客坐。我们在船上遇着二三十个男女青年，自十二三岁至十七八岁，由一个教师领导，大家背后都背着黄色帆布制的行囊，用皮带缚到胸前，手上都拿着一根手杖，这一班健美快乐的孩子，真令人爱慕不止！他们乘一小段的水路后，便又在一个码头上岸去，大概又去爬山了。最可笑的是那位领导的教员谈话的声音姿态，完全像在课堂上教书的神气，又有些像演说的口气和态度，大概是他在课堂上养成的习惯。在沿途各站（在湖旁岸上沿途设有船站，也可说是码头），设备也很讲究，上船的游客渐多，大都是成双或带有幼年子女而来的。有三个五十来岁发已斑白的老妇人，也结队而来，背上也负着行囊，手上也拿着手杖，有两个眼上架着老花眼镜，有一个还拿着地图口讲指划，兴致不浅。这也可看出西人个人主义的极致，这类老太婆也许有她们的子女，但年纪大了各走各的路，和中国的家族主义迴异，所以老太婆和老太婆便结了伴。这种现象，我后来越看越多了。

船上有一老者又把我们当作日本人，他大概有搜集各种邮票的嗜好，问我们有没有日本的邮票，结果他当然大失所望！我们当天十二点三刻就乘船到了琉森城，这是瑞士琉森邦（瑞士系联邦制，有二十二邦）的最为游客所常到的一个城市，在以美丽著名的琉森湖的末端。我们上岸略事游览，即于下午四点钟乘火车往瑞士苏黎世邦的最大的一个城市（也名苏黎世，人口二十万余人），一小时左右即到。该城丝的出产仅次于法国的里昂，布匹和机械的生产很盛，是瑞士的主要的经济中心地点，同时也是由法国到东欧及由德国和北欧往意大利的交通要道。该处有苏黎世湖，我们到后仅能于晚间在湖滨略为赏鉴，于第二日早晨，我们这五个人的小小旅行团便分散，除记者外，他们都到德国去。记者便独自一人，于上午十点零四分，提着一个衣箱和一个小皮包，乘火车向瑞士的首都伯尔尼进发，下午一点三十五分才到。在车站时，因向站上职员询问赴伯尔尼的月台（国外车站上的月台颇多，以号码为志），他劝我再等一小时有快车可乘，我正欲在沿途看看村庄情形，故仍乘着慢车走。离了团体，一个人独行之后，前后左右都是黄发碧眼儿了。

团体旅行和个人旅行，各有利弊，其实在欧洲旅行，有关于各国的西文指南可作游历的根据，只需言语可通，经济不发生问题（团体旅行，有许多可省处），个人旅行所得的经验只有比团体旅行来得多。记者此次脱离团体后，即靠着一本英文的《瑞士指南》，并温习了几句问路及临时应付的法语，便独自一人带着《指南》，按着其中的说明和地图，东奔西窜着，倒也未曾做过怎样的"阿木林"。

记者到瑞士的首都伯尔尼后，已在八月十九日的下午，租定了一个旅馆后，决意在离开瑞士之前，要把关于游历意大利所得的印象和感想的通讯写完，免得文债积得太多，但因精神疲顿已极，想略打瞌睡，不料步武猪八戒，一躺下去，竟不自觉地睡去了半天，夜里才用全部时间来写通讯。二十日上午七点钟起身后继续写，才把《表面和里面——罗马和那不勒斯》一文写完付寄。关于瑞士，我已看了好几个地方，很想找一个在当地久居的朋友谈谈，俾得和我所观察的参证参证，于是在九点后姑照所问得的中国公使馆地址，去找找看有什么人可以谈谈，同时看看沿途的胜景。一跑跑了三小时，走了不少的山径，才找到挂着公使馆招牌的屋子。规模很小，尤妙的是公使一人之外，就只有秘书一人，阍人是他，书记是他，打字员也是他，号称一个公使馆，就只有这无独有偶的两个人（不过还有一个老妈子烧饭）！问原因说是经费窘迫（日本驻瑞的公使馆，除公使外，有秘书及随员三人、打字员两人、顾问 [瑞士人] 一人及仆役等）。记者按电铃后，出来开门的当然就是这位兼任阍人等等的秘书先生，他是一位在瑞士已有十三四年的苏州人，满口苏白，叫苦连天。我们一谈却谈了两小时之久，所得材料颇足供参考，当采入下篇通讯里。可是我却因此饿了一顿中餐。

八月二十一日下午乘两点二十分火车赴日内瓦，四点五十分到。在该处除又写了《离意大利后的杂感》一文外，所游的胜景以日内瓦湖为最美。但是这样美的瑞士，却也受到世界经济恐慌的影响。其详当于下篇里再谈。

八月二十五日记于巴黎

佳作赏析：

邹韬奋（1895—1944），江西余江人。著有《激变集》《再厉集》《从美国看到的世界》等作品。

这是一篇"走马观花"的游记。作者当时是以记者身份前去欧洲采访，在工作之余顺路游览了沿途风光，而瑞士给作者最深刻的印象就是绿化程度极高，整个国家简直就是一个大花园。不仅如此，瑞士处处显得整洁，人的精神面貌也特别抖擞。作者不仅介绍了瑞士的相关情况，写了沿途的风景和见闻，而且也谈了赴欧洲旅行的注意事项，是一篇兼具知识性、趣味性、实用性的佳作。

西京胜迹

□ 〔中国〕张恨水

　　这西京胜迹四个字，是本小册子的名字，乃张长工先生编订的。内容是将在志书上和在西安当地考查所得，约编订了有一万字上下的简记，大概西安的胜迹，都网罗无遗了。不过他所举的，仅仅是沿革，没有加以描写。我根据了他那小册子，游历一二十处胜迹，颇得他的介绍力不小，就借重他这名字，总括我这段琐文。

开元寺

　　这寺在东大街路南，大门对着街上，门里是片广场，广场正面是庙，两旁是环形式的人家门户，猛然一看，不过一般中产以下的住户而已，可是里面藏了不少的奥妙。在那大门上，有块开元寺的石额，下面有块木板横额，正正端端，写了古物商场四字。按理说起来，这开元寺是唐朝开元年间的建筑品，历代都增修过，说这里是古物商场，当然可以邀初次西来的人相信。

但是看官到西安，千万别见人就问开元寺在哪里？或者说我要进开元寺去，因为那两旁人家不是古物，乃是东方来的娼妓，稍微有身份的人，是不敢踏进这古物商场一步的。但是我因为听说这里面有塑像，有壁画，也许可以发现一点什么，就择了一个正午十二时，邀了一位教育所的凌秘书作陪，毅然决然地进去参观了。经过那广场，便是正殿，似乎这广场，原先都是殿宇，现在的正殿，已经是后殿了。正殿并不伟大，在佛龛四周，有十八尊罗汉塑像。其中有几尊，姿态很好，和北平西山碧云寺的塑像不相上下，我断定不是清朝的东西。不是元塑，也是明塑。有几尊由后人涂饰过，原来的面目尽失，大为可惜。然而就是我所认为姿态很好的，西安也很少人注意，始终是会湮没的。因为塑像这种艺术，清朝三百年来，是绝对不考究，所以没有好塑匠。我们把江南一带新庙宇的塑像，和北方古庙宇的塑像一比较，那就可以看出来。清塑是粗俗臃肿，乱涂颜色，清以上的塑像，大概都刻画精细，饶有画意。开元寺那几尊罗汉像，绝无粗俗臃肿之弊，眉目也很有神气，所以我认为很好。在这正殿上，有座佛阁，四面是窄小的游廊，很有点明代建筑意味。阁里很黑暗，有三四尊像，是近代塑出的，无足取。

碑 林

这是西安最著名的一处名胜，在城东南，雇人力车，告诉车夫到碑林，就可以拉到，因为就是人力车夫，也知道这处名胜的。这林在旧府学里，现在归图书馆专员管理。进门在苍台满径的小巷子里过去，正北有个小殿，供有孔子的塑像，朝南有三进旧的屋宇，一齐拆通，一列一列地立着石碑。这里面共分着十区，第一区的唐隶，第二区的颜字家庙碑，圣教序，多宝塔，第三区的十三经全文，第六区的景教流行碑（大唐建中二年刻石），这都是国内唯一无二的国宝，在别的所在，是看不到的。这里的碑，共是四百多种，合两千四百多块。洛阳周公庙的石碑，唐碑本也不少，但这里的都出于名手，那是洛阳所不及的。文庙在碑林隔壁，顺便可去看看，里面有古柏几十棵，是西安第一个终年常绿的所在。

曲江与乐游原

曲江这两个字，念过唐诗的人，便会觉得耳熟，据传说，这里秦是宜春院，汉是曲江，隋是芙蓉池，到了唐朝开元年间，大加修理，周围七里，遍栽花木，环筑楼阁，可以任人游玩。虽不及现在的西湖，至少是可以比北平的北海的。唐诗上，随便翻翻，可以翻到曲江饮宴的题目。就是唐人小说上，也常常提到这地方，作为背景。我到了西安，就曾问人，曲江这地方还有没有？同时念着那杜甫的诗"三月三日天气新，长安水滨多丽人"，和朋友开着玩笑。朋友答复，都说还有遗址可寻。这在我们有点诗酸的人，就十分高兴了。在一天下午，借了朋友的汽车，坐出南门，在那浮尘堆拥的便道上，驰上了一片土坡，那土坡高高低低，略微有点山形，在土坡矮处，有几棵瘦小的树，映带着上十户人家，在人家黄土墙外，有座木牌坊，上面写了四个字：古曲江池。呵，这里就是了。当时和两个朋友，下了汽车，朝了人家走去。人家在洼地所在，门口是一片打麦场，东北西是土坡围着，向南有缺口。四周看看一点水的地方也没有。至于那四周的土坡，只是些荒荒的稀草，那里还有什么美景？但是据我的捉摸，这人家所在，便是当日曲江池底，由南去弯弯的洼地，正是引水前来的池口。因为由洼地到土坡上面相差有四五十尺，轻易是填不起来的。大概多少还留着原来一点形迹。我和朋友都不免叹了两声桑田沧海。在这曲江池的东南边土坡上，荒草黄尘，远远地看到西安城堞，在这黄黄的斜阳影里，说不出来是一种什么情趣。这地方就是乐游原，在汉朝的时候，春秋佳日，都人士女，都到这里来游玩。李太白的词上说："乐游原上清秋节，咸阳古道音尘绝。音尘绝，西风浅照，汉家陵阙。"这似乎在太白当年，这地方已不胜有荆棘铜驼今昔之感的了。

武家坡

这三个字写了出来，读者不免要大大地吓上一跳，这不是一出京戏的名字吗？对了，这就是京戏上的武家坡。西安人很少舌尖音，水念匪，天念千，典念检。他们的秦腔里面，有一出本戏，叫五典坡，是扮演薛平贵王宝钏的事，由抛彩球起，到算粮登殿为止。京戏可叫红鬃烈马。这五典坡，就在曲江池的南边深沟里。西安人念成五检坡，京戏莫名其妙的，就改为武家坡了。这一道深沟，弯曲着由西向东南，在北岸上，有三个窑洞门，都封闭了，传说那就是王宝钏为夫守节的所在。南岸随着土坡，盖了一所小庙，里面有王三姐和薛平贵的泥塑像，像后面土坡上有个黑洞，说是能够点了油灯照着向这里上去，另外还有一篇神话。其实也不过是看庙的人，借此向游人讹钱罢了。薛平贵、王宝钏这两个人，本来是不见经传的，这武家坡当然也有疑问。但是西安的秦腔班子，几乎每日都有唱五典坡这出戏的，其叫座可知，那故事深入民间也可知了。

雁　塔

在科举时代，恭祝人家雁塔题名，那是一句很吉祥的话，这雁塔在慈恩寺内，寺在曲江池西北角，到城约五六里路。这寺和别的寺宇不同的，就是在正殿之前，列着一层层的石碑，不下百十来幢。当唐朝神龙年后，选取的进士，都在这里碑上题上他的名字。而雁塔也就因为这样流传士人之口，直到于今，塔在殿后高高的土基上，塔门有唐朝褚遂良的圣教序碑，并没有残破，也是为赏鉴碑帖的人所宝贵的之一。这个塔和开封的琉璃塔，恰好相处在反面。那琉璃塔是实心的，只在塔心划开一条缝，转了上去，所以塔里没有一寸木料。这雁塔却是空心的，倚靠了塔墙，四周架了栏杆板梯，临空上去。所以有三四个游人扶梯登塔的话，只听到，登登的一片踏木桥声，而且在上层的人，可以看到下层的人，便是其他的塔，也很少这种构造的哩。这个庙，在隋朝叫无漏寺，唐高宗为文德皇后改造过，改名叫慈恩寺，直到于今。

小雁塔

这塔在大雁塔西边，下面是荐福寺，塔虽有十五层，比慈恩寺的七层塔矮小得多，所以叫小雁塔。这里有两种神话，说是地震一回，这塔就会裂开，再震一回又合起来。庙里有口钟，是武功河边捞起来的，相传有女人在河边捣衣，声闻数里，于是就掘得了这口钟。因为雁塔钟声，是关中八景之一，所以在这里顺带一叙。

新城与小碑林

在西安的人，听到新城大楼这个名词，就会感到一种兴奋。便是国内报纸，每记着要人驾临西安的时候，也会连带地记上新城大楼这四个字。原来这是绥靖公署宴会的场合，要人来了，总是住在这里的。既是官衙，怎么又算西京胜迹之一哩？这就因为这里是明朝的秦王府，四周筑有土城，土城里，很大一片旷地，是前清驻防旗人的教场，旗人也就驻防在东北角上。辛亥军事城里一场大火，烧个干净。民国十年，冯玉祥手里，把这里重新建造了，叫做新城。到宋哲元做陕西主席的时候，更盖了一幢中西合参的大厅，因为下面有窑洞，所以叫大楼。合并两个名词，就叫新城大楼。大楼后面有个敞厅，里面立有大小石碑二三十块，其中颜真卿自撰自书的勤礼碑，最为名贵。这块碑，宋时，很多人模仿，元明就失传。民国十一年，在西安旧藩台衙门里挖出，虽然中断，全文不缺，据人推测，已埋在土中一千年了。小碑林里有了这块碑，所以这个地方，也成为胜迹之一。只是这在绥靖公署里面，地方太重要了，游人是闻名而已。

第一图书馆

到西安来游历的人，省立图书馆，那是值得一游的。馆在南苑门，交通很便利，里面分着古物书籍两大部分。我所看到的，有以下几样东西，值得向读者介绍的：（一）八骏图。这是唐代的石刻，乃是在大石块上浮雕起来的，一种古朴的意味，和近代的石刻异趣。其中两块，被人盗卖到国外去了，现在只剩六块，并在东廊墙上。（二）宋版藏经全部，及明版藏经。这种书，国内别处，虽然也有，可是不及这里的多，满满的陈设了三间大屋子，据传说，有一万一千多卷。馆里对于这书，管理得很严密，非有特别介绍，不许参观。（三）唐钟，是唐睿宗用铜铸的，高一丈多，书画都完全不缺。现在东廊外，用一个特别的亭子罩着。（四）北魏造像，在西廊。另有其他许多唐宋石刻陪衬着。（五）出土古物，也在西边屋子陈列着。虽然不多，各代的都有。周鼎尤其是宝贵。（六）汉宫春晓图。这幅图，藏在图书馆楼上，要特别介绍，方能由馆中负责的人，取下来看，画长二丈一二尺，阔一丈二尺余，上面所绘楼阁山水人物，非常细致。作书者为袁某，已不能记起什么名字了。据图书馆人说，这是明画。

华　塔

这塔本不怎么高，但是值得一看的，就是每层塔上，各方都嵌有一个石刻佛像。这是唐代的石刻，在这里可以和北魏的造像比较一下，研究研究这两个时代的雕刻如何。在第四层上有个女像，据传说，是唐明皇为杨贵妃刻的。塔在书院街师范学校附属小学里，塔外围里一道矮墙，保护石刻，游人只能远看了。

莲花池

　　这池就算是西安的公园了，地址在城西北角，里面很宽阔。本来是明朝的水渠，后来干了。民国十七年，改为公园，栽了许多树木，南北两个池子，周围约一里多路，在池边树木里建了两三个亭子，为西安市上单有的一个市民清游之所。但是当我去游的时候，池里水干见底，很少清趣。听说西京建设委员会，要大大的修理一下，大概将来是会比现在好些的。

西五台

　　这地方本不足观，但它很负盛名。因为那里有个大士楼，每逢旧历六月初六，有一度庙会，所以被人称道着。我在西安，震于它的盛名，也曾特意去了一次。这里更在莲花池的偏西，在很污秽的敞地上，一排有三个黄土台子。前面一个，上头有破庙一所，门口作了马营养马之所，当然是不堪闻问，最后一个，上面却有个更楼式的亭子。登那亭子上，可以望到西安全城。始而我疑惑，这里哪够算是名胜？后来向人打听，原来这是唐朝皇城的遗址，一千年以来，唐代宫阙，什么都没有了，仅仅就是这几堆城墙土基而已。

西安风俗之一斑

　　关于西京胜迹，那是书不胜书，我只到了这些地方，我也就只能描写这些地方。最可惜的，就是近在眼前的终南山，我竟不曾去走一趟。这并不是愿意交臂失之，因为初到的时候，赶着要上甘肃，回来的时候，又遇到天气十分热，只好罢了。现在还有旅客到西安，应当知道的一些风俗，拉杂写在后面。

西安人起得很早，在春天的时候，六点钟，就满街都是人了。便是住在旅馆里，七点钟以后，声音也极其嘈杂，不容人晚起。这自然是个好习惯，作客的人，不妨跟着学学。晚上九点钟以后，街上已经难买到东西。

西安人是吃两餐的，早餐大概在十点钟附近，晚餐在下午四点钟附近。设若你接到请帖，订着晚四点或早十点，你不要以为这是主人翁提早时间，应当按时而去。

西北人的衣服，都很朴实，男子有终身不穿绸缎的。近年来，年轻的女子，也慢慢染了东方人士奢华的习气，但是也不过穿穿人造丝织的衣料而已，到西北去的朋友最好穿朴素一点，可以减少市民的注意。若是你穿西服，无疑的，市人会疑心你是老爷之流。因为除了东方去的年轻官吏，本地人是绝少穿西服的。摩登少年，也不过穿穿那青色粗呢的学生服，若在上海，人家会疑心是大饭店里的工友。如此看来，到西北去应当穿哪种服饰，不言而喻了。

某一个地方的人，必是尊重某一个地方的名誉。作客的人，在入境问俗的规矩之下，本不应该，在浮面上观察过了，就作骨子里面批评的。陕西人爱护桑梓的观念，大概是比别一省的人，还要深切。到西北去的人，对人说，我们回到老家来了，西北人刻苦耐劳，东南人士所不及，像这一类的话，只管多说，不要紧。若易君左闲话扬州而兴讼，胡适之恭维香港而碰壁，都是忘了主人翁地位说话的一个老大教训。到西北去的朋友，对于这一点，是必再三注意之后，还要再四注意。

西北人的旧道德观念，很深很深，所以男女社交，还只限于极少一部分知识阶级，此外，男女之防，还是相当地尊重。客人到朋友家里去，不可以很大意地向内室里闯。像上海朋友，住惯了鸽子笼式的房屋，不许可人分内外，久之，也就成了习惯，到了北平，就常因走到人家上房，引起了厌恶。若到西安去，也要谨慎。再者，在西北地方，便是走错了路，遇到妇女，也不宜胡乱开口向人家问路，我亲眼看见我的朋友，碰过很大的钉子。

最后，说到方言这个问题，陕甘宁青四省，汉人都是操着西北普通话，并不难懂。到西安去，扬子江以北的各种方言，他们都可以懂得。陕西方言，大概是喉音字，发出来最重，如我字，总念作鄂。舌尖音往往变成轻唇音，如水念作匪之类。大概知道这一点诀窍，陕西话是更容易了解了。

佳作赏析：

张恨水（1895—1967），安徽潜山人，作家。有长篇小说集《春明外史》《啼笑因缘》《八十一梦》《五子登科》《魍魉世界》等。

这是一篇介绍西安风景名胜和风俗的佳作。文章语言朴实，对各处名胜的介绍言简意赅，详细得当，虽然介绍的地方多达十多处，但丝毫不觉得啰唆。作者知识渊博，在介绍景点时不仅仅局限于景点本身，往往将相关的历史渊源、特定价值也一并交代清楚，令人受益匪浅。值得一提的是，作者在文章结尾还专门介绍了西安风俗以及游西安的注意事项，颇具实用性。

春日游杭记

□〔中国〕林语堂

一

由梵王渡上车，乘位并不好，与一个土豪对座。这时大约九时半。开车后十分钟，土豪叫一盘中国大菜式的西菜。不知是何道理，他叫的比我们常人叫的两倍之多，土豪便大啖大嚼起来，我也便看他大嚼。茶房对他特别恭顺。十时零六分，忽然来一杯烧酒，似乎是五茄皮。说也奇怪，十时十一分，杂碎的大菜吃完，接着是白菜烧牛肉，其牛肉至十二片之多，我益发莫名其妙了。十时二十六分，又来土司五片，奶油一碟。于是我断定，此人五十岁时必死于肝癌。正在思索之时，又来一位油脸而黑的中山装少年。一屁股歪在土豪旁边坐下，一手把我桌上的书报茶杯推开，登时就有茶房给他一杯咖啡，一盘火腿蛋。于是土豪也遭殃了。青年的呢帽一直放在土豪席上位前。我的一杯茶，早已移至土豪面前，此时被这帽子一推，茶也溢了，桌也溢了。我明白这是以礼义自豪之邦应有的现象，所以愿以礼相终始，并不计较。排布定当，于是中山装青年弯下他的油脸，吃他的火腿蛋。我看见他身上徽章，是什么沪杭铁路局的什么员，又吃完便走，乃断定他这碟火腿蛋一定是贿赂。这时土豪牛肉已吃到第九片，怎么忽然不想吃了。于是咳嗽、吐痰、免冠、搔首，颇有饱乐之概。十时三十一分茶房来，问可否拿走。土豪毫不迟疑地说"等一会"。经此一提醒，土豪又狼吞虎咽起来。这回特别快，竟于十时四十分全碟吃完。翻一翻报，脸上看不见有什么感触，过一会儿头向桌上一歪，不到五分钟已经鼾然入寐了。我方觉得安全。由是一路无聊到杭州。

到杭州，因怕臭虫，决定做高等华人，住西泠饭店，虽然或者因此与西洋浪人为伍，也不在意。车过浣纱路，看见一条小河，有妇人跪在河旁在浣衣，并不是浣纱。因此，想起西施，并了悟她所以成名，因为她是浣纱，尤其因为她跪在河旁浣纱时所必取的姿势。

到西湖时，微雨。拣定一间房间，凭窗远眺，内湖、孤山、长堤、宝塔、游艇、行人，都一一如画。近窗的树木，雨后特别苍翠，细草茸绿的可爱。雨细蒙蒙的几乎看不见，只听见草叶上及田陌上浑成一片点滴声。村屋五六座，排列山下，屋虽矮陋，而前后簇拥的却是疏朗可爱的高树与错综天然的丛芜、蹊径、草坪。其经营毫不费工夫，而清华朗润，胜于上海愚园路寓公精舍万倍。回想上海居民，家资十万始敢购置一二亩宅地，把草地碾平，花木剪成三角、圆锥、平头等体，花圃砌成几何学怪状，造一五尺假山，七尺鱼池，便有不可一世之概，真要令人痛哭流涕。

二

半夜听西洋浪人及女子高声笑谑，吵得不能成寐。第二天清晨，我们雇一辆汽车游虎跑。路过苏堤，两面湖光潋滟，绿洲葱翠，宛如由水中浮出，倒影明如照镜。其时远处尽为烟霞所掩，绿洲之后，一片茫茫，不复知是山是湖，是人间，是仙界。画画之难，全在画此种气韵，但画气韵最易莫如画湖景，尤莫如画雨中的湖山；能攫得住此波光回影，便能气韵生动。在这一幅天然景物中，只有一座灯塔式的建筑物，丑陋不堪，十分碍目，落在西子湖上，真同美人脸上一点烂疮。我问车夫这是什么东西。他说是展览会纪念塔，世上竟有如此无耻之尤的留学生作此恶孽。我由是立志，何时率领军队打入杭州，必先对准野炮，先把这西子脸上的烂疮，击个粉碎。后人必定有诗为证云：

西湖千树影苍苍

独有丑碑陋难当

林子将军气不过

扶来大炮击烂疮

虎跑在半山上，由山下到寺前的半里山路，佳丽无比。我们由是下车步行。两旁有大树，不知树名，总而言之，就是大树。路旁也有花，也不知花名，但觉得美丽。我们在小学时，学堂不教动植物学，至此吃其亏。将到寺的几百步，路旁有一小涧，湍流而下，过崖石时，自然成小瀑布，小石潺潺之声可爱。我看见一个父亲苦劝他六岁少爷去水旁观瀑布，这位少爷不肯。他说水会喷湿他的长衫马褂，而且泥土很脏。他极力否认瀑布有什么趣味。我于是知道中国非亡不可。

到寺前，心不由主地念声阿弥陀佛，犹如不信耶稣的人，口里也常喊出"O Lord"。虎跑的茶著名，也就想喝茶，觉得甚清高。当时就有一阵男女，一面喝茶，一面照相，倒也十分忙碌。有一位为要照相而作正在举杯的姿势，可是摄后并不看见他喝。但是我知道将来他的照片簿上仍不免题曰"某月日静庐主人虎跑啜茗留影"，这已减少我饮茶的勇气。忽然有小和尚问我要不要买茶叶，于是决心不饮虎跑茶而起。

虎跑有二物游人不可不看：一、茅厕，二、茶壶，都是和尚的机巧发明。虎跑的茶可不喝，这茶壶却不可不研究。欧洲和尚能酿好酒，难道虎跑的和尚就不能发明个好茶壶？（也许江南本有此种茶壶，但我却未看过。）茶壶是红铜做的，式样与家用茶壶同，不过特大，高二尺，径二尺半，上有两个甚科学式的长囱。壶身中部烧炭，四周便是盛水的水柜。壶耳、壶嘴俱全，只想不出谁能倒得动这笨重茶壶。我由是请教那和尚。和尚拿一白铁锅，由缸里挹点泉水，倒入一长囱，登时有开水由壶嘴流溢出来了。我知道这是物理学所谓水平线作用，凉水下去，开水自然外溢，而且凉水必下沉，热水必上升，但是我真无脸向他讲科学名词了。这种取开水法既极简便，又有出便有入，壶中水常满，真是两全之策。

三

我每回到西湖，必往玉泉观鱼，一半是喜欢看鱼的动作，一半是可怜它们失了优游深潭浚壑的快乐。和尚爱鱼放生，何不把它们放入钱塘江，即使死于非命，还算不负此一生。观鱼虽然清高，总不免假放生之名，行利己之实。

观鱼之时，有和尚来同我谈话。和尚河南口音，出词倒也温文尔雅。我正想素食在理论上虽然卫生，总没看见过一个颜色红润的和尚，大半都是面黄肌瘦，走动迟缓，明系滋养不足。

因此又联想到他们的色欲问题，便问和尚素食是否与戒色有关系。和尚看见同行女人在座，不便应对，我由是打本乡话请女人到对过池畔观鱼，而我们大谈起现代婚姻问题了。因为他很诚意，所以我想打听一点消息。

"比方那位红衣女子，你们看了动心不动心呢？"

我这粗莽一问，却引起和尚一篇难得的独身主义的伟论。大意与柏拉图所谓哲学家不应娶妻理论相同。

"怎么不动心？"他说，"但是你看佛经，就知道情欲之为害。目前何尝不乐？过后就有许多烦恼。现在多少青年投河自尽，为什么？为恋爱，为女人！现在多少离婚，怎么以前非她不活，现在反要离呢？你看我，一人孤身，要到泰山、妙峰山、普渡、汕头，多么自由！"

我明白，他是保罗、康德、柏拉图的同志。叔本华许多关于女人的妙论，还不是由佛经得来？正想之间，忽然寺中老妈经过，我倒不注意，亏得和尚先来解释："这是因为寺中常有香客家眷来歇，伺候不便，所以雇来跟香客洒扫的。"其实我并不怀疑他，而叔本华柏拉图向来并不反对女人洒扫。

佳作赏析：

林语堂（1895—1976），福建龙溪人，作家。有散文集《翦拂集》《大荒集》，长篇小说《京华烟云》《朱门》，学术论著《语言学论书》等。

这是一篇写法颇具特色的游记。作者并没有像其他游记那样按部就班、浓墨重彩地写景，而是从身边捕捉题材，从旅途中的同行者写起。作者对同行者大吃大喝窘态的描写十分逼真，令人忍俊不禁。在写杭州美景时作者也并不是简单地"景随步移，写景状物"，而是表现出了十足的个性。"在这一副天然景象中，只有一座灯塔式的建筑物，丑陋不堪，十分碍目，落在西子湖上，真同美人脸上一点烂疮"这样看似大煞风景的语句在文中随处可见。除了描写自然景色，文中还表现了许多社会现象，青年男女为了拍吃茶的相片而假意举杯、与和尚谈女色这样的细节令文章妙趣横生。

观莲拙政园

□〔中国〕周瘦鹃

　　也许是因为我家祖祖辈辈传下来的堂名是爱莲堂的缘故，因此对于我家老祖宗《爱莲说》作者周濂溪先生所歌颂的莲花，自有一种特殊的好感。倒并不是为它出淤泥而不染，是花中君子，实在是爱它的高花大叶，香远益清，在众香国里，真可说是独有千古的。年年农历六月二十四日，旧时相传为莲花生日，又称观莲节，我那小园子里的池莲缸莲都开好了，可我看了还觉得不过瘾，总要赶到拙政园去观赏莲花，也算是欢度观莲节哩。

　　可不是吗？拙政园的水面，占全园面积的五分之三，池水沧涟，正可作为莲花之家，何况中部的堂啊，亭啊，轩啊，都是配合着莲花而命名的，因此拙政园实在是一个观莲的好去处。例如远香堂、荷风四面亭、倚玉轩，还有那船舫形的小轩"香洲"，以至西部的留听阁，都是与莲花有连带关系，而可以给你坐在那里观赏的。

　　我们虽为观莲而来，但是好景当前，不会熟视无睹，也总要欣赏一下；况且这个园子已被列为第一批全国重点文物保护单位之一，真该刮目相看。

怎么叫做"拙政"呢？原来明代嘉靖年间（公元1522—1566年），御史王献臣因不满权贵弄权，弃官归隐，把这里大宏寺的一部分基地造了一个别墅，取晋代名流潘岳"此拙者之为政也"一句话，取名拙政园，含有发牢骚的意思。王死后，他的儿子爱好赌博，就在一夜之间把这园子输掉了。到了公元1860年，太平天国忠王李秀成攻下苏州时，就园子的一部分建立忠王府，作为发号施令的所在，这是值得大书特书的。

从东部新辟的大门进去，迎面就看到新叠的湖石，分列三面，傍石植树，点缀得楚楚可观，略有倪云林画意。进园又见奇峰几座，好像是案头大石供，这里原是明代侍郎王心一归田园遗址，有些峰石还是当年遗物。这东部是近年来所布置的，有土山密植苍松，浓翠欲滴；此外有亭有榭，有溪有桥，有广厅作品茗就餐之所。从曲径通到曲廊，在拱桥附近的水面上，先就望见一小片莲叶莲花，给我们尝鼎一脔：这是今春新种的，料知一二年后，就可蔓延开去了。从曲廊向西行进，就是中部的起点，这一带有海棠春坞、玲珑馆、枇杷园诸胜，仲春有海棠可看，初夏有枇杷可赏，一步步渐入佳境。走过了那盖着绣绮亭的小丘，就到达远香堂，顾名思义，不由得想起那《爱莲说》中的名句"香远益清，亭亭净植"八个字来，知道堂名就由此而得，而也就是给我们观莲的好地方了。

远香堂面对着一座挺大的黄石假山，山下一泓池水，有锦鳞往来游泳，堂外三面通廊，堂后有宽广的平台，台下就是一大片莲塘，种着天竺种千叶莲花，这是两年以前好容易从昆山正仪镇引种过来的。原来正仪镇上有个顾园，是元代名士顾阿瑛"玉山佳处"的遗址，在东亭子旁，有一个莲池，池中全是千叶莲花，据说还是顾阿瑛手植的，到现在已有六百多年，珍种犹存，年年开花不绝。拙政园莲塘中自从把原种藕秧种下以后，当年就开了花，真是色香双艳，不同凡卉；第二年花花叶叶，更为繁盛，翠盖红裳，几乎把整个莲塘都遮满了。并蒂莲到处都是，并且一花中有四五芯、七八芯，以至十三个芯的，花瓣多至一千四百余瓣。只为负担太重了，花头往往低垂着，使人不易窥见花芯，因此苏州培养碗莲的专家卢彬士老先生所作长歌中，曾有"看花不易窥全面，三千莲媛总低头"之句，表示遗憾，其实我们只要走到水边，凑近去细看时，还是可以看到那捧心西子态的。今夏花和叶虽觉少了一些，而水面却暴露了出来，让我们欣赏那水中花影，仿佛姹娅欲笑哩。

远香堂西邻的倚玉轩，与船舫形的香洲遥遥相对，而北面的斜坡上有一个荷风四面亭，三者位在三个角度上，恰恰形成鼎足之势，而三处都可观莲，因为都是面临莲塘的。香洲贴近水边，可以近观；倚玉轩隔一条花街，可以远观；而荷风四面亭翼然高处，可以俯观，好在莲花解意，婉娈可人，不论你走到哪一面，都可以让你尽情观赏的。穿过了曲桥，从假山上拾级而登，就见一座楼，叫作见山楼，凭北窗可以看山，凭南窗可以观莲，并且也可以远观远香堂后的千叶莲花了。

走进别有洞天，就到了园的西部，沿着起伏的曲廊向西行进，就看到一座美轮美奂的花厅，分作两半，一半是十八曼陀罗花馆，庭中旧时种有山茶十八株，而曼陀罗就是山茶的别号，因以为名。另一半是三十六鸳鸯馆，前临池沼，养着文羽鲜艳的鸳鸯，成双作对地在那里戏水，悠然自得。池中种着白莲，让鸳鸯拍浮其间，构成了一个美妙的画面。正如宋代欧阳修咏莲词所谓，"叶有清风花有露，叶笼花罩鸳鸯侣"，真是相得益彰，而大可供人观赏，供人吟味的。

向西出了三十六鸳鸯馆，向北走过一条小桥，就到了留听阁，窗户挂落，都是精雕细刻，剔透玲珑。我们细细体味阁名，原来是从那句"留得残荷听雨声"的古诗句上得来的。这个阁坐落在西部尽头处，去莲塘不远，到了秋雨秋风的时节，坐在这里小憩一会，自可听到残荷上淅淅沥沥的雨声。

佳作赏析：

周瘦鹃（1895—1968），江苏苏州人。著有短篇小说《亡国奴家里的燕子》，长篇小说《新秋海棠》，剧本《水火鸳鸯》，散文《花花草草》《花前琐记》等。

这是一篇写景状物的名篇。

本文的重点是观莲、赏莲、赞莲，而贯串全文的一条线索却是拙政园是个观莲的好地方。因此开头不惜笔墨详细介绍拙政园的相关情况和历史渊源，而一句"已被列为第一批全国重点文物保护单位之一"更加凸显了拙政园的悠久历史、人文价值。作者详细介绍了拙政园的布局，突出了拙政园是观莲的好去处这一重点。文章语言生动自然，写景时注意动静结合，使读者如临其境，如闻其声，读来兴致盎然。

泰山日出

□ [中国] 徐志摩

我们在泰山顶上看出太阳。在航过海的人，看太阳从地平线下爬上来，本不是奇事；而且我个人是曾饱阅过江海与印度洋无比的日彩的。但在高山顶上看日出，尤其在泰山顶上，我们无餍的好奇心，当然盼望一种特异的境界，与平原或海上不同的。果然，我们初起时，天还暗沉沉的，西方是一片的铁青，东方些微有些白意，宇宙只是——如用旧词形容—— 一体莽莽苍苍的。但这是我一面感觉劲烈的晓寒，一面睡眠不曾十分醒豁时约略的印象。等到留心回览时，我不由得大声地狂叫——因为眼前只是一个见所未见的境界。原来昨夜整夜暴风的工程，却砌成一座普遍的云海。除了日观峰与我们所在的玉皇顶以外，东西南北只是平辅着弥漫的云气。在朝旭未露前，宛似无量数厚毳长绒的绵羊，交颈接背地眠着，卷耳与弯角都依稀辨认得出。那时候在这茫茫的云海中，我独自站在雾霭溟蒙的小岛上，发生了奇异的幻想——

我躯体无限地长大，脚下的山峦比例我的身量，只是一块拳石；这巨人披着散发，长发在风里像一面黑色的大旗，飒飒地在飘荡。这巨人竖立在大地的顶尖上，仰面向着东方，平拓着一双长臂，在盼望，在迎接，在催促，在默默地叫唤；在崇拜，在祈祷，在流泪——在流久慕未见而将见悲喜交互的热泪……

这泪不是空流的，这默祷不是不生显应的。

巨人的手，指向着东方——

东方有的，在展露的，是什么？

东方有的是瑰丽荣华的色彩，东方有的是伟大普照的光明——出现了，到了，在这里了……

玫瑰汁，葡萄浆，紫荆液，玛瑙精，霜枫叶——大量的染工，在层累的云底工作，无数蜿蜒的鱼龙，爬进了苍白色的云堆。

一方的异彩，揭去了满天的睡意，唤醒了四隅的明霞——光明的神驹，在热奋地驰骋。

云海也活了；眼熟了兽形的涛澜，又回复了伟大的呼啸，昂头摇尾地向着我们朝露染青馒形的小岛冲洗，激起了四岸的水沫浪花，震荡着这生命的浮礁，似在报告光明与欢欣之临在……

再看东方——海句力士已经扫荡了他的阻碍，雀屏似的金霞，从无垠的肩上产生，展开在大地的边沿。起……起……用力，用力，纯焰的圆颅，一探再探地跃出了地平，翻登了云背，临照在天空……

歌唱呀，赞美呀，这是东方之复活，这是光明的胜利……

散发祷祝的巨人，他的身彩横亘在无边的云海上，已经渐渐的消翳在普遍的欢欣里；现在他雄浑的颂美的歌声，也已在霞采变幻中，普彻了四方八隅……

听呀，这普彻的欢声；看呀，这普照的光明！

佳作赏析：

徐志摩（1896—1931），浙江海宁人，诗人。有诗集《志摩的诗》《猛虎集》，散文集《落叶》《巴黎的鳞爪》，短篇小说集《轮盘》等。

生动的语言，丰富的想象，诗化的意境，澎湃的激情，构成了这篇文章的鲜明特色。文章大量运用比喻、拟人等修辞手法，将泰山日出的奇景描绘得十分生动。而作者奇特丰富的想象更将人与山合二为一，虚实结合，情景交融，充满诗人的激情和浪漫。

钓台的春昼

□〔中国〕郁达夫

　　因为近在咫尺，以为什么时候要去就可以去，我们对于本乡本土的名区胜景，反而往往没有机会去玩，或不容易下一个决心去玩的。正唯其是如此，我对于富春江上的严陵，二十年来，心里虽每在记着，但脚却从没有向这一方面走过。一九三一，岁在辛未，暮春三月，春服未成，而中央党帝，似乎又想玩一个秦始皇所玩过的把戏了，我接到了警告，就仓皇离去了寓居。先在江浙附近的穷乡里，游息了几天，偶尔看见了一家扫墓的行舟，乡愁一动，就定下了归计。绕了一个大弯，赶到故乡，却正好还在清明寒食的节前。和家人等去上了几处坟，与许久不曾见过面的亲戚朋友，来往热闹了几天，一种乡居的倦怠，忽而袭上心来了，于是乎我就决心上钓台去访一访严子陵的幽居。

　　钓台去桐庐县城二十余里，桐庐去富阳县治九十里不足，自富阳溯江而上，坐小火轮三小时可达桐庐，再上则须坐帆船了。

　　我去的那一天，记得是阴晴欲雨的养花天，并且系坐晚班轮去的，船到桐庐，已经是灯火微明的黄昏时候了，不得已就只得在码头近边的一家旅馆的高楼上借了一宵宿。

桐庐县城，大约有三里路长，三千多烟灶，一二万居民，地在富春江西北岸，从前是皖浙交通的要道，现在杭江铁路一开，似乎没有一二十年前的繁华热闹了。尤其要使旅客感到萧条的，却是桐君山脚下的那一队花船失去了踪影。说起桐君山，原是桐庐县的一个接近城市的灵山胜地，山虽不高，但因有仙，自然是灵了。以形势来论，这桐君山，也的确是可以产生出许多口音生硬，别具风韵的桐严嫂来的生龙活脉，地处在桐溪东岸，正当桐溪和富春江合流之所，依依一水，西岸便瞰视着桐庐县市的人家烟树。南面对江，便是十里长州，唐诗人方干的故居，就在这十里桐洲九里花的花田深处。向西越过桐庐县城，更遥遥对着一排高低不定的青峦，这就是富春山的山子山孙了。东北面山下，是一片桑麻沃地，有一条长蛇似的官道，隐而复现，出没盘曲在桃花杨柳洋槐榆树的中间，绕过一支小岭，便是富阳县的境界，大约去程明道的墓地程坟，总也不过一二十里地的间隔，我去拜谒桐君，瞻仰道观，就在那一天到桐庐的晚上，是淡云微月，正在作雨的时候。

鱼梁渡头，因为夜渡无人，渡船停在东岸的桐君山下。我从旅馆踱了出来，先在离轮埠不远的渡口停立了几分钟，后来向一位来渡口洗夜饭米的年轻少妇，弓身请问了一回，才得到了渡江的秘诀。她说："你只需高喊两三声，船自会来的。"先谢了她教我的好意，然后以两手围成了播音的喇叭，"喂，喂，渡船请摇过来！"地纵声一喊，果然在半江的黑影当中，船身摇动了。渐摇渐近，五分钟后，我在渡口，却终于听出了咿呀柔橹的声音。时间似乎已经入了酉时的下刻，小市里的群动，这时候都已经静息，自从渡口的那位少妇，在微茫的夜色里，藏去了她那张白团团的面影之后，我独立在江边，不知不觉心里头却兀自感到了一种他乡日暮的悲哀。渡船到岸，船头上起了几声微微的水浪清音，又铜东的一响，我早已跳上了船，渡船也已经掉过头来了。坐在黑沉沉的舱里，我起先只在静听着柔橹划水的声音，然后却在黑影里看出了一星船家在吸着的长烟管头上的烟火，最后因为沉默压迫不过，我只好开口说话了："船家！你这样的渡我过去，该给你几个船钱？"我问。"随你先生把几个就是。"船家说话冗慢悠长，似乎已经带着些睡意了，我就向袋里摸出了两角钱来。"这两角钱，就算是我的渡船钱，请你候我一会，上去烧一次夜香，我是依旧要渡过江来的。"船家的回答，只是恩恩乌乌，幽幽同牛叫似的一种鼻音，然而从继这鼻音而起的两三声轻快的喀声听来，他却已经在感到满足了，因为我也知道，乡间的义渡，船钱最多也不过是两三枚铜子而已。

　　到了桐君山下，在山影和树影交掩着的崎岖道上，我上岸走不上几步，就被一块乱石绊倒，滑跌了一次。船家似乎也动了恻隐之心了，一句话也不发，跑将上来，他却突然交给了我一盒火柴。我于感谢了一番他的盛意之后，重整步武，再摸上山去，先是必须点一枝火柴走三五步路的，但到得半山，路既就了规律，而微云堆里的半规月色，也朦胧地现出一痕银线来了，所以手里还存着的半盒火柴，就被我藏入了袋里。路是从山的西北，盘曲而上，渐走渐高，半山一到，天也开朗了一点，桐庐县市上的灯光，也星星可数了。更纵目向江心望去，富春江两岸的船上和桐溪合流口停泊着的船尾船头，也看得出一点一点的火来。走过半山，桐君观里的晚祷钟鼓，似乎还没有息尽，耳朵里仿佛听见了几丝木鱼钲钹的残声。走上山顶，先在半途遇着了一道道观外围的女墙，这女墙的栅门，却已经掩上了。在栅门外徘徊了一刻，觉得已经到了此门而不进去，终于是不能满足我这一次暗夜冒险的好奇怪癖的。所以细想了几次，还是决心进去，非进去不可，轻轻用手往里面一推，栅门却呀的一声，早已退向了后方开开了，这门原来是虚掩在那里的。进了栅门，踏着为淡月所映照的石砌平路，向东向南的前走了五六十步，居然走到了道观的大门之外，这两扇朱红漆的大门，不消说是紧闭在那里的。到了此地，我却不想再破门进去了，因为这大门是朝南向着大江开的，门外头是一条一丈来宽的石砌步道，步道的一旁是道观的墙，一旁便是山坡，靠山坡的一面，并且还有一道二尺来高的石墙筑在那里，大约是代替栏杆，防人倾跌下山去的用意，石墙之上，铺的是二三尺宽的青石，在这似石栏又似石凳的墙上，尽可以坐卧游息，饱看桐江和对岸的风景，就是在这里坐它一晚，也很可以，我又何必去打开门来，惊起那些老道的噩梦呢？

空旷的天空里，流涨着的只是些灰白的云，云层缺处，原也看得出半角的天，和一点两点的星，但看起来最饶风趣的，却仍是欲藏还露，将见仍无的那半规月影。这时候江面上似乎起了风，云脚的迁移，更来得迅速了，而低头向江心一看，几多散乱着的船里的灯光，也忽明忽灭地变换了一变换位置。

这道观大门外的景色，真神奇极了。我当十几年前，在放浪的游程里，曾向瓜州京口一带，消磨过不少的时日，那时觉得果然名不虚传的，确是甘露寺外的江山，而现在到了桐庐，昏夜上这桐君山来一看，又觉得这江山的秀而且静，风景的整而不散，却非那天下第一江山的北固山所可与比拟的了。真也难怪得严子陵，难怪得戴徵士，倘使我若能在这样的地方结屋读书，颐养天年，那还要什么的高官厚禄，还要什么的浮名虚誉哩？一个人在这桐君观前的石凳上，看看山，看看水，看看城中的灯火和天上的星云，更做做浩无边际的无聊的幻梦，我竟忘记了时刻，忘记了自身，直等到隔江的击柝声传来，向西一看，忽而觉得城中的灯影微茫地灭了，才跑也似地走下了山来，渡江奔回了客舍。

第二日侵晨，觉得昨天在桐君观前做过的残梦正还没有续完的时候，窗外面忽而传来了一阵吹角的声音。好梦虽被打破，但因这同吹篳篥似的商音哀咽，却很含着些荒凉的古意，并且晓风残月，杨柳岸边，也正好候船待发，上严陵去；所以心里纵怀着了些儿怨恨，但脸上却只现出了一痕微笑，起来梳洗更衣，叫茶房去雇船去。雇好了一只双桨的渔舟，买就了些酒菜鱼米，就在旅馆前面的码头上上了船。轻轻向江心摇出去的时候，东方的云幕中间，已现出了几丝红韵，有八点多钟了，舟师急得厉害，只在埋怨旅馆的茶房，为什么昨晚不预先告诉，好早一点出发。因为此去就是七里滩头，无风七里，有风七十里，上钓台去玩一趟回来，路程虽则有限，但这几日风雨无常，说不定要走夜路，才回来得了的。

过了桐庐，江心狭窄，浅滩果然多起来了。路上遇着的来往的行舟，数目也是很少，因为早晨吹的角，就是往建德去的快班船的信号，快班船一开，来往于两埠之间的船就不十分多了。两岸全是青青的山，中间是一条清浅的水，有时候过一个沙洲，洲上的桃花菜花，还有许多不晓得名字的白色的花，正在喧闹着春暮，吸引着蜂蝶。我在船头上一口一口地喝着严东关的药酒，指东话西地问着船家，这是什么山？那是什么港？惊叹了半天，称颂了半天，人也觉得倦了，不晓得什么时候，身子却走上了一家水边的酒楼，在和数年不见的几位已经做了党官的朋友高谈阔论。谈论之余，还背诵了一首两三年前曾在同一的情形之下做成的歪诗：

不是尊前爱惜身，俳狂难免假成真，曾因酒醉鞭名马，生怕情多累美人。

劫数东南天作孽，鸡鸣风雨海扬尘，悲歌痛哭终何补，义士纷纷说帝秦。

直到盛筵将散，我酒也不想再喝了，和几位朋友闹得心里各自难堪，连对旁边坐着的两位陪酒的名花都不愿意开口。正在这上下不得的苦闷关头，船家却大声地叫了起来说：

"先生，罗芷过了，钓台就在前面，你醒醒吧，好上山去烧饭吃去。"

擦擦眼睛，整了一整衣服，抬起头来一看，四面的水光山色又忽而变了样子了。清清的一条浅水，比前又窄了几分，四围的山包得格外地紧了，仿佛是前无去路的样子，并且山容峻削，看去觉得格外的瘦格外的高。向天上地下四围看看，只寂寂的看不见一个人类。双桨的摇响，到此似乎也不敢放肆了，钩的一声过后，要好半天才来一个幽幽的回响，静，静，静，身边水上，山下岩头，只沉浸着太古的静，死灭的静，山峡里连飞鸟的影子也看不见半只。前面的所谓钓台山上，只看得见两个大石垒，一间歪斜的亭子，许多纵横芜杂的草木。山腰里的那座祠堂，也只露着些废垣残瓦，屋上面连炊烟都没有一丝半缕，像是好久好久没有人住了的样子。并且天气又来得阴森，早晨曾经露一露脸过的太阳，这时候早已深藏在云堆里了，余下来的只是时有时无从侧面吹来的阴飕飕的半箭儿山风。船靠了山脚，跟着前面背着酒菜鱼米的船夫走上严先生祠堂去的时候，我心里真有点害怕，怕在这荒山里要遇见一个干枯苍老得同丝瓜筋似的严先生的鬼魂。

在祠堂西院的客厅里坐定，和严先生的不知第几代的裔孙谈了几句关于年岁水旱的话后，我的心跳也渐渐儿地镇静下去了，嘱托了他以煮饭烧菜的杂务，我和船家就从断碑乱石中间爬上了钓台。

东西两石垒，高各有二三百尺，离江面约两里来远，东西台相去，只有一二百步，但其间却夹着一条深谷，立在东台，可以看得出罗芷的人家，回头展望来路，风景似乎散漫一点，而一上谢氏的西台，向西望去，则幽谷里的清景，却绝对的不像是在人间了。我虽则没有到过瑞士，但到了西台，朝西一看，立时就想起了曾在照片上看见过的威廉退儿的祠堂。这四山的幽静，这江水的青蓝，简直同在画片上的珂罗版色彩，一色也没有两样，所不同的，就是在这儿的变化更多一点，周围的环境更芜杂不整齐一点而已，但这却是好处，这正是足以代表东方民族性的颓废荒凉的美。

从钓台下来，回到严先生的祠堂——记得这是洪杨以后严州知府戴重建的祠堂——西院里饱啖了一顿酒肉，我觉得有点酩酊微醉了。手拿着以火柴柄制成的牙签，走到东面供着严先生神像的龛前，向四面的破壁上一看，翠墨淋漓，题在那里的，竟多是些俗而不雅的过路高官的手笔。最后到了南面的一块白墙头上，在离屋檐不远的一角高处，却看到了我们的一位新近去世的同乡夏灵峰先生的四句似邵尧夫而又略带感慨的诗句。夏灵峰先生虽则只知崇古，不善处今，但是五十年来，像他那样的顽固自尊的亡清遗老，也的确是没有第二个人。比较起现在的那些官迷财迷的南满尚书和东洋宦婢来，他的经术言行，姑且不必去论它，就是以骨头来称称，我想也要比什么罗三郎郑太郎辈，重到好几百倍。慕贤的心一动，醺人的臭技自然是难熬了，堆起了几张桌椅，借得了一枝破笔，我也在高墙上在夏灵峰先生的脚后放上了一个陈屁，就是在船舱的梦里，也曾微吟过的那一首歪诗。

从墙头上跳将下来，又向龛前天井去走了一圈，觉得酒后的喉咙，有点渴痒了，所以就又走回到了西院，静坐着喝了两碗清茶。在这四大无声，只听见我自己的啾啾喝水的舌音冲击到那座破院的败壁上去的寂静中间，同惊雷似地一响，院后的竹园里却忽而飞出了一声闲长而又有节奏似的鸡啼的声来。同时在门外面歇着的船家，也走进了院门，高声地对我说：

"先生，我们回去吧，已经是吃点心的时候了，你不听见那只公鸡在后山啼么？我们回去吧！"

一九三二年八月在上海写

佳作赏析：

郁达夫（1896—1945），浙江富阳人，作家。有短篇小说集《茑萝集》，中篇小说《她是一个弱女子》，散文集《闲书》《屐痕处处》《达夫日记》等。有《郁达夫文集》行世。

《钓台的春昼》是郁达夫的代表作之一，也是中国现代散文中的名篇。作者描述了自己夜登桐庐山、坐船渡水访钓台的经历。作者当时的处境比较压抑，全文透露着些许凄凉，但语言生动，对于桐庐山山路的崎岖、山顶道观的清静美、钓台独特夜景的描写，都给人以身临其境之感。而文章结尾访严子陵祠堂时的题诗，则表达了对当时的"中央党帝"的不满，悲愤之情溢于言表，给作者轻松的出游平添了几份压抑气氛。

雁荡山的秋月

□〔中国〕郁达夫

　　古人并称上天台雁荡；而宋范成大序《桂海岩洞志》，亦以为天下同称的奇秀山峰，莫如池之九华，歙之黄山，括之仙都，温之雁荡，夔之巫峡。大约范成大，没有到过关中，故终南华山，不曾提及。我们南游三日，将天台东北部的高山飞瀑（西部寒岩明岩未去），略一飞游——并非坐了飞机去游，是开特快车游山之意——之后，急欲去雁荡，一赏鬼工镂雕的怪石奇岩与夫龙湫大瀑，十月二十七日在天台国清寺门前上车，早晨还只有七点。

　　自天台去雁荡山所在的乐清县北，要经过临海，黄岩，温岭等县。到临海（旧章安城）的东南角巾山山下，还要渡过灵江，汽车方能南驶，现在公路局筑桥未竣，过渡要候午潮；所以我们到了临海之后，倒得了两三个钟头的空，去东湖拜了忠逸樵夫之祠，上巾山的双塔下，看了华胥洞，黄华丹井——巾山之得名，盖因黄华升仙，落帻于此等古迹，到十二点钟左右，才乘潮渡过江去。临海的山容水貌，也很秀丽，不过还不及富春江的高山大水，可以令人悠然忘去了人世。自临海到黄岩，要经过括苍山脉东头的一条大岭，岭头有一个仙人桥站；自后徐经仙人桥至大道地的三站中间，汽车尽在山上曲折旋绕，路线有点像昱岭关外与仙霞岭南的样子。据开车的司机说，这一条岭共有八十四弯，形势的险峻，也可想而知。

黄岩县城北，也有一条永江要渡，桥也尚未筑成；不过此处水深，不必候潮，所以车子一到，就渡了过去。县城的东北，江水的那边，三江口上，更有一枝亭山在俯瞰县城；半山中有一簇树，一个白墙头的庙，在阳光里吐气，想来总又是黄岩县的名胜了，遥望而过。黄岩一县内，多橘子树园，树并不高，而金黄的橘实，都结得累累欲坠，在返射斜阳；车驰过处，风味倒也异样，很像我年轻的时候，在日本纪州各处旅行时的光景。

自黄岩经温岭到乐清县的离大荆城南五里路的地方，村名叫作水积。（或名积水？不知是哪两个字。）前临大海，海中有岛，后峙双旗冈峰，峰中也有叠嶂一排，在暗示着雁荡的奇峰怪石。游人到此，已经有点心痒难熬的样子了，因为隔一条溪，隔一重山，在夕阳下，早就看得出谢公岭外老僧送客之类的奇形怪状的石岩阴影；北来自大溪镇到此，约有三十余里的行程。

在雁荡第一重口外，再渡过那条自石门潭流下来的清溪，西驰七八里，过白溪，到向岭头，就是雁荡东外谷的口子，汽车路筑到此地为止，雁荡到了。

在口外下车，远望进去，只看见了几个的石峰尖。太阳已经快下山了，我们是由东向西而入谷的，所以初走进去的时候，一眼并不看见什么。但走了半里多上灵岩寺去的石砌路后，渡过石桥，忽而一变，千千万万的奇异石壁，都同天上刚掉下去似的，直立在我们的四周；一条很大很大的溪水，穿在这些绝壁的中间，在向东缓流出来。壁来得太高太陡，天只剩了狭狭的一条缝，日已下山，光线不似日间的充足。石壁的颜色，又都灰黑，壁缝里的树木，也生得屈曲有一种怪相；我们从东外谷走入内谷去的七八里地路上，举头向前后左右望望，几乎被胁得连口都不敢开了。山谷的奇突，大与寻常习见的样子不同，叫人不得不想起诗圣但丁的《神曲》，疑心我们已经跟了那位罗马诗人，入了别一个境界。

在龙王庙前折向了北去，头脑里对于一路上所见的峰嶂的名目，如猴披衣、蓼花嶂、响箬门、霞嶂洞、听诗叟、双鲤峰之类，还没有整理得清楚，景色一变，眼前又呈出了一幅更清幽，更奇怪，更伟大的画本。原来这东内谷里的向北去灵岩寺谷里的一区，是雁荡的中心，也是雁荡山水杰作里的顶点。初入是一条清溪，许多树木与竹林。再进，劈面就是一排很高很长，像罗马古迹似的展旗嶂，崛起在天边，直挂向地下，后方再高处又是一排屏霞嶂，这屏霞嶂前，左右环抱，尽是一枝一枝的千万丈高的大石柱，高可以不必说，面积之大周围也不知有多少里；而最奇的，是这些大柱的头和脚，大小是一样的，所以都是绝壁，都是圆柱。小龙湫瀑布，也就在灵岩寺西北的一大石峰上，从顶点直泻下来的奇景。灵岩寺，看过去很小很小，隐藏在这屏霞嶂脚，顶珠峰，展旗峰，石屏风（全在寺东）与天柱峰，双鸾峰，卷图峰，独秀峰，卓笔峰（全在寺西）等的中间；地位的好，峰岩的多而且奇，只有永康方岩的五峰书院，可以与它比比；但方岩，只是伟大了一点，紧凑却还不及这里。

灵岩寺的开辟，在宋太平兴国四年，僧行亮神昭为其始祖，后屡废屡兴；现在的寺，却是数年前，由护法者蒋叔南潘耀庭诸君所募建。蒋君今年夏季去世，潘君现任雁荡山风景区整理委员，住在寺中；当家僧名成圆，亦由蒋潘诸君自宁波去迎来者，人很能干，具有实际办事的手腕。

在灵岩寺的西楼住下之后，天已经黑了。先去请教也住在寺中，率领黄岩中学学生来雁荡旅行的两位先生，问我们在雁荡，将如何地游法？因为他们已在灵岩寺住了三日，打算于明晨出发回黄岩去了。饭后又去请了潘委员来，打听了一番雁荡山大概的情形。

雁荡山的总括，可以约略的先在此地说一说：第一，山在乐清县东北九十里，系亘立东西的一排连山。东起石门潭，西迄白岩六十里；北自甸岭，南至斤竹涧口四十里；自东向西，历来分成东外谷，东内谷，西内谷，西外谷的四部，以马鞍岭为界而分东西。全山周围，合外境有四百二十里。雁山北部，更有南阁谷，北阁谷二区，以溪分界；南阁南至石柱，北至北屏山二里，东至马屿，西至会仙峰十六里；北阁村南北二里，东西五里，西北极甸岭山，为雁荡北址。

雁山开山者相传为晋诺讵那尊者，凡百有二峰，六十一岩，四十六洞，十八刹，十六亭，十七潭，十三瀑。入游之路线，有四条：（一）东路从白溪经响岭头自东南入谷，就是我们所经之路线；（二）北路由大荆越谢公岭自东北入谷至岭峰；（三）南路由小芙蓉经四十九盘岭自南入谷至能仁寺，从乐清来者率由此；（四）西路从大芙蓉自西南经本觉寺至梅雨潭。

峰之最高者为百冈尖，高一万一千五百尺，雁湖在西外谷连霄岭上，高九千尺。

这雁荡山的梗概，是根据潘委员的口述，和《广雁荡山志》及《雁山全图》而摘录下来的。我们因为走马游山，前后只有三日的工夫好费，还要包括出发和到着的日期在内，所以许多风景，都只能割爱。晚上就和潘委员在灯下拟定明日只看西石梁的大瀑布，大龙湫瀑，梅雨潭，回至能仁寺午餐。略游斤竹涧就回灵岩寺宿；出发之日（即第三日），午前一游净名寺，至灵峰略看看观音洞北斗洞等，就出向头岭由原路出发回去。北部的绝景，中央的百冈尖当然是不能够去，就如显胜门，龙溜等处，一则因无时间，二则因无大路无宿处，也只能等下次再来了。这样拟定了游程之后，预期着明天的一天劳顿，我们就老早地爬上了床去。

约莫是午前的三四点钟，正梦见了许多岩壁，在四面移走拢来，几乎要把我的渺渺五尺之躯，压成碎粉的时候，忽而耳边上一阵喇叭声，一阵嘈杂声起来了。先以为是山寺里起了火，急起披衣，踏上了西楼后面的露台去一看：既不见火，又不见人，周围上下，只是同海水似的月光，月光下又只是同神话中的巨人似的石壁，天色苍苍，但余一线，四围岑寂，远远地也听得见些继续的人声。奇异，神秘，幽寂，诡怪，当时的那一种感觉，我真不知道要用些什么字来才形容得出！起初我以为还在连续着做梦，这些月光，这些山影，仍旧是梦里的畸形；但摸摸石栏，看看那枝谁也要被它威胁压倒的天柱石峰与峰头的一片残月，觉得又太明晰，太正确，绝不像似梦里的神情。

呆立了一会，对这雁荡山中的秋月顶礼了十来分钟，又是一阵喇叭声，一阵整队出发报名数的号令声传过来了，到此我才明白，原来我并不是在做梦，是那一批黄岩中学的学生要出发赶上大溪去坐轮船去了。这一批学生的叫唤，这一批青年的大胆的行为既救了我梦里的危急，又指示给我这一幅清极奇极的雁山夜月的好画图，我的心里，竟莫名其妙地感激起来了，跑下楼去，就对他们的两位临走的教师热烈地握了一回手；送他们出了寺门以后，我并且还在月光下立着，目送他们一个个小影子渐渐地被月光岩壁吞没了下去。

雁荡山中的秋月！天柱峰头的月亮！我想就是今天明天，一处也不游，便尔回去，也尽可以交代得过去，说一声"不虚此行"了，另外还更希望什么呢？所以等那些学生们走后，我竟像疯子一样一个人在后面楼外的露台上呆对着月光峰影，坐到了天明，坐到了日出，这一天正是旧历九月二十的晚上二十一的清晨。

等同去的文伯及偶然在路上遇着成一伙的奥伦斯登、科伯尔厂经理毕士敦（Mr.H.H.Bernstein）与戴君起来，一齐上轿，到大龙湫的时候，太阳已经升得很高，似在巳午之间了。一路上经下灵岩村，三官殿，上灵岩村，过马鞍岭。在左右手看了些五指峰，纱帽峰，老鼠峰，猫峰，观音峰，莲台峰，祥云峰，小剪刀峰之类，形状都很像，峰头都很奇；但因为太多了，到后来几乎想向在说明的轿夫讨饶，请他不要再说，怕看得太多，眼睛里脑里要起消化不良之症。

大龙湫的瀑布，在江南瀑布当中真可以称霸，因为石壁的高，瀑身的大，潭影的清而且深，实在是江浙皖几省的瀑布中所少有的。我们到雁荡之先，已经是旱得很久了。故而一条瀑布，直喷下来，在上面就成了点点的珠玉。一幅真珠帘，自上至地，有三四千丈高，百余尺阔；岩头系突出的，帘后可以通人，立在与日光斜射之处，无论何时，都看得出一条虹影。凉风的飒爽，潭水的清澄，和四围山岭的重叠，是当然的事情了，在大龙湫瀑布近旁，这些点景的余文，都似乎丧失了它们的价值，瀑布近旁的摩崖石刻，很多很多，然而无一语，能写得出这大龙湫的真景。《广雁荡山志》上，虽则也载了不少的诗词歌赋，来咏叹此景，但是身到了此间，哪里还看得起这些秀才的文章呢？至于画画，我想也一定不能把它的全神传写出来的，因为画纸绝没有这么长，而溅珠也绝没有这样的匀而且细。

出大龙湫，经瑞鹿峰剪刀峰（侧看是一帆峰）下，沿大锦溪过华岩岭罗汉寺前，能在石壁的半空中看得出一座石刻的罗汉像，斧凿的工巧有艺术味，就是由我这不懂雕刻的野人看来，也觉得佩服之至。从此经竹林，过一条很高很长的东岭，遥望着芙蓉峰，观音岩等。（雁湖的一峰是在东岭岭上可以看见的。）绕骆驼洞下面至西石梁的大瀑布。

西石梁是一块因风化而中空下坠的大石梁，下有一个老尼在住的庵，西面就是大瀑布。这瀑布的高大，与大龙溪瀑布等，但不同之处，是在它的自成一景，在石壁中流。一块数千丈的石壁，经过了几千万年的冲击，中间成了一个圆形大柱式的空洞，两面围抱突出，中间是一数丈宽数千丈高的圆洞，瀑布就从上面沿壁在这空圆洞里直泻下来。下面的潭，四壁的石，和草树清溪，都同大龙湫差仿不多。但西面连山，雁荡山的西尽头，差不多就快到了，而这瀑布之上，山顶平处，却又是一大村落；山上复有山，世外是桃源的情景，正和天台山的桐柏乡，曲异而工同。

从西石梁瀑布顺原路回来，路上又去看了梅雨潭及潭前的一座含珠峰，仍过东岭，到了自芙蓉南来经四十九盘岭可到的能仁寺里。

这能仁寺在西内谷丹芳岭下，系宋咸平二年僧全了所建。本来是雁荡山中的最大的丛林，有一宋时的大铁锅在可以作证，现在却萧条之至，大殿禅房，还都在准备建筑中。寺前有燕尾瀑，顺溪南流，成斤竹涧，绕四十九盘岭，可至小芙蓉；这一路路上风景的清幽绝俗，当为雁山全景之冠，可惜我们没有时间，只领略了一个大概，就赶回了灵岩寺来宿。

这一天的傍晚，本拟上寺右的天窗洞、寺左的龙鼻水去拜观灵岩寺的二奇的，但因白天跑了一天，太辛苦了，大家不想再动。我并且还忘不了今晨似的山中的残月，提议明朝也于三时起床，踏月东下，先去看了灵峰近旁的洞石，然后去响头岭就行出发，所以老早就吃了夜饭，老早就上了床。

然而胜地不常，盛筵难再，第二日早晨，虽则大家也忍着寒，抛着睡，于午前三点起了身，可是淡云蔽月，光线不明；我们真如在梦里似地走了七八里路，月亮才兹露面。而玩月光玩得不久，走到灵峰谷外朝阳洞下的时候，太阳却早已出了海，将月光的世界散化了。

不过在残月下，晨曦里的灵峰山，景也着实可观，着实不错；比起灵岩的紧凑来，只稍稍觉得疏散一点而已。

灵峰寺是在东谷口内向北两三里地的地方，东越谢公岭可达大荆。近旁有五老峰，斗鸡峰，幞头峰，灵芝峰，犀角峰，果盒岩，船岩，观音洞，北斗洞，苦竹洞，将军洞，长春洞，响板洞诸名胜，顺鸣玉溪北上，三里可达真际寺。寺为宋天圣元年僧文吉所建，本在灵峰峰下，不知几百年前，这峰因风化倒了，寺屋尽毁。现在在这倒灵峰下的一块隙地上，方在构木新筑灵峰寺。我们先在果盒岩的溪亭上坐了一会，就攀援上去，到观音洞去吃早餐。

两岩侧向，中成一洞，洞高二三百丈；最上一层，人迹所不能到，但洞中生有大树一株，系数百年物，枝叶茂盛，从远处望来，了了可见。一层是观音洞的选物场，洞中宽广，建有大殿，并五百应真的石刻。东面一水下滴成池，叫作洗心泉，旁有明刻宋刻的题名记事碑上数。自此处一层一层的下去，有四五层楼三四百石级的高度；洞的高广，在雁荡山当中，以此为最。最奇怪的，是在第三层右手壁上的一个石佛，人立右手洞底，向东南洞口远望出去，俨然是一座地藏菩萨的侧面形，但跑近前去一看，则什么也没有了，只一块突出的方石。上一层的右手壁上还有一个一指物，形状也极像，不过小得很。

看了灵岩灵峰近边的峰势，看了观音洞（亦名合掌洞）里的建筑及大龙湫等，我们以为雁荡的山峰岩洞溪瀑等，也已经大略可以想象得出了，所以旁的地方，也不想再去走，只到北斗洞去打了一个电话，叫汽车的司机早点预备，等我们一出谷口，就好出发。

总之，雁荡本是海底的奇岩，出海年月，比黄山要新，所以峰岩峻削，还有一点锐气，如山东崂山的诸峰。今年春间，欲去黄山而未果，但看到了黄山前卫的齐云白岳，觉得神气也有点和灵峰一带的山岩相像。在迎着太阳走出谷来，上汽车去的路上，我和文伯，更在坚订后约，打算于明年以两个月的工夫，去歙县游遍黄山，北下太平，上青阳南面的九华。然后出长江，息匡庐，溯江而上，经巫峡，下峨嵋，再东下沿汉水而西入关中，登太华以笑韩愈，入终南而学长生，此行若果，那么我们的志愿也毕，可以永永老死在篷窗陋巷之中了。

一九三四年十一月九日

佳作赏析：

这是郁达夫游记中的另一个名篇。

与《钓台的春昼》中悲凉的意境不同，这篇文章中作者完全沉浸在雁荡山的诸多美景之中，风格轻快。在讲述了从天台到雁荡山途中见闻之后，作者开始详细描写雁荡山的奇丽景色，无数的石壁令人叹为观止。而夜宿灵岩寺的月色则令作者欣喜异常，后面的惊喜又一个接着一个：大龙湫瀑布、西石梁瀑布、灵峰寺……生动的文笔，精准的刻画，梦幻般的意境，作者愉悦欢快的激情在字里行间流淌，引人入胜，欲罢不能。

卢沟晓月

□ [中国] 王统照

"苍凉自是长安日，呜咽原非陇头水。"

这是清代诗人咏卢沟桥的佳句，也许，长安日与陇头水六字有过分的古典气息，读去有点碍口？但，如果你们明了这六个字的来源，用联想与想象的力量凑合起，提示起这地方的环境，风物，以及历代的变化，你自然感到像这样"古典"的应用确能增加卢沟桥的伟大与美丽。

打开一本详明的地图，从现在的河北省、清代的京兆区域里你可找得那条历史上著名的桑乾河。在往古的战史上，在多少吊古伤今的诗人的笔下，桑乾河三字并不生疏。但，说到治水，㶟水，灅水这三个专名，似乎就不是一般人所知了。还有，凡到过北平的人，谁不记得北平城外的永定河，即不记得永定河，而外城的正南门，永定门，大概可说是"无人不晓"罢。我虽不来与大家谈考证，讲水经，因为要叙叙卢沟桥，却不能不谈到桥下的水流。

治水，㶟水，灅水，以及俗名的永定河，其实都是那一道河流——桑乾。

还有一条不甚生疏，而在普通地理书上不大注意的是另外一道大流——

浑河。浑河源出浑源，距离著名的恒山不远，水色浑浊，所以又有小黄河之称。在山西境内已经混入桑乾河，经怀仁，大同，委弯曲折，至河北的怀来县。向东南流入长城，在昌平县境的大山中如黄龙似地转入宛平县境，二百多里，才到这条巨大雄壮的古桥下。

原非陇头水，是不错的，这桥下的汤汤流水，原是桑乾与浑河的合流；也就是所谓治水，㶟水，灅水，永定河，与浑河，小黄河，黑水河（浑河的俗名）的合流。

桥工的建造既不在北宋的时代，也不开始于蒙古人的占据北平。金人与南宋南北相争时，于大定二十九年六月方将这河上的木桥换了，用石料造成。这是见之于金代的诏书，据说："明昌二年三月桥成，敕命名广利，并建东西廊以便旅客。"

马哥孛罗来游中国，服官于元代的初年时，他已看见这雄伟的工程，曾在他的游记里赞美过。

经过元明两代都有重修，但以正统九年的加工比较伟大，桥上的石栏，石狮，大约都是这一次重修的成绩。清代对此桥的大工役也有数次，乾隆十七年与五十年两次的动工，确为此桥增色不少。

"东西长六十六丈，南北宽二丈四尺，两栏宽二尺四寸，石栏一百四十，桥孔十有一，第六孔适当河之中流。"

按清乾隆五十年重修的统计，对此桥的长短大小有此说明，使人（没有到过的）可以想象它的雄壮。

从前以北平左近的县分属顺天府，也就是所谓京兆区。经过名人题咏的，京兆区内有八种胜景：例如西山霁雪，居庸叠翠，玉泉垂虹等，都是很幽美的山川风物。芦沟不过有一道大桥，却居然也与西山居庸关一样列入八景之一，便是极富诗意的"卢沟晓月"。本来，"杨柳岸晓风残月"是最易引动从前旅人的感喟与欣赏的凌晨早发的光景，何况在远来的巨流上有这一道雄伟壮丽的石桥，又是出入京都的孔道，多少官吏，士人，商贾，农，工，为了事业，为了生活，为了游览，他们不能不到这名利所萃的京城，也不能不在夕阳返照，或东方未明时打从这古代的桥上经过。你想：在交通工具还没有如今迅速便利的时候，车马，担簦，来往奔驰，再加上每个行人谁没有忧、喜、欣、戚的真感横在心头，谁不为"生之活动"在精神上负一份重担？盛景当前，把一片壮美的感觉移入渗化于自己的忧喜欣戚之中，无论他是有怎样的观照，由于时间与空间的变化错综，面对着这个具有崇高美的压迫力的建筑物，行人如非白痴，自然以其鉴赏力的差别，与环境的相异，生发出种种的触感。于是留在他们的心中，或留在籍文字绘画表达出的作品中，对于卢沟桥三字真有很多的酬报。

不过，单以"晓月"形容卢沟桥之美，据传说是另有原因：每当旧历的月尽头（晦日）天快晓时，下弦的钩月在别处还看不分明，如有人到此桥上，他偏先得清光。这俗传的道理是否可靠，不能不令人疑惑，其实，卢沟桥也不过高起一些，难道同一时间在西山山顶，或北平城内的白塔（北海山上）上，看那晦晓的月亮，会比卢沟桥上不如？不过，话还是不这么拘板说为妙，用"晓月"陪衬卢沟桥的实是一位善于想象而又身经的艺术家的妙语，本来不预备后人去作科学的测验。你想，"一日之计在于晨"，何况是行人的早发。朝气清濛，烘托出那钩人思感的月亮——上浮青天，下嵌白石的巨桥。京城的雉堞若隐若现，西山的云翳似近似远，大野无边，黄流激奔……这样光，这样色彩，这样地点与建筑，不管是料峭的春晨，凄冷的秋晓，景物虽然随时有变，但若无雨雪的降临，每月末五更头的月亮，白石桥，大野，黄流，总可凑成一幅佳画，渲染飘浮于行旅者的心灵深处，发生出多少样反射的美感。

你说，偏以"晓月"陪衬这"碧草卢沟"（清刘履芬的《鸥梦词》中有《长亭怨》一阕，起语是：叹销春间关轮铁，碧草卢沟，短长程接）不是最相称的"妙境"么？

无论你是否身经其地，现在，你对于这名标历史的胜迹，大约不止于"发思古之幽情"罢？其实，即以思古而论也尽够你深思，咏叹，有无穷的兴感！何况血痕染过那些石狮的鬈鬣，白骨在桥上的轮迹里腐化，漠漠风沙，呜咽河流，自然会造成一篇悲壮的史诗。就是万古长存的"晓月"也必定对你惨笑，对你冷觑，不是昔日的温柔，幽丽，只引动你的"清念"。

桥下的黄流，日夜呜咽，泛挹着青空的灏气，伴守着沉默的郊源。……

他们都等待着有明光大来与洪涛冲荡的一日——那一日的清晓。

佳作赏析：

王统照（1897—1957），山东诸城人，小说家、诗人。有长篇小说《一叶》《山雨》，短篇小说《春雨之夜》《霜痕》，诗集《童心》，散文集《青纱帐》等。

这是一篇颇具历史厚重感的文章。卢沟晓月是著名的京兆八景之一，驰名中外。作者开篇先对卢沟桥下的永定河作了说明，其历史名称、地理特点一一详细介绍，接着对卢沟桥的建造历史进行回顾。古河古桥，又是连通京城与外地的重要通道，来来往往的三教九流不由得在此咏史叹今，于是成就了著名的"卢沟晓月"美景。作者运用丰富的联想和想象，将卢沟桥历经古今沧桑、如梦如幻的意境淋漓尽致地烘托出来，堪称佳作。

峨眉山上的景物

□ [中国] 许钦文

　　许多人都以为峨眉山有着神仙；神仙实在并没有，关于神仙的故事是有的，就是峨眉山上的和尚到印度去朝活佛；印度的和尚到峨眉山上来访神仙；两个和尚在打箭炉碰见了，相互打听，知道印度并没有活佛，峨眉山上也并没有神仙，于是都回转了。

　　在峨眉山上，和尚和一般人都认为最可注意的是"佛灯"和"佛光"。说是要行善人诚心去进香，才容易看到这两种景物，否则即使接连去看，等候许多日子，也是见不到的。

　　传说中的佛灯，是许许多多个灯火，黄昏时候由山下显现，渐渐地升上空中，同时一点一点地移向金顶。因为金顶供着普贤，所以叫做"万盏明灯朝普贤"。

　　普贤同峨眉山究竟有什么关系，为什么这样去朝它？灯的本身不会动，由什么拿去朝？传说中都没有明白提及。迷信的传说只能够使迷信家以为不错就行了。但许多不迷信这种传说的人，都以为峨眉山上有着一种奇异的虫，一到晚上会得发光；有的以为有一种发光的矿物；有的认为有一种能发光的树叶，其实无非是星星的倒影。

由望远镜看见了，可知那些光原有两种。其中一种的数目不多，比较短点、红点、也静点；另外有一种绿莹莹长长的不绝摇宕着。前一种是人家屋里的灯火和街上的路灯等等；后一种是峨眉县城附近和青龙场一带的水田和河流所映成的星星的倒影。如果水很深，倒影很长，所谓水蛇，那就不像灯火了。水田和那些河流的水都不深，所以倒影像灯火，只是淡点，水被风吹了以后要波动，所以摇宕。

那些光，不规则地罗列着，其中几个明亮点，有的成着三角形，有的成着四方形，始终不变，可见只是摇宕，并不移动地位。一般人认为移动，那是不曾仔细观察，只凭一时的目力的缘故。人由灯光下转到黑暗处，瞳孔要变，初看同再看的情形不同。金顶很高，空气的密度同平地里的相差太大，从平地到金顶，其间隔着许多层密度不同的空气，其中一层的空气流动以后，折光一变，现象也就要变动，因为风吹水面波动，摇宕是实在的情形。有了这几种原因，又因和尚总在有意无意地暗示，说是动了，移向金顶了，因此许多人都以为那些光是会得移动的，于是推想到飞虫和树叶上面去。

显现那些光的区域，是很尖长的秋海棠的形状。在那形状的范围以内，全是水田，房屋和河流，没有一座山，原是峨眉县城附近一带的地方。可见绝不是由于矿物。峨眉县城附近一带，除了多种白蜡树外，同别的地方一样；白蜡树固然并没有发光的作用，而且成行种着，同那些光罗列的情形不像所谓万盏明灯，原是星星的倒影，可无疑问。虽然水田河流各处都有，高山也不止峨眉山一座；但峨眉的山形很特别，就是来得陡。舍身岩一带从金顶直下，简直是壁立的。在金顶俯视峨眉县附近一带，仿佛在塔尖下望，这一点很特别，也很有关系。而且从峨眉县城上金顶，走的路虽长，直线并不远，所以望得见。

虽然并非怎样神秘的佛灯，也不是什么奇怪的动植物，几千个光隐约浮现着，委实是个奇观。有暇去鉴赏，一定要选定没有月光的时期，而且要在峨眉县城附近一带是晴天；如果要多看点，还得在春间田中有水的时期。

看佛灯叫做"睹灯"，看佛光叫做"睹光"。睹光在下午两三点钟或五六点钟；上午七八点钟也可以看到，不过很少。所谓佛光，就是一个五彩的大环，中间有着人形，是会动的，其实是虹。常年看见虹，是在虹的旁边观望，只能看到半个环形；在金顶，虹在下面，看见的是整个环形。中间会动的是去看的人自己的影子，所以去看的人，擎一擎手，那人形也擎一擎手；去看的人点一点头，那人形也就点一点头了。

佛光比佛灯容易看到，这里因为峨眉山的金顶上，简直没有一小时以上的时间可以脱尽云雾，刚见着太阳，忽然云到天暗，马上下起雨来，是常事。而且云雾常在金顶的下面，金顶的上面天气很晴，下面都满布着云雾，叫做"云海"。在太阳光的斜度可以因为折光的关系发生虹的时候，云海里就显现佛光了。

在峨眉山上，时常可以看到警告谨防老虎的牌告；到了半山以上，更多老虎的塑像，又有许多人被老虎拖去的故事。可是故事里面，总只说忽然少了个人，并非有人怎样亲看过老虎的影迹。

在这山上，四肢都落地的动物，我看到最多的是猴子。大大小小，二十来只，结着队在路旁的树上玩耍，小的不过半尺长，攀着树枝翻筋斗。一尺多长的中猴子在旁边帮助，很是和爱的样子。大猴子很肥，见了我们行人，就吱吱地叫着关照小猴子，同时走到路上来向我们要食物，我们给了点干牛肉，嗅了一阵丢开了。伸"手"又来向我们要食物。我们指了指那已丢开的干牛肉，于是拾了起来重行了一阵，仍然丢开了。

据说这些猴子有时结着队到寺院的门前去，故意吱吱地叫个不了。如果有人拿着玉蜀黍叫几声"三儿！"就会跑将过去的。寺院里一到朔望，照例要磨豆腐，猴子会得按时去要豆腐渣吃。如果有人损害了一只猴子，就有大群的猴子出来报仇，乱掷石子，并且撕破衣服。还要到寺院里去闹，因为山上没有旅舍，去游的人总是寄寓在寺院里的。

由观峨场上峨眉山去，在山脚第一个是报国寺，其次是伏虎寺。这两个寺都很大，伏虎寺的风景很好，山门面前，古树丛中响着溪流，有如天台山的国清寺，只是没有那样高大的塔。关于伏虎寺，传说不一，有的说是从前开山祖师进去，过不得溪，由一只老虎背过渡，为纪念那只老虎，所以造起寺来。另外有着虎溪，是个旁证。有的说是从前那里多老虎。常常害人，造这个寺，目的在于制伏老虎，"伏"字是动词。又有人说"伏"是转成了形容词的，因为那近旁有着一座山，形状像是一只伏着的老虎。

清音阁正当两溪汇合的地方，站在那面前的双飞桥上，可以饱听流水的声音。后面是黑龙江，与山缝间的岩壁上接连架着木板，下面流着急水，木板上满生着苔。上面只能够望见一条细长的天空，所以又叫做一线天。前面过去不远就是龙门。在那附近有着一所小小的洋房，听说曾经住过一位做了母亲的少女，如今下山去了，做着"交际之花"。

洪椿坪和九老洞的寺院都是大而考究，柱子油漆得红红的，备着沙发等器具。峨眉山上的寺院虽然很多，这两个寺的中间相隔三十里却无一个寺院，也没有别的可以休息的地方。其间有着九十九倒拐和扁担岩。九十九倒拐是弯弯曲曲的九十九条石级，走上去很吃力。游人不能够用轿子，也就是因为这种地方。扁担岩一带很阴，三四月里还是积雪不消的。但如走华严寺那条路上金顶，就不用经过这些地方了。

从清音阁去洪椿坪，可以走黑龙江，也可以走牛心寺，如愿多游点地方，就可去大坪寺。上去十五里的路叫做猴子坡，下来十五里的路是蛇倒退。连蛇上去也要倒退下来，可见这条路的陡了。猴子坡的形容有两说：一说有人在那里行走，望去好像是猴子在爬岩壁。另一说，因为陡，只好像猴子似的爬上去。这两条路都很狭，两旁都是深岩，所难的，是石级多已破坏得活动，一滑脚掉下去，性命保可以送脱。猴子坡多弯曲，风景更来得好。

九老洞正当峨眉山的半腰，前望大坪，从猴子坡要走十五里才到的高峰，看去无非是海底里的一条礁石的样子。左望华严寺和遇仙寺，宛如一幅幽美的中国画。遇仙寺在一个小小的峰尖上，有大的山做着背景，更觉玲珑秀丽。右面仙皇台上，可以下望峨眉县城附近一带的平地。在九老寺的附近，有着许多桫椤树和槲桐树，又有岩瓢，桫椤树的形状有点像桂花树，叶子也差不多，不过大一些。花开得很多，一球一球地满布在树上，每球好像都是由五朵牵牛花合成的。槲桐的干子细长，有点像马柳树。叶如桑，花开在叶上，分别不清，是元始植物的一种。果如荔枝，所以土名叫做土荔枝。岩瓢寄生一棵枯了的大树上面，由叶柄直接寄附着，绿莹莹的好像是一只一只的调羹，所以称作岩瓢。这里的动物，在猴子之外有岩燕，许许多多在九老洞的口子上乱飞。还有青蛙的叫声，山间的回音助长声势，常使人以为有猴子叫着来了。

上洗象池得先走钻天坡，五里路长，实在来得陡。到金顶还得经过阎王坡和天门石。阎王坡很难走。天门石是两个大石炮，行人在这两个石炮的缝里经过，因为在将到金顶的地方，所以加了"天门"的形容词。

走华严寺的一条路要经过点心坡，就是走的时候，脚膝髁头要点着心，也是陡的形容。点心坡的下面是观心顶，上面是息心所。

寺院多，泥塑木雕的偶像也就多，有的多头多手，有的袒胸露臂。在纯阳殿里卧着的吕纯阳塑像旁，堆满着绣花枕头，好像着实可以安枕高卧的样子。在万年寺的砖殿里铜佛铜像以外，有着一位卧着的女菩萨，上面盖着被，揭起被来看，只系着一条短短的红裤子。

万年寺的砖殿里又有叫做佛牙的，其实是个猴子脊骨的化石。

距大峨寺不远的地方有着新开寺，筑起了许多住室，是西人避暑的场所。曾经同时死过许多香客的三霄洞，在接引殿和九老洞之间。因为洞被政府封禁，路也已经荒废，去不得了。猪肝洞在大峨山和小峨山之间的小山上，要从青龙场去才可以游。因为洞里有一块悬挂着的岩石像猪肝，所以有这个名称。

从雷洞坪到金顶一带的舍身岩，委实是极陡峻的地方。在别处跳楼堕塔，是无论如何不会有这样高的。而且在有云海的时候，看去仿佛棉花团，可以觉得很安适。只是上去远得很，路又难走，怕是一般消极的人所不愿意干的。

因为高了，气温太低，虽在夏天也得烧火盆取暖的金顶，生物很少。植物除寒杉和竹，只可以看到苔类。寒杉的树叶一盘一盘的长得很密，显得生长很慢。枝叶都向下垂，这是常常被雪压着的记号。竹长得不过一尺多高，形状却依然是大竹竿的样子。接连长成一大片，远望好像是草地。因为时刻在云雾中，湿度太高，各处都生着苔类，连寒杉的顶梢上也都有。动物更少，大和尚和小和尚以外，只有佛现鸟的叫声时常可以听到。佛现鸟，因为叫的声音好像是说"佛现了！"所以这样称呼；其实，要不迷信佛，就会觉得叫声并不像的。这种鸟的形状类似画眉。因为高了，空气的密度低，连饭都煮不热了的金顶，生物委实不容易生存。

同金顶并列着的千佛顶和万佛顶，虽然都有不少的小菩萨，可是同"千"和"万"的数目差得多；这千万的两个字，无非多数的形容罢了。

在金顶，固然可以直望峨眉县城和青龙场一带的地方，还可以隐约望见嘉定的大佛。近处的下面，九老洞所在的峰尖也变得好像原是条海底的礁石，正如在九老洞所见的大坪了。但一向后面眺望过去，瓦山固然比金顶要高，终年银白的雪山虽然很远，也可以见得更大更高。雪山就是昆仑山，真是所谓"峨眉万丈高，昆仑一条腰"的了。

佳作赏析：

许钦文（1897—1984），浙江山阴人，现代作家。著有长篇小说《西湖云月》，散文集《无妻之累》等。

峨眉山是中国著名的旅游胜地，也是中国四大佛教名山之一。山上的佛灯、佛光奇观千百年来吸引着成千上万的游客。作者开篇即从佛灯、佛光入手，将形成这种现象的原因作了科学的解释。虽将道理阐明，但正如作者所说，"确实是个奇观"，足以令人向往。作者又介绍了峨眉山另一独特景观：成群结队的猴子。接下来，文章开始以从观峨场登山的所见所闻为线索，依次介绍山上的寺院、山洞、亭阁，直至顶峰的"金顶"。文章语言朴实，叙事生动，尤其是关于佛灯、佛光的介绍，说理详尽，将千古谜团揭开，读来给人豁然开朗的感觉，是一篇兼具知识性、趣味性的佳作。

桨声灯影里的秦淮河

□〔中国〕朱自清

一九二三年八月的一晚，我和平伯同游秦淮河，平伯是初泛，我是重来了。我们雇了一只"七板子"，在夕阳已去，皎月方来的时候，便下了船。于是桨声汩——汩，我们开始领略那晃荡着蔷薇色的历史的秦淮河的滋味了。

秦淮河里的船，比北京万生园、颐和园的船好，比西湖的船好，比扬州瘦西湖的船也好。这几处的船不是觉着笨，就是觉着简陋、局促；都不能引起乘客们的情韵，如秦淮河的船一样。秦淮河的船约略可分为两种：一是大船；一是小船，就是所谓"七板子"。大船舱口阔大，可容二三十人。里面陈设着字画和光洁的红木家具，桌上一律嵌着冰凉的大理石面。窗格雕镂颇细，使人起柔腻之感。窗格里映着红色蓝色的玻璃；玻璃上有精致的花纹，也颇悦人目。"七板子"规模虽不及大船，但那淡蓝色的栏杆、空敞的舱，也足系人情思。而最出色处却在它的舱前。舱前是甲板上的一部，上面有弧形的顶，西边用疏疏的栏杆支着。里面通常放着两张藤的躺椅。躺下，可以谈天，可以望远，可以顾盼两岸的河房。大船上也有这个，但在小船上更觉清隽罢了。

舱前的顶下，一律悬着灯彩；灯的多少，明暗，彩苏的精粗，艳晦，是不一的，但好歹总还你一个灯彩。这灯彩实在是最能勾人的东西。夜幕垂垂地下来时，大小船上都点起灯火。从两重玻璃里映出那辐射着的黄黄的散光，反晕出一片朦胧的烟霭；透过这烟霭，在黯黯的水波里，又逗起缕缕的明漪。在这薄霭和微漪里，听着那悠然的间歇的桨声，谁能不被引入他的美梦去呢？只愁梦太多了，这些大小船儿如何载得起呀？我们这时模模糊糊地谈着明末的秦淮河的艳迹，如《桃花扇》及《板桥杂记》里所载的。我们真神往了。我们仿佛亲见那时华灯映水，画舫凌波的光景了。于是我们的船便成了历史的重载了。我们终于恍然秦淮河的船所以雅丽过于他处，而又有奇异的吸引力的，实在是许多历史的影象使然了。

秦淮河的水是碧阴阴的，看起来厚而不腻，或者是六朝金粉所凝么？我们初上船的时候，天色还未断黑，那漾漾的柔波是这样恬静，委婉，使我们一面有水阔天空之想，一面又憧憬着纸醉金迷之境了。等到灯火明时，阴阴的变为沉沉了：黯淡的水光，像梦一般；那偶然闪烁着的光芒，就是梦的眼睛了。我们坐在舱前，因了那隆起的顶棚，仿佛总是昂着首向前走着似的；于是飘飘然如御风而行的我们，看着那些自在的湾泊着的船，船里走马灯般的人物，便像是下界一般，迢迢的远了，又像在雾里看花，尽朦朦胧胧的。这时我们已过了利涉桥，望见东关头了。沿路听见断续的歌声：有从沿河的妓楼飘来的，有从河上船里度来的。我们明知那些歌声，只是些因袭的言词，从生涩的歌喉里机械的发出来的；但它们经了夏夜的微风的吹漾和水波的摇拂，袅娜着到我们耳边的时候，已经不单是她们的歌声，而混着微风和河水的密语了。于是我们不得不被牵惹着，震撼着，相与浮沉于这歌声里了。从东关头转弯，不久就到大中桥。大中桥共有三个桥拱，都很阔大，俨然是三座门儿；使我们觉得我们的船和船里的我们，在桥下过去时，真是太无颜色了。桥砖是深褐色，表明它的历史的长久；但都完好无缺，令人太息于古昔工程的坚美。桥上两旁都是木壁的房子，中间应该有街路？这些房子都破旧了，多年烟熏的迹，遮没了当年的美丽。我想象秦淮河的极盛时，在这样宏阔的桥上，特地盖了房子，必然是髹漆得富富丽丽的；晚间必然是灯火通明的，现在却只剩下一片黑沉沉！但是桥上造着房子，毕竟使我们多少可以想见往日的繁华；这也慰情聊胜无了。过了大中桥，便到了灯月交辉，笙歌彻夜的秦淮河，这才是秦淮河的真面目哩。

大中桥外，顿然空阔，和桥内两岸排着密密的人家的景象大异了。一眼望去，疏疏的林，淡淡的月，衬着蔚蓝的天，颇像荒江野渡光景；那边呢，郁丛丛的，阴森森的，又似乎藏着无边的黑暗：令人几乎不信那是繁华的秦淮河了。但是河中眩晕着的灯光，纵横着的画舫，悠扬着的笛韵，夹着那吱吱的胡琴声，终于使我们认识绿如茵陈酒的秦淮水了。此地天裸露着的多些，故觉夜来得独迟些；从清清的水影里，我们感到的只是薄薄的夜——这正是秦淮河的夜。大中桥外，本来还有一座复成桥，是船夫口中的我们的游踪尽处，或也是秦淮河繁华的尽处了。我的脚曾踏过复成桥的脊，在十三四岁的时候。但是两次游秦淮河，却都不曾见着复成桥的面；明知总在前途的，却常觉得有些虚无缥缈似的。我想，不见倒也好。这时正是盛夏。我们下船后，藉着新生的晚凉和河上的微风，暑气已渐渐消散，到了此地，豁然开朗，身子顿然轻了——习习的清风荏苒在面上，手上，衣上，这便又感到了一缕新凉了。南京的日光，大概没有杭州猛烈；西湖的夏夜老是热蓬蓬的，水像沸着一般，秦淮河的水却尽是这样冷冷地绿着。任你人影的憧憧，歌声的扰扰，总像隔着一层薄薄的绿纱面幂似的；它尽是这样静静地，冷冷地绿着。我们出了大中桥，走不上半里路，船夫便将船划到一旁，停了桨由它宕着。他以为那里正是繁华的极点，再过去就是荒凉了，所以让我们多多赏鉴一会儿。他自己却静静地蹲着。他是看惯这光景的了，大约只是一个无可无不可。这无可无不可，无论是升的沉的，总之，都比我们高了。

那时河里热闹极了，船大半泊着，小半在水上穿梭似的来往。停泊着的都在近市的那一边，我们的船自然也夹在其中。因为这边略略地挤，便觉得那边十分地疏了。在每一只船从那边过去时，我们能画出它的轻轻的影和曲曲的波，在我们的心上；这显着是空，且显着是静了。那时处处都是歌声和凄厉的胡琴声，圆润的喉咙，确乎是很少的。但那生涩的，尖脆的调子能使人有少年的，粗率不拘的感觉。也正可快我们的意。况且多少隔开些儿听着。因为想象与渴慕的做美，总觉更有滋味；而竞发的喧嚣，抑扬的不齐，远近的杂沓和乐器的嘈嘈切切，合成另一意味的谐音，也使我们无所适从，如随着大风而走。这实在因为我们的心枯涩久了，变为脆弱；故偶然润泽一下，便疯狂似的不能自主了。但秦淮河确也腻人。即如船里的人面，无论是和我们一堆儿泊着的，无论是从我们眼前过去的，总是模模糊糊的，甚至渺渺茫茫的；任你张圆了眼睛，揩净了眦垢，也是枉然。这真够人想呢。在我们停泊的地方，灯光原是纷然的；不过这些灯光都是黄而有晕的。黄已经不能明了，再加上了晕，便更不成了。灯愈多，晕就愈甚；在繁星般的黄的交错里，秦淮河仿佛笼上了一团光雾。光芒与雾气腾腾地晕着，什么都只剩了轮廓了，所以人面的详细的曲线，便消失于我们的眼底了。但灯光究竟夺不了那边的月色；灯光是浑的，月色是清的。在浑沌的灯光里，渗入一派清辉，却真是奇迹！那晚月儿已瘦削了两三分，她晚妆才罢，盈盈地上了柳梢头。天是蓝得可爱，仿佛一汪水似的；月儿便更出落得精神了。岸上原有三株两株的垂杨树，淡淡的影子，在水里摇曳着。它们那柔细的枝条浴着月光，就像一支支美人的臂膊，交互地缠着，挽着；又像是月儿披着的发。而月儿偶尔也从它们的交叉处偷偷窥看我们，大有小姑娘怕羞的样子。岸上另有几株不知名的老树，光光地立着；在月光里照起来，却又俨然是精神矍铄的老人。远处——快到天际线了，才有一两片白云，亮得现出异彩，像是美丽的贝壳一般。白云下便是黑黑的一带轮廓，是一条随意画的不规则的曲线。这一段光景，和河中的风味大异了。但灯与月竟能并存着，交融着，使月成了缠绵的月，灯射着渺渺的灵辉，这正是天之所以厚秦淮河，也正是天之所以厚我们了。

这时却遇着了难解的纠纷。秦淮河上原有一种歌妓，是以歌为业的。从前都在茶舫上唱些大曲之类。每日午后一时起；什么时候止，却忘记了。晚上照样也有一回，也在黄晕的灯光里。我从前过南京时，曾随着朋友去听过两次。因为茶舫里的人脸太多了，觉得不大适意，终于听不出所以然。前年听说歌妓被取缔了，不知怎的，颇涉想了几次——却想不出什么。这次到南京，先到茶舫上去看看。觉得颇是寂寥，令我无端地怅怅了。不料她们却仍在秦淮河里挣扎着，不料她们竟会纠缠到我们，我于是很张皇了，她们也乘着"七板子"，她们总是坐在舱前的。舱前点着石油汽灯光亮，炫人眼目：坐在下面的，自然是纤毫毕见了——引诱客人们的力量也便在此。舱里躲着乐工等人，映着汽灯的余辉蠕动着；他们是永远不被注意的。每船的歌妓大约都是二人；天色一黑，她们的船就在大中桥外往来不息地兜生意。无论行着的船，泊着的船，都要来兜揽的。这都是我后来推想出来的。那晚不知怎样，忽然轮着我们的船了。我们的船好好地停着，一只歌舫划向我们来了；渐渐和我们的船并着了。烁烁的灯光逼得我们皱起了眉头；我们的风尘色全给它托出来了，这使我踟蹰不安了，那时一个伙计跨过船来，拿着摊开的歌折，就近塞向我的手里，说："点几出吧！"他跨过来的时候，我们船上似乎有许多眼光跟着。同时相近的别的船上也似乎有许多眼睛炯炯地向我们船上看着。我真窘了！我也装出大方的样子，向歌妓们瞥了一眼，但究竟是不成的！我勉强将那歌折翻了一翻，却不曾看清了几字；便赶紧递还那伙计，一面不好意思地说："不要。我们……不要。"他便塞给平伯，平伯掉转头去，摇手说："不要！"那人还腻着不走。平伯又回过脸来，摇着头道："不要！"于是那人重到我处，我窘着再拒绝了他。他这才有所不屑似的走了。我的心立刻放下，如释了重负一般。我们就开始自白了。

我说我受了道德律的压迫，拒绝了她们；心里似乎很抱歉的。这所谓抱歉，一面对于她们，一面对于我自己。她们于我们虽然没有很奢的希望；但总有些希望的。我们拒绝了她们，无论理由如何充足，却使她们的希望受了伤，这总有几分不作美了。这是我觉得很怅怅的。至于我自己，更有一种不足之感。我这时被四面的歌声诱惑了，降伏了；但是远远的，远远的歌声总仿佛隔着重衣搔痒似的，越搔越搔不着痒处。我于是憧憬着贴耳的妙音了。在歌舫划来时，我的憧憬，变为盼望；我固执地盼望着，有如饥渴。虽然从浅薄的经验里，也能够推知，那贴耳的歌声，将剥去了一切的美妙；但一个平常的人像我的，谁愿凭了理性之力去丑化未来呢？我宁愿自己骗着了。不过我的社会感性是很敏锐的；我的思力能拆穿道德律的西洋镜，而我的感情却终于被它压服着。我于是有所顾忌了，尤其是在众目昭彰的时候。道德律的力，本来是民众赋予的；在民众的面前，自然更显出它的威严了。我这时一面盼望，一面却感到了两重的禁制：一，在通俗的意义上，接近妓者总算一种不正当的行为；二，妓是一种不健全的职业，我们对于她们，应有哀矜勿喜之心，不应赏玩地去听她们的歌。在众目睽睽之下，这两种思想在我心里最为旺盛。她们暂时压倒了我的听歌的盼望，这便成就了我的灰色的拒绝。那时的心实在异常状态中，觉得颇是昏乱。歌舫去了，暂时宁静之后，我的思绪又如潮涌了。两个相反的意思在我心头往复：卖歌和卖淫不同，听歌和狎妓不同，又干道德甚事？——但是，但是，她们既被逼的以歌为业，她们的歌必无艺术味的；况她们的身世，我们究竟该同情的。所以拒绝倒也是正办。但这终于不曾撇开我的听歌的盼望。它力量异常坚强；它总想将别的思绪踏在脚下。从这重重的争斗里，我感到了浓厚的不足之感。这不足之感使我的心盘旋不安，起坐都不安宁了。唉！我承认我是一个自私的人！平伯呢，却与我不同。他引周启明先生的诗："因为我有妻子，所以我爱一切的女人；因为我有子女，所以我爱一切的孩子。"他的意思可以见了。他因为推及的同情，爱着那些歌妓，并且尊重着她们，所以拒绝了她们。在这种情形下，他自然以为听是对于她们的一种侮辱。但他也是想听歌的，虽然不和我一样。所以在他的心中，当然也有一番小小的争斗；争斗的结果，是同情胜了。至于道德律，在他是没有什么的；因为他很有蔑视一切的倾向，民众的力量在他是不大觉着的。这时他的心意的活动比较简单，又比较松弱，故事后还怡然自若；我却不能了。这里平伯又比我高了。

在我们谈话中间，又来了两只歌舫。伙计照前一样的请我们点戏，我们照前一样地拒绝了。我受了三次窘，心里的不安更甚了。清艳的夜景也为之减色。船夫大约因为要赶第二趟生意，催着我们回去；我们无可无不可地答应了。我们渐渐和那些晕黄的灯光远了，只有些月色冷清清的随着我们的归舟。我们的船竟没个伴儿，秦淮河的夜正长哩！到大中桥近处，才遇着一只来船。这是一只载妓的板船，黑漆漆的没有一点光。船头上坐着一个妓女；暗里看出，白地小花的衫子，黑的下衣。她手里拉着胡琴，口里唱着青衫的调子。她唱得响亮而圆转；当她的船箭一般驶过去时，余音还袅袅地在我们耳际，使我们倾听而向往。想不到在弩末的游踪里，还能领略到这样的清歌！这时船过大中桥了，森森的水影，如黑暗张着巨口，要将我们的船吞了下去。我们回顾那渺渺的黄光，不胜依恋之情；我们感到了寂寞了！这一段地方夜色甚浓，又有两头的灯火招邀着；桥外的灯火不用说了，过了桥另有东关头疏疏的灯火。我们忽然仰头看见依人的素月，不觉深悔归来之早了！走过东关头，有一两只大船湾泊着，又有几只船向我们来着。嚣嚣的一阵歌声人语，仿佛笑我们无伴的孤舟哩。东关头转弯，河上的夜色更浓了；临水的妓楼上，时时从帘缝里射出一线一线的灯光；仿佛黑暗从酣睡里眨了一眨眼。我们默然地对着，静听那汨汨的桨声，几乎要入睡了；朦胧里却温寻着适才的繁华的余味。我那不安的心在静里愈显活跃了！这时我们都有了不足之感，而我的更其浓厚。我们却又不愿回去，于是只能由懊悔而怅惘了。船里便满载着怅惘了。直到利涉桥下，微微嘈杂的人声，才使我豁然一惊：那光景却又不同。右岸的河房里，都大开了窗户，里面亮着晃晃的电灯，电灯的光射到水上，蜿蜒曲折，闪闪不息，正如跳舞着的仙女的臂膊。我们的船已在她的臂膊里了；如睡在摇篮里一样，倦了的我们便又入梦了。那电灯下的人物，只觉得像蚂蚁一般，更不去萦念。这是最后的梦，可惜是最短的梦！黑暗重复落在我们面前，我们看见傍岸的空船上一星两星的，枯燥无力又摇摇不定的灯光。我们的梦醒了，我们知道就要上岸了；我们心里充满了幻灭的情思。

一九二三年十月十一日作完于温州

　　朱自清（1898—1948），浙江绍兴人，散文家、学者。有散文集《背影》《欧游杂记》，长诗《毁灭》。学术论著《经典常谈》《诗言志辨》等。

　　这是朱自清散文中的一个名篇。

　　历史上著名的秦淮河随着时光的流淌而逐渐失去了昔日风韵，而作者的这篇文章浓墨重彩地再现了浓妆艳丽秦淮河的风采。文章记叙了作者与友人夏夜泛舟秦淮河的如诗、如画、如梦的见闻感受，诗情画意是文章的最大特色。奇异的"七板子"船，温柔飘香的绿水，缥缈的歌声……这些看似平淡的景物在作者笔下无不化腐朽为神奇，意味隽永。作者的刻画细致精准，但却是明丽中不见雕琢，淡雅而不俗气，使得秦淮河与水、灯、月交相辉映。不仅如此，作者还借助对历史影像的缅怀，将秦淮河写得虚虚实实、朦朦胧胧，让人陶醉，令人神往。文章字里行间都洋溢着一股真挚深沉而又细腻的感情，给人以眷恋思慕、追怀的感受。

潭柘寺 戒坛寺

□〔中国〕朱自清

　　早就知道潭柘寺戒坛寺。在商务印书馆的《北平指南》上，见过潭柘的铜图，小小的一块，模模糊糊的，看了一点没有想去的意思。后来不断地听人说起这两座庙，有时候说路上不平静，有时候说路上红叶好。说红叶好的劝我秋天去，但也有人劝我夏天去。有一回骑驴上八大处，赶驴的问逛过潭柘没有，我说没有。他说潭柘风景好，那儿满是老道，他去过，离八大处七八十里地，坐轿骑驴都成。我不大喜欢老道的装束，尤其是那满蓄着的长头发，看上去啰哩啰唆，龌里龌龊的。更不想骑驴走七八十里地，因为我知道驴子与我都受不了。真打动我的倒是"潭柘寺"这个名字。不懂不是？就是不懂的妙。惰懒的人念成"潭柘寺"，那更莫名其妙了。这怕是中国文法的花样；要是来个欧化，说是"潭和柘的寺"，那就用不着咬嚼或吟味了。还有在一部诗话里看见近人咏戒坛松的七古，诗腾挪夭矫，想来松也如此。所以去。但是在夏秋之前的春天，而且是早春；北平的早春是没有花的。

　　这才认真打听去过的人。有的说住潭柘好，有的说住戒坛好。有的人说路太难走，走到了筋疲力尽，再没兴致玩儿；有人说走路有意思。又有人说，去时坐了轿子，半路上前后两个轿夫吵起来，把轿子搁下，直说不抬了。于是心中暗自决定，不坐轿，也不走路；取中道，骑驴子。又按普通说法，总是潭柘寺在前，戒坛寺在后，想着戒坛寺一定远些；于是决定住潭柘，因为一天回不来，必得住。门头沟下车时，想着人多，怕雇不着许多驴，但是并不然——雇驴的时候，才知道戒坛去便宜一半，那就是说近一半。这时候自己忽然逞起能来，要走路。走吧。

这一段路可够瞧的。像是河床，怎么也挑不出没有石子的地方，脚底下老是绊来绊去的，教人心烦。又没有树木，甚至于没有一根草。这一带原是煤窑，拉煤的大车往来不绝，尘土里饱和着煤屑，变成黯淡的深灰色，教人看了透不出气来。走一点钟光景，自己觉得已经有点办不了，怕没有走到便筋疲力尽；幸而山上下来一头驴，如获至宝似的雇下，骑上去。这一天东风特别大。平常骑驴就不稳，风一大真是祸不单行。山上东西都有路，很窄，下面是斜坡；本来从西边走，驴夫看风势太猛，将驴拉上东路。就这么着，有一回还几乎让风将驴吹倒；若走西边，没有准儿会驴我同归哪。想起从前人画风雪骑驴图，极是雅事；大概那不是上潭柘寺去的。驴背上照例该有些诗意，但是我，下有驴子，上有帽子眼镜，都要照管；又有迎风下泪的毛病，常要掏手巾擦干。当其时真恨不得生出第三只手来才好。

东边山峰渐起，风是过不来了；可是驴也骑不得了，说是坎儿多。坎儿可真多。这时候精神倒好起来了：崎岖的路正可以练腰脚，处处要眼到心到脚到，不像平地上。人多更有点竞赛的心理，总想走上最前头去；再则这儿的山势虽然说不上险，可是突兀，丑怪，巉刻的地方有的是。我们说这才有点儿山的意思，老像八大处那样，真教人气闷闷的。于是一直走到潭柘寺后门；这段坎儿路比风里走过的长一半，小驴毫无用处，驴夫说："咳，这不过给您做个伴儿！"

墙外先看见竹子，且不想进去。又密，又粗，虽然不够绿。北平看竹子，真不易。又想到八大处了，大悲庵殿前那一溜儿，薄得可怜，细得也可怜，比起这儿，真是小巫见大巫了。进去过一道角门，门旁突然亭亭地矗立着两竿粗竹子，在墙上紧紧地挨着；要用批文章的成语，这两竿竹子足称得起"天外飞来之笔"。

正殿屋角上两座琉璃瓦的鸱吻，在台阶下看，值得徘徊一下。神话说殿基本是青龙潭，一夕风雨，顿成平地，涌出两鸱吻。只可惜现在的两座太新鲜，与神话的朦胧幽秘的境界不相称。但是还值得看，为的是大得好，在太阳里嫩黄得好，闪亮得好；那拴着的四条黄铜链子也映衬得好。寺里殿很多，层层折折高上去，走起来已经不平凡，每殿大小又不一样，塑像摆设也各出心裁。看完了，还觉得无穷无尽似的。正殿下延清阁是待客的地方，远处群山像屏障似的。屋子结构甚巧，穿来穿去，不知有多少间，好像一所大宅子。可惜尘封不扫，我们住不着。话说回来，这种屋子原也不是预备给我们这么多人挤着住的。寺门前一道深沟，上有石桥；那时没有水，若是现在去，倚在桥上听潺潺的水声，倒也可以忘我忘世。边桥四株马尾松，枝枝覆盖，叶叶交通，另成一个境界。西边小山上有个古观音洞。洞无可看，但上去时在山坡上看潭柘的侧面，宛如仇十洲的《仙山楼阁图》；往下看是陡峭的沟岸，越显得深深无极，潭柘简直有海上蓬莱的意味了。寺以泉水著名，到处有石槽引水长流，倒也涓涓可爱。只是流觞亭雅得那样俗，在石地上楞刻着蚯蚓般的槽；那样流觞，怕只有孩子们愿意干。现在兰亭的"流觞曲水"也和这儿的一鼻孔出气，不过规模大些。晚上因为带的铺盖薄，冻得睁着眼，却听了一夜的泉声；心里想要不冻着，这泉声够多清雅啊！寺里并无一个老道，但那几个和尚，满身铜臭，满眼势利，教人老不能忘记，倒也麻烦的。

第二天清早，二十多人满雇了牲口，向戒坛而去，颇有浩浩荡荡之势。我的是一匹骡子，据说稳得多。这是第一回，高高兴兴骑上去。这一路要翻罗喉岭。只是土山，可是道儿窄，又曲折；虽不高，老那么凸凸凹凹的。许多处只容得一匹牲口过去。平心说，是险点儿。想起古来用兵，从间道袭敌人，许也是这种光景吧。

戒坛在半山上，山门是向东的。一进去就觉得平旷；南面只有一道低低的砖栏，下边是一片平原，平原尽处才是山，与众山屏蔽的潭柘气象便不同。进二门，更觉得空阔疏朗，仰看正殿前的平台，仿佛汪洋千顷。这平台东西很长，是戒坛最胜处，眼界最宽，教人想起"振衣千仞冈"的诗句。三株名松都在这里。"卧龙松"与"抱塔松"同是偃仆的姿势，身躯奇伟，鳞甲苍然，有飞动之意。"九龙松"老干槎丫，如张牙舞爪一般。若在月光底下，森森然的松影当更有可看。此地最宜低回流连，不是匆匆一览所可领略。潭柘以层折胜，戒坛以开朗胜；但潭柘似乎更幽静些。戒坛的和尚，春风满面，却远胜于潭柘的；我们之中颇有悔不该住潭柘的。戒坛后山上也有个观音洞。洞宽大而深，大家点了火把嚷嚷闹闹地下去；半里光景的洞满是油烟，满是声音。洞里有石虎，石龟，上天梯，海眼等等，无非是凑凑人的热闹而已。

还是骑骡子。回到长辛店的时候，两条腿几乎不是我的了。

一九三四年三月

佳作赏析：

朱自清的这篇散文记述了自己游览京郊两大古寺的经过：潭柘寺、戒坛寺。文章语言生动诙谐，透着一股淡淡的"京味"。

作者先讲了自己游两寺的缘起，然后又叙述了路上的所遇、所见、所闻。紧接着分别描写了潭柘寺和戒坛寺的风景和游览感受，结构层次分明。两所寺院虽都是宗教场所和风景名胜，但各有特色：潭柘寺以层折胜，显得清静一些，戒坛寺则以开朗胜。作者将两座寺院对比着来写，收到意想不到的效果。

云冈

□〔中国〕郑振铎

　　云冈石窟的庄严伟大，是我们所不能想象得出的。必须到了那个地方，流连徘徊了几天，几月，才能够给你以一个大略的美丽的轮廓，你不能草草地浮光掠影地跑着走着地看。你得仔细地去欣赏。猪八戒吃人参果似的一口吞下去永远的不会得到云冈的真相。云冈决不会在你一次两次的过访之时，便会把整个的面目对你显示出来的。每一个石窟，每一尊石像，每一个头部，每一个姿态，甚至每一条衣裳，每一部的火轮或图饰，都值得你仔细的流连观赏，仔细的远观近察，仔细的分析研究。七十尺，六十尺的大佛，固然给你以弘伟的感觉，即小至一尺二尺，二寸三寸的人物，也并不给你以邈小不足观的缺憾。全部分的结构，固然可称是最大的一个雕刻的博物院，即就一洞，一方，一隅的气氛而研究之，也足以得着温腻柔和，慈祥秀丽之感。他们各有一个完整的布局。合之固极繁赜富丽。分之亦能自成一个局面。

　　假若你能够了解，赞美希腊的雕刻，欣赏雅典处女庙的"浮雕"，假若你会在 Venusde Melo 像下，流连徘徊，不忍即去，看两次，三次，数十次而还不知满足者，我知道你一定能够在云冈徘徊个十天八天一月二月的。

见到了云冈，你就觉得对于下华严寺的那些美丽的塑像的赞叹，是少见多怪。到过云冈，再去看那些塑像，便会有些不足之感——虽然并不会以他们为变得丑陋。

说来不信，云冈是距今一千五百年前的遗物呢；有一部分还完好如新，虽然有一部分已被风和水所侵蚀而失去原形，还有一部分是被斫下去盗卖了。

那么被自然力或奸人们所破坏的完整部分，还够得你赞叹欣赏的，且仍还使你有应接不暇之慨。入了一个佛洞，你便有如走入宝山，如走到山阴，珍异之多，山川之秀，竟使你不知先拾哪件好，先看哪一方面好。

曾走入一个大些的佛洞，刚在那里仔细地看大佛的坐姿和面相，忽然有一个声音叫道：

"你看，那高壁上的侍佛是如何地美！"

刚刚回过头去，又有一个声音在叫道：

"那门柱上的金刚，有五个头的如何地显得力和威！还有那无名的鸟，躯体是这样的显得有劲！"

"快看，这边的小佛是那么恬美，座前的一匹马，没有头的，一双前腿跪在地上，那姿态是不曾在任何画上和雕刻上见到呢。"

"啊，啊，一个奇迹，那高高的壁上的一个女像，手执了水瓶的，还不活像是阿述利亚风的浮雕么？那扁圆的脸部简直是阿述帝国的浮雕的重现。"

这样的此赞彼叹，我怎样能应付得来呢！赵君执着摄影机更是忙碌不堪。

但贪婪的眼和贪婪的心是一点不知倦的；看了一处，还要再看一处，看了一次，还要再看一次。

云冈石窟的开始雕刻，在公元453年（魏兴安二年）。那时，对于佛教的大迫害方才除去，主张灭佛法的崔浩已被族诛。僧侣们又纷纷的在北朝主者的保护下活动着。这一年有高僧昙曜，来到这武州山的地方，开始掘洞雕像。曜所开的窟洞，只有五所。后来成了风气，便陆续的扩大地域，增多窟洞。佛像也愈雕愈多，愈雕愈细致。

《魏书·释老志》云："太安初，有师子国胡沙门邪奢遗多浮陀难提等五人，奉佛像三，到京师，皆云备历西域诸国。见佛影迹及肉髻，外国诸王相承，咸遣工匠摹写其容。莫能及难提所造者。去十余步，视之炳然，转近转微。又沙勒湖沙门赴京师致佛钵及画像迹。初昙曜以复佛法之明年（兴安二年，公元453年），自中山被命赴京。帝后奉以师礼。昙曜白帝，于京城西武州塞凿山石壁，开窟五所，镌建佛像各一，高者七十尺，次六十尺，雕饰奇伟，冠于一世。"

又云："皇兴中，又构三级石佛图，椽栋楣楹，上下重结，大小皆石。高十丈，镇固巧密，为京华壮观。"

又《续高僧传》云："元魏北台恒北石窟通乐寺沙门解昙曜传。释昙曜，未详何许人也。少出家，摄行坚贞，风鉴闲约。以元魏和平年，任北台昭元统，绥辑僧众，妙得其心。住恒安石窟通乐寺，即魏帝之所造也。去恒安西北三十里，武州山谷，北面石崖，就而镌之，建立佛寺，名曰灵岩。龛之大者。举高二十余丈，可受三千余人。面别镌像，穷诸巧丽，龛别异状，骇动人神。栉比相连，三十余里。东头僧寺恒供千人。碑碣见存，未卒陈委。先是太武皇帝太平贞君七年，司徒崔浩，令帝崇重道士寇谦之，拜为天师，珍敬老氏，虔刘释种，焚毁寺塔。至庚寅年，太武感致疠疾，方始开悟。帝既心悔。诛夷崔氏。至壬辰年，太武云崩，子文成立，即起塔寺，搜访经典。毁法七载，三宝还兴。曜慨前陵废，欣今重复。（以和平三年壬寅）故于北台石窟，集诸德僧，对天竺沙门译付法藏传，并净土经，流通后贤，意存无绝。"（卷一）

然这二书之所述，已可见开窟雕像的经过情形，不必更引他书。惟《续高僧传》所云"栉比相连三十余里"，未免邻于夸大。武州山根本便没有绵延到三十余里之长。至多不过五六里长。还是《魏书·释老志》所述"开窟五所"的话最可靠。但昙曜开辟了此山不久，此山便成了皇家崇佛的圣地。在元魏迁都之前，《魏书》屡纪皇帝临幸武州山石窟寺之事。

《魏书·显祖记》："皇兴元年八月丁酉，行幸武州山石窟寺。"（公元

467）以后又有七八次。

又《魏书·高祖记》："太和四年八月戊申，幸武州山石窟寺。"以后又有三次。

但也不仅皇家在那里开窟雕像，民间富人们和外国使者们也凑热闹地在那里你开一窟，我雕一像地相竞争。就连日所得的碑刻来看，西头的好几个洞，都是民间集资雕成的。这消息，足征各洞窟的雕刻所以作风不甚相同之故。因此，不久之后，武州山便成了极热闹的大佛场。

《水经注》"㶁水"条下注云：

"其水又东北流注武州川水，武州川水又东南流。水侧有石祇洹舍，并诸窟室，比丘尼所居也。其水又东转径灵岩，凿石开山，因岩结构，真容巨壮，世法所希。山堂水殿，烟寺相望，林渊锦镜，缀自新眺。川水又东南流出山。《魏土地记》曰，'平城西三十里，武州塞口者也'。"

按《水经注》撰于后魏太和，去寺之建，不过四五十年，而已繁盛至此。所谓，"山堂水殿，烟寺相望，林渊锦镜，缀自新眺"，绝不是瞎赞。

《大清一统志》引《山西通志》："石窟十寺，在大同府治西三十里，元魏建，始神瑞，终正光，历百年而工始完。其寺，一同升，二灵光，三镇国，四护国，五崇福，六童子，七能仁，八华严，九天宫，十兜率。内有元载所修石佛十二龛。"那十寺不知是哪一代的建筑，所谓元载云云，到底指的是元代呢，还指的是唐时宰相元载？或为元魏二字之误吧？云冈石刻的作风，完全是元魏的，并没有后代的作品掺杂在内。则所谓元载一定是元魏之误。十寺云云，也不会是虚无之谈。正可和《水经注》的"山堂水殿烟寺相望"的话相证。今日所见，石窟之下，是一片的平原，武州山的山上也是一片的平原，很像是人工所开辟的；则"十寺"的存在，无可怀疑。今所存者，仅一石窟寺，乃是清初所修的，石窟寺的最高处，和山顶相通的，另有一个古寺的遗构。惜通道已被堵塞，不能进去。又云冈别墅之东，破坏最甚的那所大窟，其窟壁上有石孔累累，都是明显的架梁支柱的遗迹。此窟结构最为弘伟。难道便是《魏书·释老志》所称"皇兴中又构三级石佛图"的故址所在么？

这是很有可能的。今尚见有极精美的两个石柱耸立在洞前。

经我们三日（十一日到十三日）的奔走周览，全部武州山石窟的形势，大略可知，武州山因其山脉的自然起讫，天然地分为三个部分：每一部分都可自成一局面。中有山涧将他们隔绝开。如站在武州河的对岸望过去，那脉络的起讫是极为分明的。今人所游者大抵只为中部；西部也间有游者，东部则问津者最少。所谓东部，指的是，自云冈别墅以东的全部。东部包括的地域最广，惜破坏最甚，洞窟也较为零落。中部包括今日的云冈别墅，石窟寺，五佛洞，一直到碧霞宫为止，碧霞宫以西便算是西部了。中部自然是精华所在。西部虽也被古董贩者糟蹋得不堪，却仍有极精美的雕刻物存在。

我们十一日下午一时二十分由大同车站动身，坐的仍是载重汽车。沿途道路，因为被水冲坏的太多，刚刚修好，仍多崎岖不平处。高坐在车上，被颠簸得头晕心跳，有时猛然一跳，连坐椅都跳了起来。双手紧握着车上的铁条或边栏，不敢放松一下，弄得双臂酸痛不堪。沿武州河而行。中途憩观音堂。堂前有三龙壁，也是明代物。驻扎在堂内的一位营长，指点给我们看道："对山最高处便是马武寨，中有水井，相传是汉时马武做强盗时所占据的地方。"惜中隔一水，山又太高，不能上去一游。

三十华里的路，足足走了一个半钟头。渡过武州河两次，因汽车道是就河边而造的。第一次渡过河后，颉刚便叫道：

"云冈看见了！那山边有许多洞窟的就是。"

大家都很兴奋。但我只顾着坚握铁条，不遑探身外望，什么也没有见到；一半也因坐的地方不大好。

"看见佛字峪了，过了寒泉石窟了。"颉刚继续的指点道，他在三个月之前刚来过一次。

啊，啊，现在我也看见，云冈全景展布我们之前。几个大佛的头和肩也可远远地见到。我的心是怦怦地急跳着。想望了许久的一千五百年前的艺术的宝窟，现在是要与它相见了！

三时到云冈。车停于石窟寺东邻的云冈别墅。这别墅是骑兵司令赵承授氏建的。这时，他正在那里避暑。因为我们去，他今天便要回大同让给我们住几天。这里，一切的新式设备俱全——除了电灯外。

这一天只是草草的一游。只到石窟寺（一作大佛寺）及五佛洞走走。别的地方都没有去。

登上了大佛寺的三层高楼，才和这寺内的一尊大佛的头部相对。四周都是黄的红的蓝的彩色，都是细致的小佛像及佛饰。有点过于绚丽失真。这都是后人用泥彩修补的，修得很不好，特别是头部，没有一点是仿得像原形的。看来总觉得又稚弱又猥琐，毫没有原刻的高华生动的气势。这洞内几乎全部是彩画过的，有的原来未毁坏的，其真容也被掩却。想来装修不止一次。最后的一次是光绪十七年兴和王氏所修的。他"购买民院地点，装采五佛洞，并修饰东西两楼，金装大佛金身"。不能不说与云冈有功，特别是购买民地，保存佛窟的一事。向西到五佛洞，也因被装修彩绘而大失原形。反是几个未被"装彩"过的小洞，还保全着高华古朴的态度。

游五佛洞时，有巡警跟随着。这个区域是属于他们管辖的；大佛寺的几个窟，便是属于寺僧管辖的。五佛洞西的几个窟，有居民，可负保管之责。再西的无人居的地方，便索性用泥土封了洞口，在洞外写道"内有手榴弹，游者小心！"一类的话。其实没有被封闭的，无人看管的若干洞，也尽有好东西在那里。据巡长说，他们每夜都派人在外巡察。此地现已属于古物保管会管辖，故比较的不像从前那样容易被毁坏。

五佛洞西，有几尊大佛的头部，远远的可望见。很想立刻便去一游。但暮色渐渐地笼罩上来，像在这古代宝窟之前，挂上了一层纱帘。我们只好打断了游兴，回到云冈别墅。

武州山下，靠近西部，为云冈堡，一名下堡，堡门上有迎薰怀远二额，为万历十四年所立。云冈山上还有一座土城屹立于上，那便是云冈堡的上堡，明代以大同为重镇，此二堡皆为边防兵的驻所。

晚餐后，在别墅的小亭上闲谈。东部的大佛窟，全在眼前。那两个立柱还朦朦胧胧的可见到。忽听得山下人家有击筑奏筝及吹笛的声音：乐声呜呜，托托的，时断时续。我和颉刚及巨渊循声而往。听说是娶亲。正在一个古洞的前面，庭际搭了一个小棚，有三个音乐家吹打。贺客不少。新娘盘膝地坐在炕上。

在这古窟宝洞之前，在这天黑星稀的时候，在当前便是一千五百年前雕刻的大佛，便是经历了不知多少次的人世浩劫的佛室，听得了这一声声的呜呜托托的乐调，这情怀是怎样，可以分析呢？凄惋？眷恋？舒畅？忧郁？沉闷？啊，这飘荡着的轻纱似的无端的薄愁呀！啊，在罗马斗兽场见到黑衫党聚会，在埃及的金字塔下听到土人们作乐，在雅典处女庙的古址上见旅客们乘汽车而过，是矛盾？是调和？这永古不能分析的轻纱似的薄愁的情怀！

归来即睡。入睡了许久，中夜醒来，还听见那梆子的托托和笛声的呜呜。他们是彻夜的在奏乐。

十二日一早，我性急，便最先起身，迎着朝暾，独自向东部去周览各窟。沿着大道（这是骡车的道）向东直走，走过石窟寒泉，走过一道山涧，走过佛子峪。愈向东走，石窟愈少愈小。零零落落的简直无可称道。山涧边，半山上有几个古窟，攀登了上去一看，那些窟里是一无所有。直走到尽头处，然后再回头向西来，一窟一窟地细看。

最东的可称道的一窟，当从"左云交界处"的一个碑记的东边算起。这一窟并不大。仅存一坐佛，面西，一手上举，姿态尚好，但面部极模糊，盖为风霜雨露所侵剥的结果。

窟的前壁，向内的一部分，照例是保存得最好的，这个所在，非风势雨力所能侵及，但也一无所有，刀斧斫削之痕，宛然犹在。大约是古董贩子的窃盗的成绩。

由此向西，中隔一山涧，地势较低，即"左云交界处"。道旁零零落落的小佛窟不少。雕刻的小佛随处可见。一窟内有较大的立佛二，但极模糊。窟西，有一小窟，沙土满中，一破棺埋在那里，尸身的破蓝衣已被狗拖出棺外，很可怕。然此窟小佛像也有不少，窟外壁上有明人朱廷翰的题诗，字很大。由此往西，明人的题刻不少。但半皆字迹剥落，不堪卒读。在明代，此处或有一大庙，为入云冈的头门，故题壁皆萃集于此。

西首有二洞，上下相连，皆被泥土所堵塞，想其中必有较完好的佛像，一大窟，在其西邻，也已被堵塞，但从洞外罅隙处，可见其中彩色黝红，极为古艳，一望而知是元魏时代所特有的鲜红色及绿色，经过了一千五百余年的风尘所侵所曝的结果，绝不是后代的新的彩饰所能冒充得来的。徒在门外徘徊，不能入内。这里便是所谓"石窟寒泉"。有一道清泉，由被堵塞的窟旁涓涓的流出，流量极微。窟上有"云深处"及"山水清音"二石刻，大约也是明人的手笔。

西边有一洞，可入。洞中有一方形的立柱，高约八尺。一佛东向，一佛西向，又一佛西南向，皆模糊不清。西南向者且为泥土所修补的，形态全非，所雕立的，坐的，盘膝的小佛像甚多。但不是模糊，便是头部或连身部俱被盗去。

再西为碧霞洞（并非原名，亦明人所题），窟门有六，规模不少。窟内一无所存，多斧凿痕，当然也是被盗的结果。自此以西，便没有石刻可见。颇疑自"左云交界处"自西到碧霞洞，原是以石窟寒泉那个大窟为中心的一组的石洞。在明代，大约这里是士人们来往最为繁密的地方，或窟下的平原上，本有一所大庙，可供士大夫往来住宿。然今则成为云冈最寥落，最残破的一部分了。

碧霞洞以西，是另成一个局面的结构。那结构的规模的弘伟，在云冈诸窟中，当为第一。数十丈的山壁上，凿有三层的佛像，每层的中间，皆有石孔，当然是支架梁木的所在。故这里在从前至少是一所高在三层以上的大梵刹。颉刚说："这里便是刘孝标的译经台。"正中是一个大佛窟，窟前有二方形立柱，虽柱上雕刻皆已模糊不可辨识，那希腊风的人形，雕刻的格局，却是一看便知的。大窟的两旁各有一窟，规模也殊不少。和这东西二窟相连的，更有数不清的小窟小龛。惜高处无法攀缘而上，只能周览最下层的一部分。

一进了正中的那个大窟，霉土之气便触鼻而来，还夹着不少鸽粪的特有的臭味。脱落的鸽翎，满地都是。有什么动物，咕咕咕地在低鸣着。拍拍的一扑着翼，成群地飞了出来，那都是野鸽。地上很潮湿。积满了古尘，泥屑和石屑。阴阴的，温度很低冷，如入了地下的古墓室。但一抬起头来，却见的是耀眼的伟大的雕刻物。正中是一尊大佛，总有六十多尺高，是坐像。旁有二尊菩萨的大像，侍立着。诸像腰部以下皆剥落不堪，连形态都不存。但上半身却仍是完好如新。那头部美妙庄严，赞之不尽。反较大佛寺，五佛洞诸大佛之曾经修补者为更真朴可爱。这是东部唯一的一尊大佛。但除此三大像外，这大窟中是空无所有，后壁及东西壁皆被风势及水力或人工所削平，连半点模糊的雕像的形状都看不到。壁上湿漉漉，一抹便是一手指的湿的细尘。窟口的向内的壁上，也平平的不存一物。惟一条条的极整齐的斧凿痕还很清显的在那里，一定是近十余年来被人破坏的遗迹。

东边的一窟，其中也被破坏得无一物存在。地上堆积了不少的由壁上脱落下来的石块被古尘沾满，和泥土成了同色，大约不是近数十年来之所为的。

西边的一窟，虽也破败不堪，却还有些浮雕可见到。副窟小龛里，遗物还不少。这西窟的东壁为泥土所堵塞，西壁及南壁，浮雕尚有规模可见。雕顶上刻有"飞天"不少。那半裸体的在空中飞舞着的姿态，是除了希腊浮雕外，他处少见的，肉体的丰满柔和，手足腰肢的曲线的圆融生动，都不是东方诸国的古石刻上所有的。我抬了头，站在那里，好久没有移开。有时，换了一个方向去看。但无论在哪个方向看去，那美妙圆融的姿态总是令人满意，赞赏的。

由此窟向西，可通另一窟，也是一个相连的副窟。我们可称它为西窟第二洞。洞中有三尊坐佛，皆盘膝而坐。这个布置，在诸窟中不多见。东壁的浮雕皆比较的完整。后壁及西壁则皆模糊不堪。

如果把这以大佛窟为中心的一组洞窟恢复起来，其弘伟是有过于其西邻的大佛寺的。可惜过于残破，要恢复也不可能。我疑心《魏书·释老志》上所说，皇兴中构的三级石佛图，其遗址便在此处。此地曾经住过人，近代建的窑式的穹形洞尚存数所。

由此向西，不多数步，便是一道山涧或小山峡，隔开了云冈别墅和这大佛窟的相连。

从云冈别墅开始向西走，便是中部。

中部又可分为五个部分来说。

我依旧是独自一个人由云冈别墅继续的向西走；他们都已出发到西头去
逛了。

第一部分是云冈别墅。别墅的原址是否为一大洞佛，抑系由平地填高了
的，今已不能查考。但别墅之后，今尚有好几个石窟，窟内有一佛的，有二
佛对坐的，俱被风霜侵蚀得不成形体。小雕像也几乎无存。但在那些洞佛中，
还堆着不少烧泥的屋瓦和檐饰。显然的这别墅的原址，本是一座小庙。或竟
是连合在大佛寺中的一个东偏院。惜不及详问大佛寺的住持以究竟。那些佛
窟，决不能独立成为一组，也当是大佛寺的大佛窟的东边的几个副窟。但为
方便计，姑算它作中部的第一部分。

第二部分包括大佛寺内的两个大窟。这二窟的前面，各有一楼，高各三
层，第三层上有游廊可相通达。三楼之上，更有最高的一层仿佛另有梯级可
通，却寻不到。前面已经说过，大约是较此楼更古的一个建筑物。

第一窟通称为大佛殿：殿前有咸丰辛酉重修碑，有不知年月满文碑，有
同治十二年及光绪二年的满文碑。又有明万历间吴氏的一个刻石。无更古者。

入殿后，冷气飕飕由窟中出。和尚手执一把香燃点起来，为照看雕像之
用。楼下一层很黑暗。非用火光，看不到什么，正中是一尊大佛，高约六十
尺，身上都装了金。四壁浮雕，都被涂饰上新的彩色。且凡原像模糊不清，
或已失去之处，皆一一以彩泥为之补塑。怪不调和的。第二层楼上，光线较
好，壁上也多半都是彩泥的佛像。站在这楼，正对大佛的胸部。到了三层楼
上，方才和大佛的头部相对。大佛究竟还完好，故虽装了金，还不失其美妙
慈祥的面姿。

第二窟俗称如来殿。窟中也极黑暗，结构和大佛殿大不相同。正中是一
个方形立柱，每一面有一立佛，像支柱似的站着，柱上雕得极细。但有一佛，
已毁，为彩泥所补塑。北壁为泉水所侵害，仅模糊可辨人形。东西壁尚完好，

修补较少，较大佛殿稍存原形。登上了三楼，有一木桥可通那四方柱的第二层。这一层雕刻的是四尊坐佛，四边浮雕极多，皆是侍像及花饰，有极美者。这立方柱当是云冈最完好的最精致的一个。

第三部分包括所谓"弥勒殿"及佛籁洞的二窟，这二窟介于大佛寺和五佛洞之间，几成了瓯脱之地，无人经管。弥勒殿前有额曰"西来第一山"，为顺治四年马国柱所题。那结构又自不同。正壁有二佛对坐着，像在谈经。其上层则为三尊佛像。其东西二壁各有八佛龛；每龛的帏饰，各有不同；都极生动可爱。有的是圆帏半悬，有的是绣带轻飘，无不柔软圆和，一点石刻的生硬之感也没有。顶壁的"飞天"及莲花最为完整。六朵莲花，以雕柱隔为六部。每一朵莲花，四周皆绕以正在飞行的半裸体的"飞天"，隔柱上也都雕刻着"飞天"，总有四十位飞天，那姿态却没有一个相同的；处处都是美，都是最圆融的曲线。那设计和雕工是世界上所不多见的。更好的是这窟中的雕像，全为原形，未经后人涂饰。

佛籁洞在其西，破坏已甚。观其结构的形势，当和弥勒殿完全相同。唯无后殿，规模较小。正中的一佛，为后人用彩泥补塑的。原来，照其佛龛的布置及大小，当也是二佛对坐谈经的姿态。

此殿前面，本来有楼，已塌毁。窟门在左右，一边有五头佛，一边有三头佛，都显出有威力和严肃的样子，似是把守门口的神道们，同时用来作支柱的。窟外壁上，有浮雕的痕迹甚多，惜剥落殆甚，极为模糊。以上二窟，似也为大佛洞的西首的副窟。

第四部分就是俗称的五佛洞，不知为什么这五佛洞保护得格外周密。有巡警室在其口外。游人入内，必有一警士随之而入。其实，这一部分被装修涂改最厉害，远不及弥勒殿和如来殿的天然秀丽。

说是五佛洞，其实却有六个大窟。最东的一窟，分隔为三进。结构甚类大佛殿。正中有大佛一，高亦有五十余尺，尚完好。后壁低而潮湿，雕像毁败已甚。前窟的许多浮雕都被涂饰得不成形状。但也有尚存原形的。

西为第二窟，结构略同前窟，大佛已毁去。到处都是新修新饰的色彩。

惟高处的"飞天"及立佛尚有北魏的典型。

再西为第三窟，内部较小，结构同如来殿，中为一方形立柱，一方各雕着一佛。四壁皆新修新饰者，原有浮雕皆被彩泥填平，几乎是整个重画过。

再西为第四窟，较大，有两进，外进有四支塔形的支柱，极挺秀，尚未失原形。第二进则完全被涂饰改造过。疑其结构本同弥勒殿，正中的佛龛，原分上下二层，上层为三佛，下层为二坐佛。但今则上下二龛都仅坐着泥塑的二佛，以三佛及二佛的宽敞的地位，安置了一佛，自然要显得大而无当。再西有第五窟，结构同大佛殿。大佛高约五十尺，盘膝而坐。四壁多为新修饰的彩色泥像。

又西为第六窟。此窟内部已全毁，空无所有，故后人修补，亦不及之。仅窟门的内部，浮雕尚完好。西边即为一道泥墙，和寺外相隔绝。但此窟的外壁，小佛龛颇多，有几尊尚完整的佛像，那坐态的秀美，面姿的清俊，是诸窟内所罕见的。惜头部失去的太多。

再往西走，要出大佛寺，绕过五佛洞的外墙，才是中部的第五部分。这一部分的雕像，我认为最美好，最崇高；却没有人加以保护，任其曝露于天空，任其夷为民居，任其给农民们作为存放稻草及农具之处所，其尚得保存到现在的样子，实在是侥幸之至。到这几个佛窟去，我们都得叩了农民们的大门进去。有时，主人不在家，便要费了大事。有一次，遇到一个病人，躺在床上起不来，没法开门，只好不进去。直等到第二次去，方才看到。

这一部分的第一大窟亦为一大佛洞，洞中有大佛一，高在六十尺以上，远远地便可望见其肩部及头部。壁上的浮雕也有一部分可见到。洞门却被泥墙所堵塞，没法进去。此窟东边，有二小窟；最东一窟有二坐佛，对坐谈经，却败坏已甚。较近的一窟也被堵塞，隐隐约约地看见其中的彩色古艳的许多浮雕，心怦怦动，极力要设法进去一看而不可能。窟外数十丈的高壁上满雕着小佛像，不知其几千几百。功力之伟大，叹观止矣！

向西为第二大窟。这一窟，也在民居的屋后，保存得甚好。正中为一座大佛，高亦在六十尺左右。两壁有二佛像，一立一坐。此二像的顶上，其"宝盖"却是雕成像戏院包厢似的。三壁的浮雕，也皆完好。

再西也为一大窟。（第三窟）正中一大佛为立像，高约七十尺，礼貌庄严之至。袈裟半披在身上，而袈裟上却刻了无数的小佛像，像虽小而姿态却无粗率草陋者。两旁有四立佛。东壁的二立佛间，诸雕像都极隽好。特别是一个披袈裟而手执水瓶的一像，面貌极似阿述利亚人，袈裟上的红色，至今尚新艳无比。这一像似最可注意。

窟门口的西壁上，有刻石一方，题云："大茹茹……可登□□斯□□□鼓之□尝□□以资征福。谷浑□方妙□。"每行约十字，共约二十余行，今可辨者不到二十字耳。然极重要。大茹茹即蠕蠕国。这在魏的历史上是极重要的一个发现。茹茹国竟到云冈来雕像求福，这可见此地在不久时候，便已成了东亚的一个圣地了。

再西为第四大窟。破坏最甚。一大佛盘膝而坐，曝露在天日中。左右有二大佛龛，尚有一二壁的浮雕还完好。因为此处光线较好，故游人们都在此大佛之下摄影。据说，此像最高，从顶至踵，有七十尺以上。

再西为第五大窟，亦有一大坐佛，高约六十尺。东西壁各有一立佛。西壁的一佛已被毁去。

由此再往西走，便都是些小像小龛了。在那些小龛小像里，却不时地可发现极美丽的雕刻。各像坐的姿态，最为不同，有盘膝而坐者，有交膝而坐者，有一膝支于他膝上，而一手支颐而坐着。处处都是最好的雕像的陈列所。惜头部被窃者甚多，甚至有连整个小龛都被凿下的。

到了碧霞宫止，中部便告了段落。碧霞宫为嘉庆十年所修，两壁有壁画，是水墨的，画得很生动。

颇疑中部的第五部分的相连续的五个大窟，便是昙曜最初所开辟的五窟。五尊大佛像是曜时所雕刻的，其壁上及前后左右的浮雕及侍像，也许是当地官民及外国人所捐助的，也未必是一时所能立即完全雕刻好。每一个大窟，其经营必定是很费工夫的。无力的或力量小些的人民，便在窟外雕个小龛，或开辟一小窟，以求消灾获福。

西部是从碧霞宫以西直到武州山的尽西头处。山势渐渐地向西平衍下去，最西处，恰为武州河的一曲所拥抱着。

这一路向西走，共有二十多个洞窟，规模都不甚大。愈向西走，愈见龛小，且也愈见其零落，正和东部的东首相同。故以中部的第三部分，假设为昙曜最初所选择而开辟的五窟，是很有可能的。那地位恰在正中。

西部的二十余窟，被古董贩子斫去佛头不少。几个较好的佛窟，又都被堵塞住了而以"内有手榴弹"来吓唬你。那些佛像，有原来的彩色尚完整存在者。坐佛的姿势，隽好者不少。立像的衣襞，有翩翩欲活的，在中段的地方，一连四个洞，俱被堵塞，而标曰"内有手榴弹"。西部从罅中望进去，那顶壁的色彩是那样的古艳可喜！

西邻为一大窟，土人说，内为一石塔。由外望之，顶壁的色彩也极隽美。再西有一佛龛，佛像已被风雨所侵剥，而龛上的悬帏却是细腻轻软若可以手揽取。

再西的各小窟及各龛则大都破败模糊，无足多述。

这样的匆匆的巡览了一遍，已经是过了一整天，连吃午饭的时间都忘记了。

把云冈诸石窟的大势综览了一下，如以中部的第五部分为中心，则今日的大佛寺，五佛洞和东部的大佛图的遗址，都是极弘大的另成段落的一部分。

高到五十尺至七十尺的大佛，或坐或立的，计东部有一尊，中部的大佛寺有一尊，五佛洞现存二尊（或当有三尊，一尊已毁），连同中部的第五部分五尊，共只有九尊或十尊。《山西通志》所谓的十二龛及一说的所谓的二十尊，都是不可靠的。

这一夜终夜的憧憬于被堵塞的那几个大窟的内容。恰好，第二天，赵司令来到了别墅。我们和他商议打开洞门的事。他说："那很容易，吩咐他们打开就是了。"不料和看守的巡长一商量，却有许多的麻烦。非会同大同县的代表，古物保管会的代表及本地的村长村副眼同打开，眼同封上不可。说了许久，巡长方允召集了村长副去打开洞门。先打东部石窟寒泉的一洞。他们取了长梯，只拆去最高的墙头的一段。高高地站在梯头向下望，实在看不清楚。跳又跳不下去。这洞内有一座石塔，塔的背后，有佛像。因为忙乱了半天，还只开了一个洞，便只好放弃了打开西部各洞的计划，一半也因为打开了，负责任太大。

十三日的下午，一吃过饭，便到武州山的山顶上去闲逛。从云冈别墅的东首山路走上去，不一会便到了"云冈东冈龙王庙斗母宫"，其中空无人居。过此，走入山顶的大平原。这平原约有数十顷大小，上有和尚的坟塔三座，一为万历时的，一为康熙时的，其一的铭志看不清了。有农人在那里种麦种菜。我们又向西走，进入云冈堡的上堡，堡里连一间破屋都没有，都夷为菜圃麦田，有一人裸了全身在耙地。望见远山上烽火台好几座绵绵不断，前后相望。大概都是明代所建的。

再向西走，到了玉皇阁，那也是一个小庙，空无人居。由此庙向下走，下了山头，便是武州河边。"断岸千尺，江流有声"，正足以形容这个地方的景色。

下午四时，动身回大同，仍坐的载重汽车。大雨点已经开始落下。但不久便放晴。下了不过十多分钟的雨，不料沿途从山上奔流下来的雨水，却成了滔滔的洪流，冲坏了好几处大道，汽车勉强的冒险而过。

到了一个桥边，山洪都从桥面上冲下去，激水奔腾，气势极盛，成了一道浊流的大瀑布，轰轰隆隆之声，震撼得人心跳。被阻在那里，二十多分钟，这道瀑布方才势缓声低。汽车才得驶过。

没有经过这种情形的，简直想不到所谓"山洪暴发"的情形是如何的可怕。

过了观音堂，汽车本来是在干的河床上走的；这次却要在急水中走着了。

　　　　　　　　　　　　　七月十三夜十二时半寄于大同

郑振铎（1898—1958），原籍福建长乐，生于浙江温州，中国现代作家、文学史家，著有专著《插图本中国文学史》《中国俗文学史》，小说集《家庭的故事》《桂公塘》，散文集《欧行日记》《山中杂记》《海燕》《蛰居散记》等。

云冈石窟是中国三大石窟之一，世界闻名。对于没有去过的人而言，郑振铎的这篇游记可算作最详尽的介绍和"导游"。作者开篇先是一段议论，总写云冈石窟的庄严伟大，除了作者自己的评判，还有游人对云冈的赞美。紧接着，作者引用大量历史记载阐明云冈石窟的历史背景和开凿过程。通过这些铺垫，使读者对云冈的历史和特点有一个初步了解和印象。下面开始进入正题，作者详细记述了自己实地游览云冈石窟的全过程，先是大佛寺和五佛洞，然后以云冈别墅为基点，分别按东、中、西部的顺序对各个石窟作了详细说明。文章语言平实，刻画逼真，记叙关翔实，层次分明，不能不令人对中国古代的灿烂文化和杰出的艺术成果产生由衷的赞叹。

阳台山大觉寺

□［中国］俞平伯

　　凤闻阳台山大觉寺杏花之胜，以懒迄未往。今岁四月十日往游之，记其梗略云。是日星期四，连日阴，晨起天微露晴意，已约佩在燕京大学，行具亦备，于六时五十分抵南池子，七时车开，十五分出西直门，同车只一人，且不相识，兀坐而已，天容仍阴晴无主。数日未出，觉春物一新，频年奔走郊甸，均为校课，即值良辰，视同冗赘，今日以游赏而去，弥可喜也。弧形广陌，新柳两行，陇畔土房，杏花三四，昔阴未散，轻尘不飞，于三十三分抵西勾桥，佩已坐候于燕京校友门，并雇得小驴一头，携粉红彩画水持一，牛肉面包一包。其驴价一元二角，劝予亦雇之。"你不是在苏州骑过驴吗，有髀肉复生之感吧？"应之曰："不。"雇得人力车，车夫二人，价二元五角。舍驴而车有四说焉。驴之为物虽经尝试而不欲屡试，一也；携来饮食无车则安置不便，二也；驴背上诚有诗思，却不便记载，三也；明知车价昂，无如之何耳。

　　于五十五分过颐和园，望见大门，循东北宫墙行，浅漪一片，白鸭数只，天渐放晴，路如香炉。八时四分逾一大石桥，安和桥也，亦作安河。转入大道，亦土道也，特平坦，不复香灰耳。夹道稚柳青青，行行去去，渐见西山，童秃为主，望红石山口（俗呼红山口），以乘车不得过，循百望山行。其麓为天主教士所建屋。询车夫以百望山，不解，以望儿山呼之。山形较陡峭，上有垒石，有废庙，与载记合。三十分抵西百望，车夫呼以西北望，而公家则标之曰西北旺。自西勾桥至此十五里。（凡所记里数均车夫言之。）停车上捐，铜子十枚，驴则无捐。车夫购烧饼十枚，四里两家佃（晾甲店），又一车夫云六里殆误。过青龙寺门前，寺甚小。时为四十八分。五里太子务（太子府），已九时六分。以大路车辙深峻，穿村而过。此十里间，群山回合，其中原野浩莽，气象阔大。车中携得奉宽《妙峰山琐记》，有按图索骥之妙。所谓蜘蛛山顶，一松婆娑，良信。到于跌死猫盘道如何如何，驴夫之言莫能详也。至书中所谓蜘蛛如香炉，百望城子如烛台，则并不神似。出太子务抵黑龙潭不及一里，时为九时十四分。

登石坡，入龙王祠。殿在石级上，佩昔曾登之，云无可观览，徒费脚力。遂从侧门入，观潭。潭以圆廊绕之，循廊而行，从窗牖间遥看平畴，近瞩流水，即潭之一脉也。下临潭，不广而清，如绿琉璃，底有砾石。窄处为源，泡沫不盛。在此食甜面包及水，予所携也。佩云："此绿绿得老，不如仙潭嫩绿。"又云："其形如……其形如说不出。"黑龙潭固非方圆，亦非三棱也。此地予系初来，佩则重游矣。出时为三十七分。五十分白家疃，计程三里，有白家潭，白家滩异名，俗呼之。五里温泉村，有中法校附设中学在。此村颇大，亦整洁，壁上时见标语，忆其一曰："温泉村万岁。"十时二分过温泉疗养院，未入游。二十五分，周家巷，巷口门楼，上祀文昌。已近城子山麓，望北安河隐约可辨。城子山上亦有庙，群山一桁，山腰均点缀以杏花，惜只可入远望耳。佩云："杏花好，可惜背景差点。"诚然。北地山鲜水草，枯而失润，雄壮有余，美秀不足，不独西山然也。

值午，天渐热，大觉寺可望，路渐高，车夫以疲而行缓。进路不甚宽，旁有梨杏颇繁，均果园也。梨花只开七八分，作嫩绿色，正当盛时。杏则凋残，半余绛萼，即有残英未谢，亦憔悴可怜。家君诗云："燕南风景清明最，新柳鹅黄杏粉霞。"（《小竹里馆吟草》卷六）盖北方杏花以清明为候，诗纪实也。惟寺前之杏，多系新枝非老干，且短垣隔之，以半面妆向人，觉未如所期，聊作游散耳。十时四十六分抵大觉寺，自温泉村至此八里许。

入寺门，颇喧杂，有乞丐，从东侧升。引导流水，萦洄寺里，寺故辽之清水院，以泉得名。此在北土为罕见，于吾乡则"辽东豕"耳。既升，见浮屠，在大悲坛后，形似液池琼岛，色较黯淡。二巨松护之，夭娇拿攫。塔后方塘澄清，蓄泉为之。塘后小楼不高，佩登之，返告曰，"平常"。即在塔侧午食，荫松背泉，面眺平原。携有酱肉肉松鸭卵等物。佩则出英制Corned Beef，启之，肉汁流石，而盒不开。适有小童经过，自告奋勇，携至香积厨代启之，酬以二十枚，面包两片。佩甘肉松，而予则甘其牛肉，已饱矣，犹未已，忽天风琅然挟肉松以飞，牛肉略尽其半，固不动也，于是罢餐。各出小刀削梨而食之。西行上领要亭，拾级下至四宜堂前，有半凋玉兰两株，其巨尚不如吴下曲园中物。小童尾随不去，佩又酬以十枚，导至殿外，观松上寄生槐榆，其细如指。问童子曰："完了么？"答曰："没有啦。"乃径出门去，小步石坡约半里，杏花仍无可观，遂登车上驴，十二时十分也。大觉寺附近还有胜景，惜我辈不知也。

小驴宜近不宜远，而阳台海甸间，往返八十余里。（车夫曰百里者，夸词也，为索车资作张本耳。）于去时，佩之驴已雅步时多，奔跑时少，归途则弥从容。驴夫见告，此公连日游香山卧佛寺等处，揣其意似爱惜之，不忍多加鞭策。虽时时以车候骑，予仍先抵温泉疗养院，时为十二时四十五分。待五分，佩至。此地有垂杨流水，清旷明秀，食浴均可。坐廊下饮西山汽水二，即入浴。人得一室，导汤入池，池形似盆，而较深广。平常浴水入后渐凉，猛加热汤又增刺激，此则温冷恰可，久而弥隽，故佳品也。至内含硫质有益卫生否，事近专门，予不知云。可惜者，池两端各一孔，一入一出，虽终日长流，而究不能彻底换水。浴罢复行，已一时三十五分。北方气候，甫晴便热，且溯来路而归，鲜可观览，原野微有燥风，与晨间之润浥不侔。过白家瞳太子务两家佃，其行甚缓。途次，佩曰："去的时候骑驴是军政，现在是训政时期，宪政还没有到哩。"话言甫毕，不数百武忽坠乘，幸无伤，然则训政时期到否亦有问题也。

近西百望时，与佩约会于清华，遂先行。过万寿山后，车夫饮水，天亦渐凉。经挂甲屯，穿行燕京大学，入西门出东门，四时六分抵清华南院，付车资二元六角，加以在寺所付之饭钱四角，共计三元。入校门饮冰一杯。返南院时佩已归，云至万寿山易骑而车，否则恐尚在途中也。小息饮茗，于五时半乘车返北京东城，抵家正六时三十分，适得十二时，行百二十里许。

佳作赏析：

俞平伯（1900—1990），浙江德清人，作家、学者。有诗集《冬夜》，散文集《燕知草》《燕郊集》，学术论著《红楼梦辨》等。

和朱自清的《潭柘寺戒坛寺》一样，俞平伯的这篇散文也是记叙京郊寺院游览感受的。与朱文流畅的语言相比，俞文显得有些晦涩，属于半文半白的写法。文章题目虽为《阳台山大觉寺》，但纵观全文，其实记录的是作者一天出游的整个经过。从北京城里住处出发一直写到返回清华大学。另外，关于时间的精确记录是其一大特点。几点几分，到了哪里，看了哪些风景，做了什么事情，全都一一呈现，给人以强烈的现场感。

庐山面目

——庐山游记之一

□ [中国] 丰子恺

"咫尺愁风雨，匡庐不可登。只疑云雾里，犹有六朝僧。"（钱起）这位唐朝诗人教我们"不可登"，我们没有听他的话，竟在两小时内乘汽车登上了匡庐。这两小时内气候由盛夏迅速进入了深秋。上汽车的时候九十五度，在汽车中先藏扇子，后添衣服，下汽车的时候不过七十几度了。赴第三招待所的汽车驶过正街闹市的时候，庐山给我的最初印象竟是桃源仙境：土地平旷，屋舍俨然；有茶馆酒楼，百货之属；黄发垂髫，并怡然自乐。不过他们看见了我们没有"乃大惊"，因为上山避暑休养的人很多，招待所满坑满谷，好容易留两个房间给我们住。庐山避暑胜地，果然名不虚传。这一天天气晴朗，凭窗远眺，但见近处古木参天，绿荫蔽日；远处冈峦起伏，白云出没。有时一带树林忽然不见，变成了一片云海；有时一片白云忽然消散，变成了许多楼台。正在凝望之间，一朵白云冉冉而来，钻进了我们的房间里。倘是幽人雅士，一定大开窗户，欢迎它进来共住；但我犹未免为俗人，连忙关窗谢客。我想，庐山真面目的不容易窥见，就为了这些白云在那里作怪。

庐山的名胜古迹很多，据说共有两百多处。但我们十天内游踪所到的地方，主要的就是小天池、花径、天桥、仙人洞、含鄱口、黄龙潭、乌龙潭等处而已。夏禹治水的时候曾经登大汉阳峰，周朝的匡俗曾经在这里隐居，晋朝的慧远法师曾经在东林寺门口种松树，王羲之曾经在归宗寺洗墨，陶渊明曾经在温泉附近的栗里村住家，李白曾经在五老峰下读书，白居易曾经在花径咏桃花，朱熹曾经在白鹿洞讲学，王阳明曾经在舍身岩散步，朱元璋和陈友谅曾经在天桥作战……古迹不可胜计。然而凭吊也颇伤脑筋，况且我又不是诗人，这些古迹不能激发我的灵感，跑去访寻也是枉然。所以除了乘便之外，大都没有专程拜访。有时我的太太跟着孩子们去寻幽探险了，我独自高卧在海拔一千五百公尺的山楼上看看庐山风景照片和导游之类的书，山光照槛，云树满窗，尘嚣绝迹，凉生枕簟，倒是真正的避暑。我看到天桥的照片，游兴发动起来，有一天就跟着孩子们去寻访。爬上断崖去的时候，一位挂着南京大学徽章的教授告诉我："上面路很难走，老先生不必去吧。天桥的那条石头大概已经跌落，就只是这么一个断崖。"我抬头一看，果然和照片中所见不同：照片上是两个断崖相对，右面的断崖上伸出一根大石条来，伸向左面的断崖，但是没有达到，相距数尺，仿佛一脚可以跨过似的。然而实景中并没有石条，只是相距若干丈的两个断崖，我们所登的便是左面的断崖。我想，这地方叫做天桥，大概那根石条就是桥，如今桥已经跌落了。我们在断崖上坐看云起，卧听鸟鸣，又拍了几张照片，逍遥地步行回寓。晚餐的时候，我向管理局的同志探问这条桥何时跌落，他回答我说，本来没有桥，那照相是从某角度望去所见的光景。呵，我恍然大悟了：那位南京大学教授和我谈话的地方，即离开左面的断崖数十丈的地方，我的确看到有一根不很大的石条伸出在空中，照相镜头放在石条附近适当的地方，透视法就把石条和断崖之间的距离取消，拍下来的就是我所欣赏的照片。我略感不快，仿佛上了资本主义社会的商业广告的当。然而就照相术而论，我不能说它虚伪，只是"太"巧妙了些。天桥这个名字也古怪，没有桥为什么叫天桥？

含鄱口左望扬子江，右瞰鄱阳湖，天下壮观，不可不看。有一天我们果然爬上了最高峰的亭子里。然而白云作怪，密密层层地遮盖了江和湖，不肯给我们看。我们在亭子里吃茶，等候了好久，白云始终不散，望下去白茫茫的，一无所见。这时候有一个人手里拿一把芭蕉扇，走进亭子来。他听见我们五个人讲土白，就和我招呼，说是同乡。原来他是湖州人，我们石门湾靠近湖州边界，语音相似。我们就用土白同他谈起天来。土白实在痛快，个个字入木三分，极细致的思想感情也充分表达得出。这位湖州客也实在不俗，句句话都动听。他说他在上海，到汉口去望儿子，归途在九江上岸，乘便一游庐山。我问他为什么带芭蕉扇，他回答说，这东西妙用无穷：热的时候扇风，太阳大的时候遮阴，下雨的时候代伞，休息的时候当坐垫，这好比济公活佛的芭蕉扇。因此后来我们谈起他的时候就称他为"济公活佛"。互相叙述游览经过的时候，他说他昨天上午才上山，知道正街上的馆子规定时间卖饭票，他就在十一点钟先买了饭票，然后买一瓶酒，跑到小天池，在革命烈士墓前奠了酒，游览了一番，然后拿了酒瓶回到馆子里来吃午饭，这顿午饭吃得真开心。这番话我也听得真开心。白云只管把扬子江和鄱阳湖封锁，死不肯给我们看。时候不早，汽车在山下等候，我们只得别了"济公活佛"回招待所去。此后"济公活佛"就变成了我们的谈话资料。姓名地址都没有问，再见的希望绝少，我们已经把他当作小说里的人物看待。谁知天地之间事有凑巧：几天之后我们下山，在九江的浔庐餐厅吃饭的时候，"济公活佛"忽然又拿着芭蕉扇出现了。原来他也在九江候船返沪。我们又互相叙述别后游览经过。此公单枪匹马，深入不毛，所到的地方比我们多得多。我只记得他说有一次独自走到一个古塔的顶上，那里面跳出一只黄鼠狼来，他打湖州白说："渠被吾吓了一吓，吾也被渠吓了一吓！"我觉得这简直是诗，不过没有叶韵。宋杨万里诗云："意行偶到无人处，惊起山禽我亦惊。"岂不就是这种体验吗？现在有些白话诗不讲叶韵，就把白话写成每句一行，一个"但"字占一行，一个"不"也占一行，内容不知道说些什么，我真不懂。这时候我想：倘能说得像我们的"济公活佛"那样富有诗趣，不叶韵倒也没有什么。

在九江的浔庐餐厅吃饭，似乎同在上海差不多。山上的吃饭情况就不同：我们住的第三招待所离开正街有三四里路，四周毫无供给，吃饭势必包在招待所里。价钱很便宜，饭菜也很丰富。只是听凭配给，不能点菜，而且吃饭时间限定。原来这不是菜饭，是一个膳堂，仿佛学校的饭厅。我有四十年不过饭厅生活了，颇有返老还童之感。跑三四里路，正街上有一所菜馆。然而这菜馆也限定时间，而且供应量有限，若非趁早买票，难免枵腹游山。我们在轮船里的时候，吃饭分五六班，每班限定二十分钟，必须预先买票。膳厅里写明请勿喝酒。有一个乘客说："吃饭是一件任务。"我想：轮船里地方小，人多，倒也难怪；山上游览之区，饭食一定便当。岂知山上的菜馆不见得比轮船里好些。我很希望下午这种办法加以改善。为什么呢？这到底是游览之区！并不是学校或学习班！人们长年劳动，难得游山玩水，游兴好的时候难免把吃饭延迟些，跑得肚饥的时候难免想吃些点心。名胜之区的饭食供应倘能满足游客的愿望，使大家能够畅游，岂不是美上加美呢？然而庐山给我的总是好感，在饮食方面也有好感：青岛啤酒开瓶的时候，白沫四散喷射，飞溅到几尺之外。我想，我在上海一向喝光明啤酒，原来青岛啤酒气足得多。回家赶快去买青岛啤酒。岂知开出来同光明啤酒一样，并无白沫飞溅。呵，原来是海拔一千五百公尺的气压的关系！庐山上的啤酒真好！

一九五六年九月作于上海

佳作赏析：

丰子恺（1898—1975），浙江崇德人，作家、画家、翻译家。有画集《子恺漫画》，散文《缘缘堂随笔》，译作《源氏物语》（紫式部）、《猎人笔记》（屠格涅夫）等。

丰子恺的这篇《庐山面目》与其说是一篇游记，不如说是一篇闲适的生活散文。作者主要写了自己在山上的所见、所闻，关于风景名胜的具体描写很少，而与之相关的典故、轶事、趣闻却是一个接着一个，充满了浓郁的生活气息。庐山的云是贯穿文章的一条重要线索，它是灵动的，或聚或散，来去无常。虽然作者并没有着力刻画，但云要从窗户外面进到屋内、云遮扬子江和鄱阳湖多时不散，已将庐山云雾缭绕如人间仙境的美妙淋漓尽致地烘托出来，令人也有去庐山一游的冲动。

青 岛

□［中国］闻一多

海船快到胶州湾时，远远望见一点青，在万顷的巨涛中浮沉；在右边崂山无数柱奇挺的怪峰，会使你忽然想起多少神仙的故事。进湾，先看见小青岛。就是先前浮沉在巨浪中的青点，离它几里远就是山东半岛最东的半岛——青岛。簇新的、整齐的楼屋，一座一座立在小小山坡上，笔直的柏油路伸展在两行梧桐树的中间，起伏在山冈上如一条蛇。谁信这个现成的海市蜃楼，一百年前还是个荒岛？

当春天，街市上和山野间密集的树叶，遮蔽着岛上所有的住屋，向着大海碧绿的波浪。岛上起伏的青稍也是一片海浪，浪下有似海底下神人所住的仙宫。但是在榆树丛萌，还埋着十多年前德国人坚伟的炮台，深长的雨道里你还可以看见那些地下室，那些被毁的大炮机，和墙壁上血涂的手迹。——欧战时这儿剩有五百德国兵丁和日本争夺我们的小岛，德国人败了，日本的太阳旗曾经一时招展全市，但不久又归还了我们。在青岛，有的是一片绿林下的仙宫和海水泱泱的高歌，不许人想到地下还藏着十多间可怕的暗窟，如今全毁了。

堤岸上种植无数株梧桐，那儿可以坐憩，在晚上凭栏望见海湾里千万只帆船的桅杆，远近一盏盏明灭的红绿灯漂在浮标上，那是海上的星辰。沿海岸处有许多伸长的山角，黄昏时潮水一卷一卷来，在沙滩上飞转，溅起白浪花，又退回去，不厌倦的呼啸。天空中海鸥逐向渔舟飞，有时间在海水中的大岩石上，听那巨浪撞击着岩石激起一两丈高的水花。那儿再有伸出海面的站桥，却站着望天上的云，海天的云彩永远是清澄无比的，夕阳快下山，西边浮起几道鲜丽耀眼的光，在别处你永远看不见的。

过清明节以后，从长期的海雾中带回了春色，公园里先是迎春花和连翘，成篱的雪柳，还有好像白亮灯的玉兰，软风一吹来就憩了。四月中旬，奇丽的日本樱花开得像天河，十里长的两行樱花，蜿蜒在山道上，你在树下走，一举首只见樱花绣成的云天。樱花落了，地下铺好一条花蹊。接着海棠花又点亮了，还有踯躅在山坡下的"山踯躅"，丁香，红端木，天天在染织这一大张地毡；往山后深林里走去，每天你会寻见一条新路，每一条小路中不知是谁创制的天地。

到夏季来，青岛几乎是天堂了。双驾马车载人到汇泉浴场去，男的女的中国人和十方的异客，戴了阔边大帽，海边沙滩上，人像小鱼一般，曝露在日光下，怀抱中是薰人的咸风。沙滩边许多小小的木屋，屋外搭着伞篷。人全仰天躺在沙上，有的下海去游泳，踩水浪，孩子们光着身在海滨拾贝壳。街路上满是烂醉的外国水手。一路上胡唱。

但是等秋风吹起，满岛又回复了它的沉默，少有人行走，只在雾天里听见一种怪水牛的叫声，人说水牛躲在海角下。谁都不知道在哪儿。

佳作赏析：

闻一多（1899—1946）湖北浠水人，诗人、学者。著有诗集《红烛》《死水》，学术论著《神话与诗》《唐诗杂论》等。

这是一篇文笔生动、层次分明的佳作。文章开头作者的观察点由远及近，由海船到陆地，概写了青岛作为一座海滨城市的整体风貌。接着以时间为顺序，分明描述了青岛春、夏、秋的迷人景色，在写景的同时还介绍了青岛的相关历史事件。作者在文中运用了比喻、拟人等多种修辞手法，将青岛这座城市的美景和活力充分表现在了人们面前。

云冈

□ [中国] 冰心

十二日晨，晴，阳光极好，大家精神倍爽，早餐后一齐出发，自别墅向西，穿入石佛古寺，先到正殿，入门就觉得冷气侵人，仰视坐佛大像高亦五六丈，在洞外登上四层高楼，又经过一条两条块板的横桥，才到大佛的座下。洞中广如巨厦，四壁琳琅，都是小佛像，彩色亦新，是寺僧每日焚香处，反不如他洞之素古可爱。

出寺门向西，到西来第一山，佛籁洞，五佛洞等处。计中段诸洞石刻最完全，有庙宇掩护，不受风日之侵削。自此而西诸窟均沦为民居，土墙隔断，叩门而入，始得窥一二。第七窟佛像之伟大，为全山之最。像系坐形，莲座已湮没土内，两旁侍立之尊者亦璎珞庄严的露立天空之下。

由大佛像处再向西行，尚经十余窟，或封或启，佛像大小及坐立，扶倚，姿势及窟顶花纹鸟兽等，式样各不相同，亦有未完工者。总计全山石壁东西数里，凡大小九十五窟。佛像高者约七十余尺，次亦五六十尺，小则有盈寸者。各石窟高者二百余尺，广者可容三千余人。万亿化身，罗刻满山，鬼斧神工，骇人心目。一如来，一世界，一翼，一蹄，一花，一叶，各具精严，写不胜写，画不胜画。后顾方作无限之留恋，前瞻又引起无量之企求，目不能注，足不能停，如偷儿骤入宝库，神魂丧失，莫知所携，事后追忆亦如梦入天宫，醒后心自知而口不能道，此时方知文字之无用了！

走进窟洞，自山下云冈堡绕回，进怀远，迎曦二门，门上额书为明万历十四年（1586年）所立。堡内道旁尽是民居土屋，并有"留人小店"。街中朝南有庙名碧霞宫，对面有戏台一座，也是明代建筑。

午餐后少息，下午四时许沿别墅东边之和尚沟上山，山上有田地，并有明万历清康熙时代之和尚坟三座。向西走入一处土城，为云冈上堡，系明代屯兵之所，今已夷为田圃。再向西走为云冈山顶，有玉皇阁，门窗破损，阒然无人。看钟上款识，为明崇祯末年（1644年）所铸，钟声初鸣，国祚已改了！

晨九时许，微阴，因定下午回大同，因又遍探各窟，作临别之依恋。先向西走尽山末，又回来向东沿河岸行，过刘宋刘孝标译经楼，和云深处，左云交界处的刻石，走到河岸尽处，崖壁峭立，俯视浊流，少憩即归。

午后由云冈巡长和堡中村长率数十民夫，打开东边数窟，使我们得窥一二，只破墙上一部，我们登梯上去，只见到石窟寒泉一洞，中有石柱屹立，上刻佛像，地下有泉水流迹。其余诸洞以时间匆促，因止不发。

下午四时又乘汽车回大同。重过观音堂时阴云已合，大雨骤至！十五分钟之后，便又放晴。而四面是山，山洪四围奔合，与车争路，洪流滔滔，顺山沟倾泻而下，横截山道势如瀑布。河边沙岸为水冲陷，纷纷崩倒，奄然随流而去。我们在一座桥边，暂停了二十分钟，候到水势渐减，方涉水而过。自此一路如在河内乘车，水花四溅，直抵城下。

山西四围是山，稍有雨水，便可成患，由来已久，这也是我们到处出游，看见镇水的铜牛等像的原因。

回站已是黄昏，登上专车，竟如回家一般地欢喜。稍憩即进城到"兴华春"晚餐，尝了代酒汾酒的滋味。饭后有赵司令请大家到电灯公司看电影，系营中俄国技师所摄，有山西骑兵队抗日之战，内长黄绍雄百灵庙之行，及五当召等景，茶毕回车已一时许。

佳作赏析：

冰心（1900—1999），福建长乐人，女，作家、翻译家。有诗集《繁星》《春水》，散文集《寄小读者》，短篇小说集《超人》，译作《园丁集》（泰戈尔）、《先知》（纪伯伦）等。

同样是游山西大同的云冈石窟，冰心的这篇文章与郑振铎的《云冈》比起来就显得简洁得多。言简意赅、叙事生动是这篇游记最大的特色。文章开门见山，直接入题，先写了石佛古寺，然后开始详写石窟中的具体景象。"尚经十余窟……画不胜画"一段，只寥寥数句已将石窟中大小不同、姿态各异的佛像写得栩栩如生，语言干净利落。接着作者写见到的明代遗物、遗址，免不得一番忆古叹今。结尾作者写了回大同的经过，对山西的地理特征作了说明。

巴东三峡

□ ［中国］刘大杰

入蜀散记之一

"巴东三峡巫峡长，猿啼三声泪沾裳"，猴子现在虽说看不见了，三峡中山水的险恶形势，我想同往日是没有什么不同的。在绿杨城郭桃杏林中的江南住惯了的人，一旦走到这种地方来，不知道要生出一种什么样的惊异的情感。好比我自己，两眼凝望着那些刀剑削成一般的山崖，怒吼着的江水，自然而然地生出来一种宗教的感情，只有赞叹，只有恐怖。万一那山顶上崩下一块石头来，或是船身触着石滩的时候，那不就完了吗？到了这种地方，无论一个什么人，总没有不感到自己是过于渺小，自然界是过于奇伟的。

船身从宜昌上驶，不到一刻钟，山就高起来，绵延不断，一直到重庆。在这一千多里的长途中，以三峡的形势为最险恶。在三峡中，又以巫峡为最长，山最高，江最曲折，滩流最急，形势最有变化。船在三峡中，要走一整天，初次入川的客人，都紧张地站在船边上看，茶房叫吃饭也没有人理，我自己早就准备了几块面包，几支烟，一本蜀游指南，坐在船边的靠椅上，舒舒服服地看了一个饱。

开始是西陵峡，约长一百二十里，共分四段。第一段是黄猫峡，山虽高，然不甚险，江水虽急，然不甚狭。三游洞在焉。三游洞者何？唐白居易兄弟和元微之，宋欧阳修和苏东坡兄弟，都到此地游历过，所以有前三游后三游之称。可惜船过下牢溪时，不能停泊，只能从崖缝里隐约地望望而已。

第二段是灯影峡。江北的山虽是险峻，都干枯无味。江南的山，玲珑秀丽，树木亦青葱可爱。黄牛峡黄陵庙在焉。古语有"朝发黄牛暮见黄牛"之语，现在并不觉得如何危险。不过南沱至美人沱一段，石滩较多，江流较急而已。在这一段，我最爱黄陵庙。在南岸一座低平的山上，建立一个小小的古庙，前面枕江，三面围绕着几百株浓绿的树木，最难得的，是在三峡中绝不容易见到的几十株潇洒的竹子，石崖上还倒悬着不少的红色紫色的花。庙的颜色和形式，同那里的山水，非常调和，很浓厚地带着江南的风味，袅袅不断的青烟，悠悠的钟声，好像自己是在西湖或是在扬州的样子，先前的紧张的情绪，现在突然变为很轻松很悠闲的了，船过黄陵庙的时候，我有两句即景的诗。"黄陵庙下江南味，也有垂杨也有花。"不过这情景也很短促，不到两三分钟，船就驶入西陵峡的第三段了。

第三段是空冷峡，山形水势，突然险峻起来，尤以牛肝马肺峡一处最可怕。两旁的山，像刀剑削成似的，横在江中，成一个极曲折极窄的门，船身得慢慢地从那门中转折过去。在江北那一面作为门的山崖上，悬着两块石头，一块像牛肝，一块像马肺。牛肝今日犹存，马肺已被外国人用枪打坏了。在陆放翁的《入蜀记》里，写作马肝峡，想是一时的错误。在离牛肝马肺不远，有一个极险的空冷滩。水从高的石滩上倒注下来，而形势极可怕。上水船在这里都必得特别小心。今年上半年，有三只小轮船都在这里沉了。他们行船的人有一句谚语，"青滩叶滩不算滩，空冷才是鬼门关"，那情形也就可想而知了。想着往日的木船，真不知道如何走得过去的。

第四段是米仓峡，又名兵书宝剑峡，距离虽是不长，水势虽没有从前那么急，在山崖方面，却更加高峻。出了峡，山便低平，有一个小口，那便是有名的王昭君浣装的地方，叫做香溪。昭君村离此四十八里，在秭归县东北。杜工部的"群山万壑赴荆门，生长明妃尚有村"，要亲自到这地方，才可以领略到前人用字之妙。一个赴字，把那里的山势真是写活了。那里的山峰，高的高，矮的矮，一层一层地就像无数匹的马在奔驶的样子。所谓赴荆门，那形势是一点也不假的。

船过了秭归和巴东，便入了最有名的巫峡，这真是一段最奇险的最美丽的山水画。江水的险，险在窄，险在急，险在曲折，险在多滩。山的好处，在不单调。这个峰很高，那个峰还要更高，前面有一排，后面还有一排，后面的后面，还有无数排，一层一层地你围着我，我围着你，你咬着我，我咬着你。前面无路，后面也无路。四面八方，都被悬崖阻住。船身得转弯抹角地从山缝里穿过去。两旁的高山，笔直地耸立着，好像是被一把快刀切成似的，那么整齐，那么险峻。仰着头，才望见峰顶，中间是一线蔚蓝的天空。偶尔看见一只黑色的鸟，拼命地飞，拼命地飞，总觉得它不容易飞过那高的峰顶。江水冲在山崖上，石滩上，发出一种横暴的怒吼，有时候可以卷起一两丈高的浪堆。

上有六龙回日之高标，下有冲波逆折之回川。

黄鹤之飞尚不得过，猿猱欲度愁攀缘。

李太白这几句诗，要亲自走过这一段路的人，才知道他是写得真，写得深，写得活现。在这几句诗里，并没有夸张，没有虚伪，完全是用写实的笔，把巫峡这一段险恶奇伟的形势，表现出来了。

三峡里面的山，以青石洞一带为最高。有名的巫山十二峰，便分布在大江的南北岸。"连峰去天不盈尺，枯松倒树倚绝壁"，正是这地方的写实。望着神女庙的一线白墙，好像一本书那么大，搁在一张山上，真好像是神话中的景致。高唐观在巫山县城西，连影子也望不见。最雄伟的，是松峦峰，望霞峰，朝云峰，登龙峰，翠屏峰，各自呈着不同的状态，你监视我，我监视你，雄赳赳地耸立在那里，使人望了，发出一种恐怖的感情。

巫山的云，这一次因为天气晴爽，没有看到。据一位老先生说，看巫山的云，要在迷蒙细雨的天气。那时候，望不见天，望不见山峰，只见顶上云雾腾腾，有像牛马的，有像虎豹的，奇形怪状，应有尽有，那情形比起庐山来还要有趣。这一次因为正是秋高气爽的好天气，天上连云影也没有，几个极高的峰巅，我们可以望得清清楚楚。最可爱的，就是在那悬崖绝壁的上面，倒悬着一些极小的红花，映着古褐苍苍的石岩，另有一种情趣。任叔永先生过三峡有几句诗，写这情景极好："举头千丈逼，注目一峰旋。红醉岩前树，碧澄石外天。"岩前红树，石外青天，要到这地方来，才可领略得到。语堂达夫两兄可惜未来，若到此境界，不知如何跳跃叫喊也？

过巫山即入瞿塘峡。此峡最短，不过十三四里。山势较巫峡稍低平，水势仍险急，因有夔门滟滪堆阻在江中，水不得平流之故。过瞿塘峡，北岸有一峰突起，树木青葱，玲珑可爱，这便是历史上有名的白帝城。那一段古城刘皇叔托孤的悲惨的故事，就表演在这个地方。山顶上有一古刹，为孙夫人庙。颜色的瓦白色的墙，隐约地从树林中呈现出来。我们走过的时候，正是下午六点光景，一道斜阳，照在庙前的松树上，那颜色很苍冷。远远地朝北望去，可以隐约地望见八阵图的遗迹。庙里的钟声，同夔府那边那山上传来的角声，断断续续地唱和着，那情调颇有些凄凉。所谓英雄落泪游子思乡的情感，大概就在这种境界里产生的。

到白帝城，三峡算是走完了。山势从此平敞些，江面宽得多，水势也平得多了。满船的人，一到这地方，都感到一种"脱去危险"的愉快，心灵中自然而然地生出来一阵轻松。好像一个人从险峻的山顶上走到了平地，从一个黑暗的山洞里，走出了洞口似的，大家都放下心来，舒舒服服地喘了一口气。不到十分钟，船就泊在夔府的江岸了。天上一轮明月，正在鲤鱼山的顶上，放射着清寒的光。

九月寄自成都

刘大杰（1904—1977），湖南岳阳人，学者、作家、翻译家。有长篇小说《三儿苦学记》，话剧《十年后》，学术论著《中国文学发展史》《魏晋文人思想论》，译作《雪莱诗选》等。

这是一篇文笔优美的佳作，记述了作者乘船从宜昌出发经历的一段既惊险又刺激地三峡之旅。文章以船中见闻为线索，依次描写了西陵峡、巫峡、瞿塘峡的雄奇景色，其中西陵峡作者又细分为黄猫峡、灯影峡、空冷峡、米仓峡。作者运用了比喻、拟人等多种修辞手法，对景色的刻画精确逼真，给人以身临其境的感觉。大量引用古人诗词是本文的一大特点，不同时代、不同风格诗人的名句作者都娓娓道来，为文章增色不少。

北海纪游

□〔中国〕朱湘

　　九日下午，去北海，想在那里作完我的洛神，呈给一位不认识的女郎，路上遇到刘兄梦苇，我就变更计划，邀他一同去逛一天北海。那里面有一条槐树的路，长约四里，路旁是两行高而且大的槐树，倚傍着小山，山外便是海水了；每当夕阳西下清风徐来的时候，到这槐荫之路上来散步，仰望是一片凉润的青碧，旁视是一片渺茫的波浪，波上有黄白各色的小艇往来其间，衬着水边的芦荻，路上的小红桥，枝叶之间偶尔瞧得见白塔高耸在远方，与它的赭色的塔门，黄金的塔尖，这条槐路的景致也可说是兼有清幽与富丽之美了。我本来是想去那条路上闲行的，但是到的时候天气还早，我们就转入濠濮园的后堂暂息。

　　这间后堂傍着一个小池，上有一座白石桥，池的两旁是小山，山上长着柏树，两山之间竖着一座石门，池中游鱼往来，间或有金鱼浮上。我们坐定之后，谈了些闲话，谈到我们这一班人所作的诗行由规律的字数组成的新诗之上去，梦苇告诉我，有许多人对于我们的这种举动大不以为然，但同时有两种人，一种是向来对新诗取厌恶态度的人，一种是新诗作了许久与我们悟出同样的道理的人，他们看见我们的这种新诗以后，起了深度的同情。后来又谈到一班作新诗的人当初本是轰轰烈烈，但是出了一个或两个集子之后，便销声匿迹，不仅没有集子陆续出来，并且连一首好诗都看不见了。梦苇对于这种现象的解释很激烈，他说这完全是因为一班人拿诗作进身之阶，等到名气成了，地位有了，诗也就跟着扔开了。他的话虽激烈，却也有部分的真理，不过我觉着主要的缘因另有两个：浅尝的倾向，抒情的偏重。我所说的浅尝者，便是那班本来不打算终身致力于诗，不过因了一时的风气而舍些工夫来此尝试一下的人。他们当中虽然不能说是竟无一人有诗的禀赋、涵养、见解、毅力，但是即使有的时候，也不深。等到这一点子热心与能耐用完之后，他们也就从此销声匿迹了。诗，与旁的学问旁的艺术一般，是一种终身的事业，并非靠了浅尝可以兴盛得起来的。最可恨的便是这些浅尝者之中有人居然连一点自知之明都没有，他们居然坚执着他们的荒谬主张，溺爱着他们的浅陋作品，对于真正的方在萌芽的新诗加以热骂与冷嘲，并且挂起他们的新诗老前辈的招牌来蒙蔽大众：这是新诗发达上的一个大阻梗。还有一个阻梗便是胡适的一种浅薄可笑的主张，他说，现代的诗应当偏重抒情的一方面，庶几可以适应忙碌的现代人的需要。殊不知诗之长短与其需时之多寡当中毫无比例而言。李白的《敬亭独坐》虽然只有寥寥的二十个字，但是要领略出它的好处，所需的时间之多，只有过于《木兰辞》而无不及。进一层，我们可以说，像《敬亭独坐》这一类的抒情诗，忙碌的现代人简直看不懂。再进一层说，忙碌的现代人干脆就不需要诗，小说他们都嫌没有功夫与精神去看，更何况诗？电影，我说，最不艺术的电影是最为现代人所需要的了。所以，我们如想迎合现代人的心理，就不必作诗；想作诗，就不必顾及现代人的嗜好。诗的种类很多，抒情不过是一种，此外如叙事诗、史诗、诗剧、讽刺诗、写景诗等等哪一种不是充满了丰富的希望，值得致力于诗的人去努力？上述的两种现象，抒情的偏重，使诗不能作多方面的发展，浅尝的倾向，使诗不能作到深宏与丰富的田地，便是新诗之所以不兴旺的两个主因。

我们谈完之后，时候已经不早了；我们便起身，转上槐路，绕海水的北岸，经过用黄色与淡青的琉璃瓦造成的琉璃牌楼，在路上谈了一些话，便租定一只小划船。这时候西北方已经起了乌云，并且时时有凉风吹过白色的水面，颇有雨意，但是我们下了船。我们看见一个女郎独划着一只绿色的船，她身上穿着白色的衣裙，手上戴着白色的手套，草帽是淡黄色的，她的身躯节奏的与双桨交互的低昂着，在船身转弯的时候，那种一手顺划一手逆划两臂错综而动的姿势更将女身的曲线美表现出来；我们看看，一边艳羡，一边自家划船的勇气也不觉地陡增十倍。本来我的右手是因为前几天划船过猛擦破了几块皮到如今刚合了创口的，到此也就忘记掉了。我们先从松坡图书馆向漪澜堂划了一个直过，接着便向金鳌玉蝀桥放船过去；半路之上，果然有雨点稀疏地洒下来了。雨点落在水面之上，激起一个小涡，涡的外缘凸起，向中心凹下去，但是到了中心的时候，又突然地高起来，形成一个白的圆锥，上联着雨丝。这不过是刹那中的事。雨涡接着迅捷地向四周展开去，波纹越远越淡，以至于无。我此时不觉地联想起济慈的四行诗来：

Ever let the fancy roam，

Pleasure never is at home：

At a touch sweet pleasure melteth，

Like to bubbles when rain pelteth。

雨大了起来。雨点含着光有如水银粒似的密密落下。雨阵有如一排排的戈矛，在空中熠耀；忽促的雨点敲水声便是衔枚疾走时脚步的声息。这一片飒飒之中，还听到一种较高的声响，那就是雨落在新出水的荷叶上面时候发出来的。我们掉转船头，一面愉快地划着，一面避到水心的席棚下休息。

棹 歌

水心

仰身呀桨落水中，

对长空；

俯首呀双桨如翼，

鸟凭风。

头上是天，

水在两边，

更无障碍当前；

白云驶空，

鱼游水中，

快乐呀与此正同。

岸侧

仰身呀桨在水中，

对长空；

俯首呀双桨如翼，

鸟凭风。

树有浓荫，

葭苇青青，

野花长满水滨；

鸟啼叶中，

鸥投苇丛，

蜻蜓呀头绿身红。

风朝

仰身呀桨落水中，
对长空；
俯首呀双桨如翼，
鸟凭风。
白浪扑来，
水雾拂腮，
天边布满云霾；
船晃得凶，
快往前冲，
小心呀翻进波中。

雨天

仰身呀桨落水中，
对长空；
俯首呀双桨如翼，
鸟凭风。
雨丝像帘，
水涡像钱，
一片缭乱轻烟；
雨势偶松，
暂展朦胧，
瞧见呀青的远峰。

春波

仰身呀桨落水中，
　对长空；
俯首呀双桨如翼，
　鸟凭风。
鸟儿高歌，
燕儿掠波，
鱼儿来往如梭；
白的云峰，
青的天空，
黄金呀日色融融。

夏荷

仰身呀桨落水中，
对长空；
俯首呀双桨如翼，
鸟凭风。
荷花清香，
缭绕船旁，
轻风飘起衣裳；
菱藻重重，
长在水中，
双桨呀欲举无从。

秋月

仰身呀桨落水中，
对长空；
俯首呀双桨如翼，
鸟凭风。
月在上飘，
船在下摇，
何人远处吹箫？
芦荻丛中，
吹过秋风，
水蚓呀应着寒蛩。

冬雪

仰身呀桨落水中，
对长空；
俯首呀双桨如翼，
鸟凭风。
雪花轻飞，
飞满山隈，
飞向树枝上垂；
到了水中，
它却消溶，
绿波呀载过渔翁。

雨势稍停，我们又划了出来。划了一程之后，忽然间刮起了劲风来；风在海面上吹起一阵阵的水雾，迷人眼睛，朦胧里只见黑浪一个个向我们滚来。浪的上缘俯向前方，浪的下部凹入，真像一群张口的海兽要跑来吞我们似的，水在船旁舐吮作响，船身的颠摇十分厉害：这刻的心境介于悦乐与惊恐之间，一心一目之中只记着，向前划！向前划！虽然两臂麻木了，右手上已合的创口又裂了，还是记着，向前划！

上岸之后，虽然休息了许久，身体与手臂尚自在那里摆动。还记得许多年前，头一次凫水，出水之后，身子轻飘飘的，好像鸟儿在空中飞翔一般；不料那时所感到的快乐又复现于今天了。

吃完点心之后（今天的点心真鲜），我们离开漪澜堂，又向对岸渡过去，这次坐的是敞篷船。此刻雨阵过了，只有很疏的雨点偶尔飘来。展目远观，见鱼肚白的夕空渲染着浓灰色以及淡灰色的未尽的雨云，深浅不一，下面是暗青的海水，水畔低昂着嫩绿色的芦苇，时有玄脊白腹的水鸟在一片绿色之中飞过。加上天水之间远山上的翠柏之色，密叶中的几点灯光，还有布谷高高的隐在雨云之中发出清脆的啼声，真令人想起了江南的烟雨之景。

上岸后，雨又重新下起来。但是我们两人的兴却发作了：梦苇嚷着要征服自然；我嚷着要上天王殿的楼上去听雨。我们走到殿的前头，瞧见琉璃牌楼的三座孤门之上一毫未湿，便先在这里停歇下来。这时候天已经黑了，我们从槐树的叶中可以看得见天空已经转成了与海水一样深青的颜色，远处的琼岛亮着一片灯光，灯光倒映在水中，晃动闪灼，有波纹把它分隔成许多层。雨点打在远近无数的树上，有时急，有时缓；急时，像独坐在佛殿中，峥嵘的殿柱与庄严的佛像只在隐约的琉璃灯光与炉香的光点内可以瞧见；沉默充满了寺内殿堂，寂静弥漫了寺外的山岭；忽然之间，一阵风来，吹得檐角与塔尖的铁马铜铃不断的响，山中的老松怪柏谡谡的呼吼，杂着从远峰飘来的瀑布的声响，真是战马奔腾，怒潮澎湃。缓时，像在一座墓园之内，黄昏的时候，鸟儿在树枝上栖息定了，乡人已经离开了田野与牧场回到家中安歇，坟墓中的幽灵一齐无声地偷了出来，伴着空中的蝙蝠作回旋的哑舞；他们的脚步落得真轻，一点声息不闻，只有萤虫燃着的小青灯照见他们憧憧的影子在暗中来往；他们舞得愈出神，在旁观看的人也愈屏息无声；最后，白杨萧萧地叹起气来，惋惜舞蹈之易终以及墓中人的逐渐零落投阳去了；一群面庞黄瘦的小草也跟着点头，飒飒地微语，说是这些话不错。

雨声之中，我们转身瞧天王殿，只见黑魆魆的一点灯火俱无，我们登楼听雨的计划于是不得不中止了。我们又闲谈起来。我们评论时人，预想未来，归根又是谈到文学上去。说到文学与艺术之关系的时候，我讲：插图极能增进读者对于文学书籍的兴趣，我们中国旧文学书中的插图工细别致，《红楼梦》一书更得到画家不断地为它装画。在西方这一方面的人才真是多不胜数，只拿英国来讲，如从前的克鲁可贤（Cruikshank），现代的毕兹雷（Beardsley），又如自己替自己的小说作插图的萨克雷（Thackeray），都是脍炙人口的；还有文学与音乐的关系，我国古代与西方都是很密切的，好的抒情诗差不多都已谱入了音乐，成了人民生活的一部分；新诗则尚未得到音乐上的人才来在这方面致力。

我们谈着，时刻已经不早了。雨算是过去了，但枝叶间雨滴依然纷乱的洒下，好像雨并没有停住一般。偶尔有一辆人力车拖过，想必是迟归的游客乘着园内预备的车；还偶尔有人撑着纸伞拖着钉鞋低头走过，这想必是园中的夫役。我们起身走上路时，只见两行树的黑影围在路的左右，走到许远，才看见一盏被雨雾朦了罩的路灯。大半时候还是凭着路中雨水洼的微光前进。

我们一面走着，一面还谈。我说出了我所以作新诗的理由，不为这个，不为那个，只为它是一种崭新的工具，有充分发展的可能；它是一方未垦的膏壤，有丰美收成的希望。诗的本质是一成不变万古长新的，它便是人性。诗的形体则是一代有一代的：一种形体的长处发展完了，便应当另外创造一种形体来代替；一种形体的时代之长短完全由这种形体的含性之大小而定。诗的本质是向内发展的；诗的形体是向外发展的。《诗经》《楚辞》，何默尔的史诗，这些都是几千年上的文学产品，但是我们这班后生几千年的人读起它们来仍然受很深的感动，这便是因为它们能把永恒的人性捉到一相或多相，于是它们就跟着人性一同不朽了。至于诗的形体则我们常看见它们在那里新陈代谢。拿中国的诗来讲，赋体在楚汉发展到了极点，便有"诗"体代之而兴。"诗"体的含性最大，它的时代也最长；自汉代上溯战国下达唐代，都是它的时代。在这长的时代当中，四言盛于战国，五古盛于汉魏六朝唐代，七古盛于唐宋，乐府盛的时代与五古相同，律绝盛于唐。到了五代两宋，便有词体代"诗"体而兴。到了元明与清，词体又一衍而成曲体。再拿英国的诗来讲，无韵体（Blank verse）与十四行诗（Sonnet）盛于伊丽莎白时代，乐府体（Ballad measure）盛于十七世纪中叶，骈韵体（Rhymed couplet）盛于多莱登（Dryden）、蒲卜（Pope）两人的手中。我们的新诗不过说是一种代曲体而兴的诗体，将来它的内含一齐发展出来了的时候，自然会另有一种别的更新的诗体来代替它。但是如今正是新诗的时代，我们应当尽力来搜求，发展它的长处。就文学史上看来，差不多每种诗体的最盛时期都是这种诗体运用的初期，所以现在工具是有了，看我们会不会运用它。我们要是争气，那我们便有身预或目击盛况的福气；要是不争气，那新诗的兴盛只好再等五十年甚至一百年了。现在的新诗，在抒情方面，近两年来已经略具雏形，但叙事诗与诗剧则仍在胚胎之中。据我的推测，叙事诗将在未来的新诗上占最重要的位置。因为叙事体的弹性极大，《孔雀东南飞》与何默尔的两部史诗（叙事诗之一种）便是强有力的证据，所以我推想新诗将以叙事体来作人性的综合描写。

两行高大的树影矗立在两旁，我们已经走到槐路上了。雨滴稀疏地淅沥着。右望海水，一片昏黑，只有灯光的倒影与海那边的几点灯光闪亮。倒是为了这个缘故，我们的面前更觉得空旷了。

我们走到了团城下的石桥，走上桥时，两人的脚步不期然而然的同时停下。桥左的一泓水中长满了荷叶：有初出水的，贴水浮着；有已出水的，荷梗承着叶盘，或高或矮，或正或欹；叶面是青色，叶底则淡青中带黄。在暗淡的灯光之下，一切的水禽皆已栖息了，只有鱼儿唼喋的声音，跃波的声音，杂着曼长的水蚓的轻嘶，可以听到。夜风吹过我们的耳边，低语道：一切皆已休息了。连月姊都在云中闭了眼安眠，不上天空之内走她孤寂的路程；你们也听着鱼虮的催眠歌，入梦去吧。

佳作赏析：

朱湘（1904—1933），安徽太湖人，诗人、散文家。著有诗集《夏天》《草莽集》《石门集》《永言集》，散文集《中书集》等。

约上志同道合的好友，一同游览风景高谈阔论，实是人生的一大快事。朱湘的这篇《北海纪游》记述了作者与友人游览北海公园的基本经过，北海雨中迷人的风景自不必说，作者与友人关于文学创作、关于诗歌的相关讨论也令人耳目一新。精美的皇家园林在雨中显得如梦如幻，十分迷人，而雨中划船的女郎和诗歌体的《棹歌》，更为文章增添了浪漫色彩。作者用优美的文笔和高超的写作手法将写景、议论、抒情紧密地结合在一起，使之成为脍炙人口的佳作。

在福建游山玩水

□ [中国] 施蛰存

抗战八年，我在昆明消磨了前三年。第四年来到福建，在南平、沙县、永安、长汀一带耽了五年，这些地方及附近的山水，都曾有过我的游踪。在昆明的时候，所谓游山，总是到太华寺、华亭寺、筇竹寺去看看，所谓玩水，总不外滇池泛舟、安宁温泉洗澡。到路南去看了一下石林，觉得苏州天平山的"万笏朝天"，真是苏空头的浮夸。大理的"风花雪月"我无缘欣赏，非常遗憾。

到福建以后，照样游山玩水，但境界不同了。一般旅游者的游山玩水，其实都是瞻仰名胜古迹，游玩的对象并不是山水。我在昆明的游踪，也非例外。在福建，除了武夷之外，我的游踪所至，都不是什么名胜，因而我在福建的游山玩水，别是一种境界。我领会到，真会游山的人，最好不要去游名山。所谓名山，都是经营布置过的。山路平坦，汽车可以直达山顶。危险处都有安全设备，随处有供你休息的木椅石凳。旅游家花三十分钟就可以到处去兜一转，照几个相，兴致勃勃地下山来，自以为已经游过某某山了。我决不参加这样的游山组织。我要游无名之山。永安、长汀一带，没有名山胜迹，都是平凡的山岭，从来不见有成群结队"朝山进香"式的游客。山里永远是长林丰草，除了打柴采茶的山农以外，不见人迹，除了鸟鸣蝉噪，风动泉流以外，不闻声息。我就喜欢在晴和的日子，独自一人，拖一支竹杖，到这些山里去散步。

要游无名之山，首先要学会走山路。山路有两种：一种是看得清的。一线蜿蜒，不生草木处，就是路。这种路，还可分为两种，一种是通的路，一种是不通的路。通的路是翻山越岭，引导你往别的城镇乡村去的，这是山里的官塘大路。不通的路是砍柴的樵夫，采茶的姑娘走成的，它们往往只有一段，有时也可能很长，你如果走上这种路，行行重行行，转过一片山崖，就忽然不见前路了。到这里，你好比走进了死胡同，只得转身退回。我在武夷山里，由于没有取得经验，屡次误走了采茶路。我的《武夷纪游诗》有两句道："误入龙窠采茶路，一溪横绝未施桥。"这可以说是我的一段游山备忘录。

另一种山路，其实还没有成为路，只是在丛林密箐中间，仿佛有那么一条通道，也许是野兽走过的，也许是熟悉山势的人偶尔穿越的捷径。这种山路当然较为难走，有时要手足并用，但它会使你得到意外的乐趣。例如，发现一座毁弃的山神庙，或者走到一个隐蔽的山洞口，万一遇到这种情况，你还是赶紧悄悄地退回为妙。

不管走什么路，目的都不是走路，而是游山。既是为了游山，则什么路都可以走，我并不预定要走到什么地方去，长的路、短的路、通的路、不通的路，反正都一样可走。走就是游，所以不应该一股劲地走去，应该走走停停，张张望望，坐坐歇歇。许多人游山，都把山顶或山中一些名胜古迹作为走的目标。走到那些地方，他们才开始游，在走向那些地方去的路上，他们以为是走路，还没有游山呢。黄山天都峰，华山苍龙脊，都是险峻的山路，走那些路的人，全都战战兢兢，唯恐"一失足成千古恨"，当此之时，谁也没有游山的心情，甚至没有走路的心情。韩愈登上华山绝顶，惊悸痛哭，无法下山。你想他当时的心情，离游山的趣味多远！所以我还要补充说，游山者千万不要自以为是登山队员。

我在福建的时候，就经常在平凡的山里随意闲走，认识各种树木，听听各种鸟鸣，找几个不知名的昆虫玩玩，鹧鸪和"山梁之雌"经常在我前面飞起，有时也碰到蛇，就用手杖或石块把它赶走。如果走到一座土地堂或山神庙里，就在供桌上拿起一副杯，卜个流年。一路走去，经常会碰到砍柴的、伐木的、掘毛笋的、采茶或采药的山农。本来可以和他们谈谈，无奈言语不通，只好彼此点头微笑，这就互相表达了感情。在长汀集市上经常看见一些侏儒。当地人说，在离城二十多里的山坞里有一个村落，是侏儒族聚居的地方，他们是古代闽越人的遗种。由于好奇，我曾按照人们指点的方向，在山径中迤逦行去。虽然没有寻到侏儒村，却使我这一次游山充满了浪漫主义的情调。我仿佛是在作一次人类学研究调查的旅行，沿路所见一切，至少都是秦汉以前的古物。

我以为这是真正的游山，但是说给别人听，人家都笑我呆气、迂气、眼界小。我也不作辩论，因为我无法使他们体会到我所感受到的乐趣。现在，回到上海已三十多年，大约我的眼界愈来愈小，我只能到复兴公园、桂林公园去游山了。在那里，看到外省来的游客，我常常想劝说他们回家乡去以后，在任何一个山里走走，比比看，是上海好，还是家乡好。不过，我估计到，他们一定说是上海的公园好，家乡的那些空山旷野，哪里是游玩的地方？因此，我终于没有开口。

现在，我要说到玩水。游西湖、太湖、玄武湖，是一种玩法；看雁荡大龙湫、黄果树瀑布、五泄，又是一种玩法；过巴东三峡，泛富春江，乘皇后轮横渡太平洋，又是一种玩法。但是，这一切，我说都是看水，而不是玩水。水依然是客观存在，没有侵入我的主观境界。水是水，我是我，双方的生命和感情，没有联系上。

福建有的是溪水，波澜壮阔。比较平衍的称为江；清浅的涧泉，合流于平阳的叫作溪；礁石森立，水势被激荡得奔雷滚鼓，万壑争流的谓之滩。福建的水，以溪为主；溪之胜，以滩为主。我初到福建，乘小轮船从福州到南平。第一段航程，在闽江中溯流而西，平平稳稳，不动人心。船停在水口，宿了一夜，次日晨起，航行不久，就进入溪滩领域。奔腾急注的白浪洪波，从乱石堆中冲刷过来，我们的船迂回曲折地迎着急流向前推进。既避过大漩涡，又闪过礁石。我站在船头，就像战争之神马尔斯站在他的战车上，指挥十万大军对更强大的敌人予以迎头痛击。经过七十二个险滩，宛如经过七十二次战役。船到南平城下，我走上码头的台阶，很像胜利者高举血迹斑斓的长剑在进行入城式。读者也许会讥笑我："这是船的胜利，你不过是一个乘客，有何战绩？怎么可以篡夺船的胜利果实？"我说："船是机器，它在各式各样的水中行进，都是没有思想感情的，指挥它和险滩战斗的是人。当然，主要是掌舵的人。我虽然不掌舵，但我的思想感情是和舵工完全一致的。"这就是我到福建以后第一次玩水，觉得极其壮美。

两年以后，我有机会从长汀乘船到上杭，又从上杭到峰市。几乎经历了汀江的全程。这一次乘的不是轮船，而是一种轻小的薄板船。它只能载客四五人，外加少量商货，篙师站在船头，船尾有艄公把舵。在第一程平衍的江流中，这条船漂漂泛泛，逐流而下，安闲得很。篙师和艄公都坐着吸烟喝茶，大有"春水船如天上坐"的情趣。但是，渐渐地，显然地势低了，水流急速了，远远地望见中流屹立着一块两块大石礁。篙师站起身来，用他那支长竹篙向左边石头上一拄，又掉过来向右边一块石脚上一撑，船就正确地从两个大石礁中间溜过。从此一路都是险滩，水面上的礁石如星罗棋布，还有水下的暗礁，也清晰可见。篙师挥舞着他的竹篙，艄公忽左忽右地转舵。江水分为几股从石门中夺流而出，船也从乱石缝中像飞箭一般射过。从上杭到峰市一段汀江，我简直不能想象它可以通航，但我实在坐过一叶小舟在这许多险绝人寰的乱滩中平安浮过。回想南平之行，竟是"灞上军如儿戏"了。

在福建各条水路上运货载客的这种小木船，有一句成语形容它们："纸船铁艄公。"船是轻薄如纸，而艄公则坚强如铁。这种船只要碰上一块礁石，立刻就粉身碎骨，然而很少有出事的，这就全靠高明的艄公。艄公熟悉水道和水势，他精确地转动着舵，船头上的篙师配合得非常巧妙。舵向左一转，船就避开了左边的礁石，向右驶去。看看要碰上右边的礁石了，篙师就冲着那块石头一拄，船头立即闪开，同时艄公又转舵向右，这条纸船就刚好从左右两块礁石中间擦过。只要偏差一寸二寸的距离，船就会砸碎。福建的篙师艄公，是了不起的人物。他们的绝技，今后怕会失传了，因为客、货已改从公路汽车或火车运输，险滩有许多已被炸平了。

武夷是溪山名胜，一道清浅的溪水，蜿蜒曲折地在群山间流过。这些山，被许多神话传说渲染得仿佛真有灵气。山与水结合成为一体，泛溪即是游山。如果说峰市之行是我生平最惊险的一次玩水，那么坐一条竹筏浮泛于武夷九曲中可以说是我生平最闲适的一次玩水。九曲水浅，不能行船，当地人用五个大毛竹扎成竹筏，他们叫作"排"，我想，应该写作"箄"。竹排上放一个小竹椅，给游客坐，篙师站在排尾撑篙。这种竹排恐怕只能载两个人，多一个人，排就沉了，大约是专为我这样独游客预备的。排在水里是半沉半浮的，我必须赤脚，穿一条短裤才行。我游九曲是在夏天，索性就只穿一件汗衫。竹排在山脚下曲折前进，一路都是悬崖绝壁，藤萝幽荫，林木葱茏。过仙掌峰，看虹桥板，颇有游仙之趣。时而听到各种鸟鸣，一朵朵小白花从空中落下，在水面上浮过。脚下是清澈的泉水，水底游鱼，鳞鳞可数。水色深黑处是潭，潭底据说有卧龙。我有时索性把两脚浸在水里，像鹅那样划水。这样一路玩到星村，结束了九曲之游。这一个上午，真是生平最闲适的一次玩水。陆放翁游九曲，只到六曲，就返回了。我不知道他当时打的是什么主意，也许是他没有仙缘吧。

夏秋之间，溪水暴涨，也很壮观。我在永安的时候，校舍在燕溪旁山坡上，是借用的民房。平时溪流清浅，而岸却很高，这就说明溪水可能涨到这个水位。有一天晚上，已是午夜，我被人声惊醒。起来一看，许多学生都在溪边。我也走过去，只看见平静的溪流已变成汹涌的怒潮，像约束不住的奔马。从上游驰骤而来，发出凄厉的吼声。上游的木客，趁此机会放木，把无数大木头丢在水里，让它们逐流而去，一夜之间，可以运输六七十里。这些大木头在急流中横冲直撞，也有一种深沉的怪声。渡口的浮桥早已解散，有船的人家赶紧把船抬到岸上。在月光下，看这溪水暴涨的景象，也使我惊心动魄。不到一小时，水位已快要升到岸上，小小的一条燕溪，此刻已成为大江了。我担心水会淹上岸来，像淮河那样泛滥成灾，但当地老百姓却并不着急，他们说这条溪水从来没有淹到房屋。你只要看溪边的房屋造在什么地方，就可以知道溪水可能涨到什么地方。但是，如果遇到百年未有的特大洪峰，那就不可估计了。

我是江南人，从来没有见过溪涨。到福建之后，才屡次见到。我自以为壮观，肯定被福建人晒笑，说我少见多怪，那也只好回答一声"惭愧"。不过，天下本来有许多伟大的、美丽的、杰出的事物，在司空见惯的人眼里，都是平凡的了。华盛顿的母亲，不知道她儿子有多么伟大，这也是一个例子。

一九八〇年五月二十六日

佳作赏析：

施蛰存（1905—2003），浙江杭州人，作家、学者。著有短篇小说集《上元灯》《梅雨之夕》，散文集《灯下集》《待旦录》，学术论著《水经注碑录》等。

这是一篇颇具特色的风景游记，闲适、悠闲的情绪流淌在字里行间。作者先提出一个崭新的观点：游山玩水不要游名山名水，要游无名山，要学会玩水。接着作者以生动的笔触记述了自己在福建走山路、游无名山的经历和感受，乘小轮船涉险、坐竹排戏水的惊险刺激和无穷乐趣。在游山玩水的过程中作者已经实现了"人山合一、人水合一"，体验了其他旅游者所不能体会的独特经验、乐趣。仔细想来，作者的观点不无道理，其实游览无名山水也会有许多乐趣，关键在于我们要善于发现美、发现乐趣。

雨中登泰山

□［中国］李健吾

从火车上遥望泰山，几十年来有好些次了，每次想起"孔子登东山而小鲁，登泰山而小天下"那句话来，就觉得过而不登，像是欠下悠久的文化传统一笔债似的。杜甫的愿望："会当凌绝顶，一览众山小。"我也一样有，惜乎来去匆匆，每次都当面错过了。

而今确实要登泰山了，偏偏天公不作美，下起雨来，淅淅沥沥，不像落在地上，倒像落在心里。天是灰的，心是沉的。我们约好了清晨出发，人齐了，雨却越下越大。等天晴吗？想着这渺茫的"等"字，先是憋闷。盼到十一点半钟，天色转白，我不由喊了一句："走吧！"带动年轻人，挎起背包，兴致勃勃，朝岱宗坊出发了。

是烟是雾，我们辨识不清，只见灰蒙蒙一片，把老大一座高山，上上下下，裹了一个严实。古老的泰山越发显得崔嵬了。我们才过岱宗坊，震天的吼声就把我们吸引到虎山水库的大坝前面。七股大水，从水库的桥孔跃出，仿佛七幅闪光黄锦，直铺下去，碰着嶙嶙的乱石，激起一片雪白水珠，脱线一般，撒在洄漩的水面。这里叫作虬在湾：据说虬早已被吕洞宾渡上天了，可是望过去，跳掷翻腾，像又回到了故居。我们绕过虎山，站到坝桥上，一边是平静的湖水，迎着斜风细雨，懒洋洋只是欲步不前，一边却暗恶叱咤，似有千军万马，躲在绮丽的黄锦底下。黄锦是方便的比喻，其实是一幅细纱，护着一幅没有经纬的精致图案，透明的白纱轻轻压着透明的米黄花纹。——也许只有织女才能织出这种瑰奇的景色。

雨大起来了，我们拐进王母庙后的七真祠。这里供奉着七尊塑像，正面当中是吕洞宾，两旁是他的朋友李铁拐和何仙姑，东西两侧是他的四个弟子，所以叫作七真祠。吕洞宾和他的两位朋友倒也罢了，站在龛里的两个小童和柳树精对面的老人，实在是少见的传神之作。一般庙宇的塑像，往往不是平板，就是怪诞，造型偶尔美的，又不像中国人，跟不上这位老人这样逼真、亲切。无名的雕塑家对年龄和面貌的差异有很深的认识，形象才会这样栩栩如生。不是年轻人提醒我该走了，我还会欣赏下去的。

我们来到雨地，走上登山的正路，一连穿过三座石坊：一天门、孔子登临处和天阶。水声落在我们后面，雄伟的红门把山挡住。走出长门洞，豁然开朗，山又到了我们跟前。人朝上走，水朝下流，流进虎山水库的中溪陪我们，一直陪到二天门。悬崖峻嶒，石缝滴滴答答，泉水和雨水混在一起，顺着斜坡，流进山涧，涓涓的水声变成訇訇的雷鸣。有时候风过云开，在底下望见南天门，影影绰绰，耸立山头，好像并不很远；紧十八盘仿佛一条灰白大蟒，匍匐在山峡当中；更多的时候，乌云四合，层峦叠嶂都成了水墨山水。过中溪水浅的地方，走不太远，就是有名的经石峪，一片大水漫过一亩大小的一个大石坪，光光的石头刻着一部《金刚经》，字有斗来大，年月久了，大部分都让水磨平了。回到正路，雨不知道什么时候已经住了，人走了一身汗，巴不得把雨衣脱下来，凉快凉快。说巧也巧，我们正好走进一座柏树林，阴森森的，亮了的天又变黑了，好像黄昏提前到了人间，汗不但下去，还觉得身子发冷，无怪乎人把这里叫作柏洞。我们抖擞精神，一气走过壶天阁，登上黄岘岭，发现沙石全是赤黄颜色，明白中溪的水为什么黄了。

靠住二天门的石坊，向四下里眺望，我又是骄傲，又是担心。骄傲我已经走了一半的山路，担心自己走不了另一半的山路。云薄了，雾又上来。我们歇歇走走，走走歇歇，如今已经是下午四点多了。困难似乎并不存在，眼面前是一段平坦的下坡土路，年轻人跳跳蹦蹦，走了下去，我也像年轻了一样，有说有笑，跟在他们后头。

我们在不知不觉中，从下坡路转到上坡路，山势陡峭，上升的坡度越来越大。路一直是宽整的，只有探出身子的时候，才知道自己站在深不可测的山沟边，明明有水流，却听不见水声。仰起头来朝西望，半空挂着一条两尺来宽的白带子，随风摆动，想凑近了看，隔着辽阔的山沟，走不过去。我们正在赞不绝口，发现已经来到一座石桥跟前，自己还不清楚是怎么一回事，细雨打湿了浑身上下。原来我们遇到另一类型的飞瀑，紧贴桥后，我们不提防，几乎和它撞个正着。水面有两三丈宽，离地不高，发出一泻千里的龙虎声威，打着桥下奇形怪状的石头，口沫喷得老远。从这时候起，山涧又从左侧转到右侧，水声淙淙，跟我们跟到南天门。

过了云步桥，我们开始走上攀登泰山主峰的盘道。南天门应该近了，由于山峡回环曲折，反而望不见了。野花野草，什么形状也有，什么颜色也有，挨挨挤挤，芊芊莽莽，要把巉岩的山石装扮起来。连我上了一点岁数的人，也学小孩子，掐了一把，直到花朵和叶子全蔫了，才带着抱歉的心情，丢在山涧里，随水漂去。但是把人的心灵带到一种崇高的境界的，却是那些"吸翠霞而天矫"的松树。它们不怕山高，把根扎在悬崖绝壁的隙缝，身子扭得像盘龙柱子，在半空展开枝叶，像是和狂风乌云争夺天日，又像是和清风白云游戏。有的松树望穿秋水，不见你来，独自上到高处，斜着身子张望。有的松树像一顶墨绿大伞，支开了等你。有的松树自得其乐，显出一副潇洒的模样。不管怎么样，它们都让你觉得它们是泰山的天然的主人，谁少了谁，都像不应该似的。雾在对松山的山峡飘来飘去，天色眼看黑将下来。我不知道上了多少石级，一级又一级，是乐趣也是苦趣，好像从我有生命以来就在登山似的，迈前脚，拖后脚，才不过走完慢十八盘。我靠住升仙坊，仰起头来朝上望，紧十八盘仿佛一架长梯，搭在南天门口。我胆怯了。新砌的石级窄窄的，搁不下整脚。怪不得东汉的应劭引用马第伯在《封禅仪记》里的话，这样形容："仰视天门，窔辽如从穴中视天，直上七里，赖其羊肠逶迤，名曰环道，往往有索，可得而登也。两从者扶挟，前人相牵，后人见前人履底，前人见后人顶，如画重累人矣。所谓磨胸石，扪天之难也。"一位老大爷，斜着脚步，穿花一般，侧着身子，赶到我们前头。一位老大娘，挎着香袋，尽管脚小，也稳稳当当，从我们身边过去。我像应劭说的那样，"目视而脚不随"，抓住铁扶手，揪牢年轻人，走十几步，歇一口气，终于在下午七点钟，上到南天门。

心还在跳，腿还在抖，人到底还是上来了。低头望着新整然而长极了的盘道，我奇怪自己居然也能上来。我走在天街上，轻松愉快，像一个没事人一样。一排留宿的小店，没有名号，只有标记，有的门口挂着一只笊篱，有的窗口放着一对鹦鹉，有的是一根棒棰，有的是一条金牛，地方宽敞的摆着茶桌，地方窄小的只有炕几，后墙紧贴着峥嵘的山石，前脸正对着万丈的深渊。别成一格的还有那些石头。古诗人形容泰山，说"泰山岩岩"，注解人告诉你：岩岩，积石貌。的确这样，山顶越发给你这种感觉。有的石头像莲花瓣，有的像大象头，有的像老人，有的像卧虎，有的错落成桥，有的兀立如柱，有的侧身探海，有的怒目相向。有的什么也不像，黑糊糊的，一动不动，堵住你的去路。年月久，传说多，登封台让你想象帝王拜山的盛况，一个光秃秃的地方会有一块石碣，指明是"孔子小天下处"。有的山池叫作洗头盆，据说玉女往常在这里洗过头发；有的山洞叫作白云洞，传说过去往外冒白云，如今不冒白云了，白云在山里依然游来游去。晴朗的天，你正在欣赏"齐鲁青未了"，忽然一阵风来，"荡胸生层云"，转瞬间，便像宋之问在《桂阳三日述怀》里说起的那样，"云海四茫茫"。是云吗？头上明明另有云在。看样子是积雪，要不也是棉絮堆，高高低低，连续不断，一直把天边变成海边。于是阳光掠过，云海的银涛像镀了金，又像着了火，烧成灰烬，不知去向，露出大地的面目。两条白线，曲曲折折，是漯河，是汶河。一个黑点子在碧绿的图案中间移动，仿佛蚂蚁，又冒一缕青烟。你正在指手画脚，说长道短，虚象和真象一时都在雾里消失。

我们没有看到日出的奇景。那要在秋高气爽的时候。不过我们也有自己的独得之乐：我们在雨中看到的瀑布，两天以后下山，已经不那样壮丽了。小瀑布不见，大瀑布变小了。我们沿着西溪，翻山越岭，穿过果香扑鼻的苹果园，在黑龙潭附近待了老半天。不是下午要赶火车的话，我们还会待下去的。山势和水势在这里别是一种格调，变化而又和谐。

山没有水，如同人没有眼睛，似乎少了灵性。我们敢于在雨中登泰山，看到有声有势的飞泉流瀑，倾盆大雨的时候，恰好又在斗母宫躲过，一路行来，有雨趣而无淋漓之苦，自然也就格外感到意兴盎然。

佳作赏析：

李健吾（1906—1982），山西运城人，戏剧家、文学翻译家。著有散文集《意大利游简》《希伯先生》等。

这是一篇描写泰山风景的佳作。全文紧紧扣"雨"字，描写了雨中登泰山别具情趣的景物和雨中登泰山的独得之乐，抒发了作者热爱祖国壮丽河山的情怀。文章以作者登山的进程为顺序，随着立足点的变化，描写对象也不断变换。飞瀑、祠庙、翠松、古柏、洞天、云海，作者巧妙地牵线串珠，描绘出雨中泰山美妙的画卷。

大量古代名句、诗词的引用是本文的一大特色。作者旁征博引，引用了《孟子·尽心上》《望岳》《江赋》《桂阳三日述怀》《诗经》等诗文的语句段落，不仅使泰山特点毕现，而且读者可由此把握中华民族悠久文化传统的脉搏，自豪感油然而生。

桐庐行

□〔中国〕柯灵

我生长在水乡，水使我感到亲切。如果我的性格里有明快的成分，那是水给我的，那澄明透彻的水，浅绿的水。

我多次横渡钱塘江，却只是往来两岸之间，没有机会沿江看看。钱塘上游的富春江，早就给我许多幻想了，直到最近，才算了却这个无关紧要的心愿。

江上旅游，最理想的，应当坐木船，浮家泛宅，不计时日，迎晓风，送夕阳，看明月，一路从从容容地走去，觉得什么地方好，就在那里停泊，等兴尽了再走。自然，在这样动乱的时代，这只是一种遐想。这次到富春江，从杭州出发，行程只有一天，早去晚回，雇的是一艘小火轮。抗战期间，从杭州到所谓"自由"区的屯溪，这是一条必经之路，舟楫往来，很热闹过一时；现在"曲终人不见，江上数峰青"，才还了它原来的清静。在目前这样"圣明"的"盛世"，专程游览而去的，大概这还算是第一次。

论风景，富春江最好的地方在桐庐到严州之间，出名的七里泷和严子陵钓台都在那一段；可是我们到了桐庐就折回了，没有再上去。原因有两种，时间限制是其一，主要的是因为那边不太平，据说有强盗，一种无以为生、铤而走险的"大国民"。安全第一，不去为上。这自然未免扫兴，好比拜访神交已久的朋友，到了门口没法进去，到底缘悭一面。妙的是桐庐这扇大门着实有点气派，虽然望门投止，也可以约略窥见那秀甲天下的光景。

从钱塘、富春溯江而上，经富阳到桐庐，整整走了九小时，约莫有二百里的水程。清早启碇，沐着袭人的凉意，上面是层云飘忽的高空，下面是一江粼粼的清流，天连水，水连天，交接处迎面挡着一道屏风似的山影。——这的确是屏，不像山，动人的是那色彩，浓蓝夹翠绿，深深浅浅，像用极细极细的工笔在淡青绢本上点出来的。这一路上去，目不暇接的是远远近近的山，明明暗暗的树，潮平岸阔，风正帆轻，偶或在无穷的原野中出现临河的小村小镇，听听遥岸的人声，也自有一种亲切和喜悦。

过了富阳，因为连日阴雨，山上的积水顺流而下，满江是赭色的急湍。船行本是逆流，这一来走得更慢。时间太久了，不断的"疲劳欣赏"渐渐使人感到单调。直到壁立的桐君山在船头出现，这才士气大振，似乎发现了新大陆。拿经历来印证想象，过去这大半天所见的光景，跟我虚构的画面至少有点不符。我想象中的富春江没有这么开阔，夹岸对峙着悬崖峭壁，翠嶂青峰，另是一番深峻的气象。看到桐君山，我这才像是看到了梦中的旧相识。它巍然矗立，那么陡峭，那么庄严，似乎颇藐视我这个昂首惊喜的游人。山上没有什么嶙峋的怪石，却是杂树葱茏，有一株不知名的花树，众醉独醒，开得正在当令。绿云掩映之间，山巅掣出几间缥缈的屋子，有人正在窗前探首，向江心俯瞰。

船转过山脚，天目溪从斜刺里迎面而来，富春江是一片绀赭，而它却是溶溶的碧流，两种截然不同的颜色，在这里分成两半，形成稀有的奇景。

桐君山并不高，却以地位和形势取胜，兼有山和水的佳趣。背后是深谷、绵延的山脉；前面极目无垠，原野如绣，而两面临水，脚底下就是那滔滔东去的大江；隔岸相望，两江交叉处是桐庐的市廛一撮，另一面又是隔岸的青山。山顶的庙宇已经破残不堪，从那漏空的断壁，洞穿的飞檐，朱痕犹在的雕栏画栋之间，到处嵌进了山，望得见水。庙后的一株石榴，寂寞中兀自开得绚烂，那耀眼的艳红真当得起"如火如荼"的形容，似乎也只有这样的地方才配有它。站在山顶，居高临下，看看那幽深雄奇的气势，我想起历史，想起战争，想起我们的河山如此之美。而祖国偏又如此多难。在这次抗日战争中，桐庐曾经几度沦陷，缅想敌人立马山头，面对如此山川，而它的主人却是一个坚忍的、不可征服的民族，我不知激动他的是一种怎样的情感。

渡水过桐庐，从江边拾级而上，我们在街上闲闲地溜达了一回。这是个江城，同时是个山城，所以高高地矗立在水上。像喜欢杭州的龙井一样，我喜欢这个小城。好在小，比较整洁，有温暖亲切的感觉，令人向往丰乐和平、日长如年的岁月，不像有些小村小城，一接触到就使人想起灾难、贫穷、老死，想起我们民族的困厄，桐庐街道虽小，却并无逼窄之感，道旁疏疏地种着街树，这似乎是别的小城市中所不经见的。市街相当繁荣，有些房子正在建造。劫灰犹在，春意乍生，可以看出这个小城是相当富庶的。

临江有一家旅馆，两面临水。一位朋友曾经在那里投宿，据说入夜倚窗，看山间明月，江上渔灯，有不可描摹的情趣。可惜我们没有这个幸运。数年来梦想的富春江，总算看过了。虽然连七里泷和钓台的面也没有见，可是到底逛了桐庐。这就够了！单为爬一次桐君山，也算得此行不虚！人们艳说上游如何如何的山回水曲，引人入胜。如何如何的柳暗花明，奇峰突起，看了桐庐，我们的想象有了驰骋的依托，从这里也可以得其一二，愿将此留供低回，作他日直溯上游时的印证吧。

一九四六年六月十二日

佳作赏析：

柯灵（1909—2000），浙江绍兴人，作家。有散文集《望春草》《市楼独唱》，短篇小说集《掠影集》等。

这篇文章写于1946年，游山玩水的闲适与关注民族命运百姓民生的忧思交织在一起，形成了本文独特的基调。作者本来游富春江想去一下七里泷和严子陵钓台，但因为那一带"并不太平"，顾虑到安全问题，只得作罢。尽管如此，富春江桐君山的美景和桐庐县城的整洁、富庶仍让作者觉得不虚此行。桐君山的雄峻、水上小城的情趣，都令人流连忘返。当时国内战事频繁，正是兵荒马乱的年代，百姓生活困苦，作者对民生的关注和忧愁在文中也时有体现。

香山碧云寺漫记

□〔中国〕端木蕻良

邻翁走相报，隔窗呼我起。

数日不见山，今朝翠如洗。

——刘梦吉：村居杂诗

城市里的居民是不能常常看见山的，但是，住在首都的人便会有这种幸福，倘你路过西郊，猛然向西一望，你便会经历一种奇异的喜悦，好像地平线上突地涌现了一带蓝烟，浮在上面的绿树，也几乎是历历可数。当这个时候，你就会记起元代爱国诗人刘梦吉的村居杂诗来："邻翁走相报，隔窗呼我起。数日不见山，今朝翠如洗。"你就会恍然地更明白这诗里所包含的感情，就会更爱上这首诗了，多么简单啊，偏偏能道出你心中要说的话来。刘梦吉很爱陶渊明，他有许多诗自己标出是拟陶渊明的。他急着要看山，就是这急得好。原来中国人看山，也并不都是那么"悠然"的呢！

当那西郊的居民或者是一个幸福的过客，纵目望着西山的时候，眼睛就会止不住地看在山腰一片松林上，这一片密密的松林就是驰名的森玉笏，从森玉笏爬上去便是鬼见愁，游过西山的人常常会以爬到鬼见愁上面引为骄傲的呢！原来香山的最高峰一个是鬼见愁，一个是翠驼子，鬼见愁和翠驼子之间有个山坳，山坳里有个八义沟，八义沟下面有片大松林，松林下面便是碧云寺，这一带都是风景最美的地方。

最早的香山寺，有记载可寻的，是建在1188年，这见于孙星衍的《京畿金石志》，那上面记着，香山寺碑，李晏撰，大定二十六年立，见《天下金石志》。元碧云寺碑至顺二年立于香山寺中。又有元碧云寺碑，元统三年立在香山寺中。并且还记有碧云寺卖地幢，末云：卖与中丞阿里吉。还有元耶律氏词刻，在香山七真洞壁上。现在碧云寺里有乾隆时的御制重修碧云寺碑文和两个刻着梵文的经幢。碑文上说元耶律楚材的后人名叫阿利吉的舍宅开山，修建庙宇，那也是根据卖地幢来说的。耶律楚材（1190-1244）曾随成吉思汗西征，到过西方很多地方。他的墓现在颐和园里，他的后人开山造寺，想是为先人祈福的。可见西山在当时已大事开发。《马可波罗游记》里面曾提到北海、琼岛，我们今天首都的西苑一带、北海和南苑一带在元代都是御用的池沼园囿。

北京在唐代是幽州范阳郡，宋代改作燕山府。元人本来自称为大朝，所以把京城叫作大都。元杨瑀著的《山居新话》说万岁山太液池都是金代开发的。待到1292年元代大科学家郭守敬又引了昌平县的水源，扩大了今天的颐和园里的昆明湖。那时北京的河流池沼多是相通的。在清代由颐和园后宫门出来上船，坐船还可过青龙桥直溯玉泉山。现在青龙桥那儿还有过去泊船码头的遗迹。香山麓下从前也可能聚有河水，因为还有古河道可寻，旧河道旁边还有一口井，井边龙王庙上还有一块碑，叫作"盘河帝碑"，所以这里从前可能叫作盘河。有一次我和几个朋友从碧云寺走到颐和园，走在路上的时候，我就想，谁知道踏在我们脚下的圆石子，不就是当年郭守敬在察看河道时候所踏过的呢？而郭守敬也会想到今天北京的人民能创造出像官厅水库那样的水源吗？

今天的碧云寺主要的建筑物多是明代的遗物。从现存的嘉靖九年造的钟，天启四年造的磬，还有崇祯二年造的钟，都可以看出明代历朝对碧云寺都有扩建。正殿的释迦牟尼文殊普贤大势至阿难陀塑像都是明朝塑的，表情生动，线条灵透，人物显出是中国人的脸型，最能表现当时雕塑的风格。正门两厢塑的二金刚力士像和二殿的弥勒佛都是正德时代造的，已经有四百多年了。

这里还有明代的木制的香炉、签筒、烛台，一色红地金漆，都描着夔纹、回纹、串枝连等花纹，形制古朴，一看就是明制。明代监修碧云寺的都是最有权势的内监，魏忠贤也是其中的一个。当时最优秀的工艺工人都是掌握在这批人们的手里。因此，这些制作也必然是当时最优秀工人的最好的作品。这些作品在当时也是不可多得的，何况是几百年后的今天了。所以这些东西最好都用玻璃罩子罩起来，应该严加保护才是。

从正殿出来，西边便是清代（1748年）建造的罗汉堂，里面有508尊罗汉像，一律都是木胎贴金的，各个姿态不同，是很好的艺术品，但是最具有情趣的，而且创造性地突出了十八世纪中国建筑的特色的，我以为是罗汉堂的建筑。真算得上别具风格。这是元明时代的十字楼形的一个发展，朱元璋派人去拆掉的元代宫殿，当时禁城的角楼就是十字形的。后来明朝建的角楼也是十字形的，因为它无论从哪个角度来看都是美的，中国的建筑最讲求从各个方面来看都是一样好看，而罗汉堂不但是继承了这个传统，而且还加以发挥。这个建筑物，不但不管从东南西北哪方面来看都是一样好看（它没有背面），而它利用容积又是最合理的，照理你应该记得，这并不算大的建筑物里面是容纳了508尊罗汉呢，这真是科学和美结合的好榜样，它把空间和形式利用得这么妥当，可算得我国建筑史上一个好标本。但是更妙的，是使走进这个建筑物的人，并不容易察觉出它是一个十字形的。假如你也真的爱上了这个建筑物，那你就会发现屋顶上装饰着的五座小白塔，这也是特异的，中央高耸的屋顶上面有一座，四个屋角上面各安一座，它是很像北海白塔的模型。这五座精致的小塔和中国的起脊斗拱的建筑物结合在一起，可能还是第一次吧，但是，它竟会表现得那么成熟，那么应该如此，仿佛只有这样才好。天方艺术的影响就是这样被我们前辈的巨匠接受下来，这正和我们在瓷器方面也创造过一种奇异的青色一样，一般人都管它叫做回青。

从正殿向后面去，便会碰到一座石牌坊，那上面雕的麒麟和北海铁影壁的浮雕是一脉相传的。后面雕着八仙过海，前面雕着八位古人，这八位古人最可注意。他雕的是：狄仁杰，文添（天）祥，赵必（？），谢玄，陶元（渊）明，诸葛（亮），李蜜（密），（蔺）相汝（如），从这上面的别字看来，可以断定这完全都是按照石刻工匠自己传授的图谱来雕刻的，这个牌坊不仅是人物雕得如生，而整个白石牌坊都是用云纹填满，在半山腰的绿树丛中，它真的就像是由山里白云堆就的一样。从这牌楼上去，便是中印式的金刚宝座塔，修建于1748年。我爬到塔上的时候，正是游人最稀少的时候，一阵鸽铃从我的头顶上斜过，我才看到有一群鸽子正在蓝天上展翅飞翔。我站着的地方正是一个伟大先驱者的衣冠冢，这时，使我默默地复诵他的遗言：和平，奋斗，救中国！而今天中国不只是得救了，而且和世界上进步的力量一道成了世界和平的捍卫者！

待我走下石塔的时候，游人更少了，鸽铃早已不闻，寂寂的堂前只听松子落地有声。一棵由印度传来的娑罗树静植在院子的西边，乾隆曾有御制娑罗树歌，现在在双清别墅里面。这时，太阳西斜，山里已有些阴影了，红鱼在石桥下面浮游，水色深翠，松影在下，愈显得水潭深沉无比，其实这不过是个浅浅的水潭。夏天的时光，人们都愿意坐在它的周围，吃这里山泉煮水沏的茶。

除了这里引来的一股流泉，碧云寺山门前面还有一道流泉，山后也有一道，无冬历夏，都在奔流，这两道泉水似乎有意的给碧云寺带来更多的美丽，它们就像两串珍珠似的把碧云寺圈绕起来。尤其是人们一走到山门前面，悬桥下面，便流泻出碎玉般的一股流泉，叮咚有声，要在夏天顿然使人有种清凉的感觉，禁不住会像孩子似的奔到桥头去看鸣泉下泻，要是在冬天，万物都在封冻了，唯有这注活水依然喷涌不停，而且水边的水草也依然是那么娇绿，人们也还是要奔过桥栏去看的。原来中国人看山看水，也愿看得真认得切，并不是都想隔着一层的呢，据说黄子久就好到泖中通海处（泖就是海湾蓄水的地方）看激流轰浪，虽风雨骤至，水怪悲诧，他还是在看。便是很好的一例。

中国人对山对水的体会特别深特别早，古代人认为玉是山的精华，珠是水的精华，用它们代表山和水的美，后来又用珠玉来形容人。山是高的，水是深的，山和水都是生产的，宝藏是丰富的，又都不是一铲一勺所能影响的，所以中国古语说得好，仁厚的人爱山，智慧的人爱水。我看过俄罗斯山林画家石土金的彩色纪录片，我才知道为什么苏联人民称许他画的内容（只是林木风景，没有人物）是爱国主义的现实主义的，这正和一个中国人，看到黄子久、王蒙的山水画，而唤起对祖国壮丽的山河一种庄严崇慕的情感道理相同。我想，到过香山碧云寺的人，也只有会增加他对人民的首都对祖国对今天的爱，而不会是别的。

香山另外一个优美的去处，也已开放；现在正在修缮中，还没有完工呢，那就是从双清别墅到半山亭、红光寺，直到玉华山庄，这一带虽然没有什么古迹名刹，但是都有无限的自然美，一草一木都有意思，特别是双清，要在夏天来到这里，真会感到寒泉齐响，水木生凉。香山的泉水似乎还没有见诸记载，当地的人管这泉水叫瑶通泉（？），这泉的流量不大，而又分散为许多泉眼，所以很少有大股水泄出，比起樱桃沟的流水要小得多了。樱桃沟在碧云寺东北方，在一个山环里面，有悬崖，有清溪，有乱石，有古树，在山石坪台上面，还有个小小的花园，有草亭，有石蹬，有花有草，人要坐在这个地方看脚下流去的溪水奔腾跳跃，还向乱石丛里拍溅着水花，是谁都会感到生命的欢喜的。我从碧云寺是取道这里回来的，我以为香山碧云寺的游人们，要是从樱桃沟回来，那你便会在北方的山坳里同时又看到了江南的草色波光，当林中传来一两声练鹊的鸣声的时候，使你不能不感到，整个山谷都充满了生命的欢乐。

佳作赏析：

　　端木蕻良（1912—1996），辽宁省昌图县人，满族。现代作家。著有长篇小说《科尔沁草原》《曹雪芹》、散文集《端木蕻良近作》《花·石·宝》等。

　　这是一篇关于香山碧云寺的游记。作者并不急于切入主题，而是先从北京西郊的山说起，并引用了古人的诗句，颇具诗情画意。进入主题以后，作者先从香山古寺的历史渊源说起，然后开始正式介绍碧云寺。作者按游览的先后顺序分别介绍了正殿、罗汉堂、石牌坊，以及寺前的流泉，又就中国人对山水的热爱作了评论。文章语言平实，层次结构清晰，夹叙夹议，读来令人兴趣盎然。

161

华山谈险

□〔中国〕黄苗子

我们这几位"旅行家"在黄河边上的一个小县歇下来。这个地方有许多从各地来的画家们在进行壁画临摹研究工作。当我们宣布要上华山一游之后，曾经去过的画家们就纷纷以一连串惊心动魄的词句来形容华山的险，有人在讲述用铁链子攀缘上去时那种战战兢兢的心情。有人说：上了二十里到"回心石"猛抬头看见挂着铁链的陡壁，已经叫你心神不定，再看看壁上前人的题字：左边刻着"当思父母"，右边却叫你"勇猛前进"，这时真像挂着十五个吊桶在心头——七上八落，不知该拿出勇气上去呢，还是名副其实地到了石边就"回心"转意，到此为止！有人又提到一千年前那位老作家——被称做"韩文公"的老韩愈，他上了苍龙岭不敢下来，急得痛哭一场，连书本子都扔掉了（苍龙岭有"韩愈投书处"）。说这个地方的确好险，现在想起来心头还是蹦跳！

有人听说我要上华山，先把我打量一下，便发问："你有心脏病没有？你神经衰弱不？"

听到了这一系列关于华山的"警告",我心里确实嘀咕起来。我平常到了北京饭店的屋顶向下一望,都觉得目眩心忪,发生马上就要掉下去的感觉,何况攀着铁链子上万丈悬崖,这个滋味儿怕不大好受,心里就凉了半截:待要自己提出取消华山之游,可是话已经说出来,不去,又怕别人笑话。

在一次闲谈中,我们约好的游伴之一,曾经以"考据家"的姿态谈到韩愈投书的问题,他说韩愈"年未四十而视茫茫,而发苍苍,而齿牙动摇"(韩著《祭十二郎文》中语),分明是个未老先衰的旧式书生,他上得华山心里不发抖才怪;我们今天翻山越岭这种体力锻炼不是没有,解放军部队"智取华山"的壮举我们学不到,起码这种不畏艰难的精神是现代中国人都应当有的。

这位同志的话鼓舞了我们,并且确实被一份在路上偶然看到的《新绘详细西京华山胜景全图》那些奇怪的诗句所诱惑:什么"一心游览上华山,四十里高往正南,西岳大部坐正顶,仰天池上把景观,北看黄河来朝献,吹箫引凤中峰盖……"很想看一看究竟,果然几天以后,我们四个人便到达华山山下的华阴县,在那里休息一晚,好准备明天上山。

在华阴,看那高插云霄的三个山峰十分清楚,古人有"天外三峰削不成"的诗句。正好写出它的高峻。

旅馆里来往的不是上山便是下山的人,当我们背着背包、照相机和防备气候变化用的棉衣及毛线衣正要出门的时候,有一位刚从山上下来的旅客和我们打招呼,看看我们这副出门的装备,他带笑地说:"你们上山东西带得太多了,看情况到了山上非逐渐减轻不可,上山下山都得手脚并用,手里可不能拿着东西呀!刚才我还跟店家说笑话,我说你们准得一路扔东西,店家就说他们扔了你就一路跟着捡吧……"

在"华山游口"接洽好背东西兼带路的人,我们便顺利地穿过玉泉院,沿着山沟的溪涧入山。果然渐入佳境,在峡谷中被流水和野花一路吸引住,精神抖擞,腰脚也不觉疲乏,一口气上了五里山路,到一所叫做三教堂的地方歇下来喝茶。

正在这时候,却从山上下来一位气急败坏的青年人,一面擦汗,一面向老道要茶喝。我们问他从哪儿下来，他说："咳！又高又险的路，一口气走了二三十里！我是早上从中峰下来的。这华山真是怕人，半个月前我爬过青海的雪山，还没有这样危险，那苍龙岭两边峭壁，中间一条'鲫鱼背'（意思是像鲫鱼背一样的两边陡峭的山脊），拉着铁链子上下，眼睛往下望，白茫茫一片，云树在万丈山坳底下，叫你心魂都震抖起来。老君犁沟和千尺幢也都是又陡又狭的石壁，一不当心准教你……"他停了一下又说："刚才有一位四十多岁的老乡，是甘肃来的，下苍龙岭吓得直哭，一面哭，一面倒爬着，由两个人前后牵着下来……说老实话，我现在腿还是软的。"我们之中的一位"勇敢的人"先开口："同志，我们还没有上山，先别给我们泄气，想听一听你对于山上风景的意见，冒那么大的险到底值得值不得呢？"年轻人这时立刻堆满笑容说："对呀，我都忘了说，你不上到三峰顶上你真是想象不到，这山上的峰峦变化真是奇妙莫测咧！到了一个峰，你以为是绝境，却不想拐几拐又是一个比头一个更奇更绝的峰。华山的每个峰都各有胜处，北峰看日出和南峰看日出的景色就各有不同，所以为什么从古以来就有许多人爱华山，有许多人愿意一辈子在山上不下来。华山是险，但是确实值得付出一点代价，来领略这个大自然的奇迹！"

从谈话中，我们知道这位青年人是外国语学院的学生，学希腊文；因为有病，医生劝他休养半年，并且劝他旅行。

经过大块小块的石头路，正要上莎萝坪，又碰到从山上下来的西安剧团的演员们。人有时候像蚂蚁，在路上碰头时会聊上几句天，可是在山势如此险仄的所在，我们的谈话也并不怎样恰心。我眼见一位女演员正在用手扶着石头跨过去，一面小心地动作着，一面却"好心"地对我们讲话："哎呀，你们胆小的可不要上去，上头那高山陡壁吓得死人！"这时又是我们队伍中那位"勇敢的人"硬着头皮在答话："不怕，我们胆子都很大。"当然啰，这四个人谁也都不真正"胆子大"。当我们已经走得相当远时，还听得对方低声地说："胆子大……那就好咧。"

上得青柯坪，已经走了十多里路，这时已是旧小说上所说的"午牌时分"，两腿疲乏，勉强地支撑着走到饭堂。道士们端上又香又软的热馍馍，这时才觉得饥饿是首待解决的问题。

华山的道士们有很好的组织，有的参加了农业生产小组，有的参加游客招待小组，招待小组解决游客的食宿问题，简单的菜饭和清洁的卧具使人满意。

在九天宫睡了午觉，便沿路到达回心石，果然，抬头一看……呀！铁链子就挂在那悬崖之上。不是回头就真没有别的路可去了。

只听得我们的"领队"轻轻地、似乎征询也似乎敦促的口气说："怎样？走吧！"那时我已下定决心，就"外强中干"地冒出一声："走！"其实不走也不行哪，哪位带路的人已经背着我们的行李在用手拉着铁链子上去了呢。

四个人战战兢兢地跟着他，此时我忽然发现了一个真理和奇迹：四条"腿"走起路来比两条腿轻松，手拉着铁链，减轻了下肢的重量，觉得既稳当又好走。这样，我们便上了千尺幢———自然，我没有敢向四周和底下看。

千尺幢是两面峭壁当中的一条狭隘的石缝，中间凿出踏步，踏步又陡又浅，全靠拉着两边挂着的铁链上山，这地方除了一线天光之外，周围看不见外景，这倒也感到安全，人一步一步地攀上去，到顶只有一二米大小的一个方洞眼，旁边斜放着铁板，只要把铁板一盖，华山的咽喉便被堵住，山上山下便没有第二条路可通。

从千尺幢上百尺峡，仍然是攀缘铁链上去。顾名思义，它比千尺幢路程较短，但是四周没有遮拦，心理上似乎觉得危险得多。从这里遥望峭壁尽头的群仙观的建筑，感到位置章法十分恰当，叫人想起古画中的"仙山楼阁图"，群仙观是一位老道花了三四十年的精力修盖起来的道观。这位老者今年九十多岁，已经二十多年没有下过山了。

再上去就是老君犁沟，二十年前出版的华山指南，警告游客们到此要"敛神一志，扪索以登，切忌乱谈游视，万一神悸手松，坠不测矣！"因为这是一块大石板，光溜溜的草木不生，两旁竖着石柱，用铁索拦住，人就从这中间上行。自然，身到此间，不用说也就会"敛神一志"的。

攀完了老君犁沟，在太阳将下时，我们到达北峰，真武殿孤零零地立在

165 · 游踪漫影卷 ·

山顶上，好像只要有一阵狂风，就会把整个建筑卷去似的。我们当天就在此住宿一宿。

今晚月色不明，除了迎面翘立的西峰之外，群山都在脚底，清凉的晚风徐徐地给人拂去疲劳，回复神智。此时四山极静，似乎连大自然微细的呼吸都可以听见，除了恋恋于这高峰暮色而痴坐台阶的四个人之外，一切有生，如归寂灭。这时忽从远处飘来一种声音，这声音节奏纤徐，忽然低沉，忽然朗爽，不像诗诵，也不是曲词，它仿佛只是人对自然的独白，是在人的情愫中挑出最悦耳和最清净的一点来献给自然的，一种不可形容的声音语言。自然，只有这种境界更适宜于这种声音，这种境界和声音，确能把人引向另一个渺茫的世界中去，虽然那个世界只是个短暂的，虚幻的，使人犹如欣赏一出美好的古典戏剧一样地去欣赏它。

第二天早晨起来说梦，有人梦见昨晚唱"混元颂"的道士，依然在唱它那听不懂的歌词；有人梦见自己变成巨人，横躺在苍龙岭上。梦究竟是荒唐的事。一早上最叫人暗中着急的是不停地刮着大风，眼看那"一线孤绳，上通霄汉"的苍龙岭兀立在那咆哮的狂风中，不要说人，就是蚂蚁怕也会被吹落到那万丈深坑中去。这时四个人中就有人提出"刮这样大的风，怕上不去吧"的疑问，但谁也没有作正面答复。有人摊开纸笔对着远山作画，于是大家都画起画来。

华山有许多地方像北宋范宽的山水杰作，大片的山石像披麻，像斧劈，也有些地方宜用荷叶皴。望不见底的峭壁，有时只有几根纵线，有时却纵横交错表现出气魄的魁伟。从来画家都爱画华山，但真正把华山画得"形神"兼备却不容易。

午饭以后，我们离开北峰向南，到尽头又是绝路，崖边是垂直的一面石壁，凿出梯形踏步，两旁挂着铁链便人攀登，这就是十丈多高的"上天梯"。过了上天梯，穿过金天洞不远，就是苍龙岭。

苍龙岭是突出的山脊，狭而且长，远看像天上垂下来一根长绳，人就像小虫一样缘着绳子上去。近看两旁渊壑，暝不见底，云从山下冒出，风呼啦呼啦地摇动半山松林，像伸出来的怪手要攫人！我们四个人这时谁也没有说话，按着宽有三四尺、狭仅尺许的踏步，俯身牵住铁链，"脚踏实地"地屏息前进。在前进中，我没有向周围俯视的余暇（自然也没有这种勇气），只是全心全意地爬上龙口；到了龙口，大家坐在石凳上舒一口气，一种解决一个难题以后的快感，浮在每个人脸上。

我们到了中峰，在道观喝了茶，听道士们指着峰峦述说解放华山时战士们的英勇行动和反动武装的怯懦怕死，觉得又兴奋又舒畅。人凭着勇敢和机智，能够战胜敌人也能战胜自然环境。在今天，我们的社会制度底下更有不可胜数的事例，来说明这个真理。

"金锁关"是上东、西、南三峰的隘口，为了夜宿南峰，我们先到南天门一游。南天门的前殿看来平常，从殿后穿出石坪，才看到这个寺观原来是靠着削壁建筑的，西岩有一石门，石门下面铺着两根石桥，桥面宽不到一米，过去是栈道，人牵住石边削壁的铁链，踏着不到六十厘米的狭道移步前行。左边就是一望无底的悬崖。虽然知道南天门的女道士，经常像逛马路一样从此处下朝元洞，过软梯，经"朽朽椽"，到贺老洞；但是我们穿出石门，才踏过了石桥，在心慌脚软的情况下，就只好废然而返！

南峰是太华诸峰的最高处，远望秦岭，少华、终南、太白，这些在平地上觉得骞腾云表的高山，现在都俯伏峰底，有如众星拱北。人在仰天池悄立，真有古人"呼吸通帝座"的感觉。我们借了道士的棉衣穿上，在黄昏时漫步山头，还觉得寒意深重。可不是吗，比我们早不了几天的登山人，还在金天宫门前的钟楼栏杆上写着"一九五七年五月六日，在此遇雪，生平奇观……"等字句儿。道士们说：此地俗语有"上了金锁关，又是一重天"的说法，从山上的气候和植物土壤来看，确实是另一境界。

我不想细说在南峰早上看日出的美妙，也不想描写西峰上每棵松树的风姿；解放华山时在西峰翠云宫捉住反动武装头子的故事让道士们和你详谈，赵匡胤和陈抟老祖下棋，输掉了华山的传说让东峰的下棋亭提出证据，（可是要到下棋亭你得穿过"鹞子翻身"，那也是十分惊险的场面）《宝莲灯》那出戏中"劈山救母"的故事让西峰那块石头和那把铁斧作出附会。……但是这座西岳华山为什么从古以来就会使人感到这么大的兴趣，几千年来有无数诗篇和文章对它作出各种歌颂，《华山志》说它是"轩辕黄帝会群仙之所，所以兴云雨、福苍生也"，封建皇帝又利用它来作为欺骗百姓的工具，历代都举行过崇隆的祀典，而这座山又为什么会引起人们像《宝莲灯》那么美丽动人的幻想？我想，人要是住上几天，亲自和山灵接触一下，必然会解答这个问题。

踏上归途以前，自然还会想到怎样下"苍龙岭""千尺幢"的问题，又会使你发生"好上不好下"的错觉，但是我告诉你：从南峰绝顶回到华阴车站上下四十里路，我们只从早上七时到下午六时半左右就完成了行程，中途还不断的休息、画速写、拍照。

大概上过华山的人都会得到这么一点经验教训：传说和想象中的一切困难要是吓不倒你的时候，你已经达到了目的的一半，此外就是在具体实践中如何稳步前进的问题。如果你还怕上不去，那么每年三月间你来看看附近省、县赶"山会"的六七十岁小脚老太婆，她们百十成群上上下下的盛况，你就知道华山并不如一般人所说的那么"险"。

佳作赏析：

黄苗子（1913—2012），广东中山县人。著有《美术欣赏》《画家徐悲鸿》、《古美术杂记》《八大山人传》，诗集《牛油集》，散文集《货郎集》，杂文集《敬惜字纸》等。

"自古华山一条路"，华山之险天下闻名，而黄苗子的这篇《华山谈险》则将这种险峻淋漓尽致地写了出来，使人们有更加感性和具体的认识。作者开篇并没有直接进入主题，而是通过别人之口先对华山的险作了铺垫和烘托，引起读者的好奇心。接着作者开始写自己爬山的经历和感受，重点介绍了青柯坪、千尺幢、百尺峡、老君犁沟等的情况，重点写了华山最高峰南峰。作者夹叙夹议，华山的美景和险峻兼顾，而文末的议论则蕴含着深刻的哲理：只要有克服困难的精神和气魄，任何艰难险阻都难不住我们。

安徒生的故乡

□ [中国] 叶君健

　　这是一个美丽的城市，古老的房屋，红的、黑的，砖墙，木构，一栋一栋地排列着。这些房子标志着这个城市的年龄。

　　清悠的小河，从城市当中穿流而过，河水流得很慢，几乎看不出它在流动。两岸长着许多树木，有红叶的丹枫，有疏疏落落的白桦，有长条拂水的垂柳。洁白的天鹅在水上浮游，后面往往跟随着一群它们的儿女，小天鹅是毛茸茸的灰色，正像安徒生童话里所描绘的"丑小鸭"。它们不怕人，好像在享受着它们自己的世界的清幽。河里还有一个马头鱼身的铜雕，两股雾汽似的清泉，从它的鼻子里喷向天空。河水在这个城市的中心绕了一个圈子，把岸的草地空阔起来，于是这里就成了一个小小的近似天然的公园。

　　小公园的一些事物，和安徒生有着很多联系。一个丹麦人告诉我：安徒生很小的时候，常常跟随他的母亲，到这条小河里来洗衣服，野天鹅、丑小鸭，都曾唤起了他的美丽的幻想。树木、河水，都曾成为他的童话描述的对象。

后来，为了纪念安徒生，在这个小公园里竖立起一个安徒生的铜像，它的旁边还有一个铜雕，是根据安徒生的童话《野天鹅》的故事雕塑的。艾丽莎睡在11只天鹅的背上，飞向天空。

因此，人们就把这小小公园叫做"安徒生公园"。

这个美丽的城市就是安徒生的故乡——奥顿斯。

这个城市我已经来过三次了，走遍了每一条街，游遍了每一个清幽的角落。这里的小河、树木、天鹅、雕像，尤其是安徒生的故居，也就是安徒生博物馆，都在吸引着我。它们好像使我重读了安徒生童话。

安徒生幼年的影子，在人们的记忆中是很深的，他们看到一个外国人，往往自动地介绍安徒生，他们以有过安徒生为骄傲。关于安徒生的童年，人们讲得非常生动，好像他们都和安徒生一起生活过。不，这里已经没什么人见过安徒生，更没有人见过他的幼年情景。这也许是像童话一样，经过人们创造的吧！

丹麦人领我到一个剧院门口，他指着这个不大新奇的建筑物说："当安徒生还是个小孩子的时候，曾经受雇于这个剧院，给他们贴海报。"

我看到了一幅画：安徒生的父亲在修理皮鞋，他的祖母给他讲故事，幽暗的灯光照耀着幼年的安徒生的瘦削的脸，他已经浸沉在祖母的故事里了。

这些童话似的传说，好像使我的脑子里浮现出一个幼年的安徒生的影子。一个贫穷的孩子，很消瘦，有点营养不良，穿着不整齐的衣服，为了帮助爸爸妈妈增加一点收入，在大街上跑来跑去。也许正是如此，给他培养了丰富的想象，给他增加了写童话的灵感和力量。

他像一个"丑小鸭"吗？是的，社会使他丑，灾难使他丑，求乞的生活使他丑。但是，也正是这些，把他的灵魂洗净，使他美丽起来，像天鹅一样美丽起来。

我参观了安徒生故居，也就是他出生的地方。在一条带着古老的味道、狭窄的胡同里，尖顶的红房子，很矮小，但是很突出，这个小房子连接着几间比较高大的、格调不大相称的陈列室。

那栋小房子里，狭窄得像一条走廊。到底安徒生生在哪里，住在哪里，哪里是他写作的地方，哪里是他父亲的皮鞋作坊，已经没法知道了。在一间宽大的后建的厅堂两侧，陈列着安徒生活着的时候的住室的陈设，据说，这是安徒生的一个女仆依据记忆布置起来的。那些用具是很简单的，最引人注目的是一架屏风，屏风上有美丽而繁杂的花纹图案，细看来，是从许多画报上剪下粘贴在一起的。人像、山林、鸟兽、花草，巧妙地堆凑起来，成为洋洋大观的百衲图。管理员说，这是安徒生的手制。

在陈列室里，可以看到好多细小然而有趣的东西：安徒生的剪纸，幽默而富于想象。他画了许多小幅的速写画，画的技巧不很高明，我们不必要求他是一个卓越的画家，但是看来明快、爽朗。还有他给孩子们画的奇奇怪怪的图画，在书本里压干了的草花等等。好像安徒生对他的环境，对他所接触到的东西，都发生过很大兴趣，他用各种方法来表现它们，记录它们。

在一个小屋子里，陈列着安徒生的遗物，帽子、皮箱、手杖，还有一条粗大的绳子。据管理员说，这都是安徒生旅行的用具。那条绳子是安徒生旅行必要携带的，准备车，船失火，被劫时用以逃脱的工具。大概安徒生是个很有风趣的人吧！还是他对什么事情的一种嘲讽呢？

有些安徒生的手稿，这是很珍贵的东西，很可惜，好多都浸湿发霉以致字迹模糊了。

在厅堂的中间，在通道的转角，可以看到两个很好的安徒生塑像。一个是安徒生在朗读他的童话，他被自己的诗句所感动了。两个孩子蹲在他的脚边，幼小的心灵已经浸沉在迷人的童话里。馆长先生告诉我，这是安徒生活着的时候就塑好的，安徒生并不喜欢这个塑像，他说，为什么要孩子们蜷缩在他的脚下呢？另一个塑像，安徒生抱着一个女孩子的肩头，注视着另一个女孩子，两个女孩子望着安徒生的脸，也许是她们在听着小人鱼骑上玫瑰色的云块，升入天空去的故事而出神吧！

对于安徒生，我知道得不多，我想了解他，这对我说来是有困难的。博物馆里就有安徒生的《我的一生》，花几十个克朗，就可以买到两大厚册。可惜，他对我毫无用处。

在一个圆厅里，画着八幅壁画，叙述着安徒生的经历。

幼小的安徒生，在木构的、狭小的、黑黝黝的屋子里，和他爸爸在一起，和破皮鞋、锤子、刀子在一起。靠墙的一角，竖立着一个盛工具用的立橱，在爸爸的工作台上，点着一盏半明半暗的油灯。这就是安徒生幼年的环境。

这样的环境，不能使安徒生静静地居住下去。于是，他向祖母告别，搭乘一辆载货的马车到哥本哈根去。这幅画上没有他爸爸和妈妈。馆长先生解释说：爸爸死去，妈妈嫁人，安徒生想突破这个寂寞凄惨的境遇，把自己培养成为一个艺术家。

安徒生在哥本哈根并不像他想象的那样顺利，遭到许多白眼，听到许多嘲讽的言语。但是由于他的努力，他的天才，终于得到一位有名的艺术家的帮助，考进了哥本哈根大学。第三幅画就是画的安徒生的入学考试。

丹麦的环境，限制着安徒生的眼界，他到大陆去旅行，他要经历各种各样的生活。在旅行的生活开始之后，他要到意大利去，远岸的山，山后的烟，隔着大海在吸引着他。

旅行的生活，丰富了安徒生的经历，许多优美的童话，受到许多读者的赞誉。他也结识了许多朋友。在朋友的家里，在繁茂碧绿的阔叶树下，他和演员、作家、诗人们，一起讨论着他的作品。

安徒生住在城市，向往着农村，他要和农民们做朋友，每年都要到乡下去住一个时期。农民们，常常把他请到自己家里作为贵宾和朋友。农民们的生活，农民们的想象，经常出现在他的作品里。

挪威的一位著名的女演员，是安徒生的最好的朋友。她常常和安徒生在一起，朗诵着安徒生的童话，优美的诗篇。

后来，奥顿斯市长授给安徒生荣誉公民的称号和荣誉奖状。在这个当儿，安徒生从市政厅的窗子里探出头来，广场上成千的人，拿着火炬，挥舞着帽子，举起手臂，向安徒生欢呼。因为安徒生同情着人们的遭遇，丰富了人们的想象。

看完了壁画，听完了馆长先生的解释，初步满足了我要了解安徒生的愿望。转过另一间，我立刻注意到，在一个玻璃柜子里陈列着红皮的荣誉公民证书。

我拜访了市长先生，当然不是认为童话里的洗衣妇是一个废物的市长，也不是授给安徒生奖状的市长。而是现在的，彬彬有礼的，致力于文化生活的法学博士。我拜访他的目的，是想参观一下市政大厅，安徒生曾经在这里受过欢呼的大厅。但是，一点遗迹也没有，而且谁也讲不出当时的情况。我只在这里和那个第八幅壁画对照了一下，对面的楼房和侧面的教堂，和壁画上的情景、位置完全一样。是旧观未改呢？还是画家照现在的样式画的呢？并不知道。但是我的要求总算有所满足了。

我在出国前，国画家王同仁同志却慨然为我画了一幅中国画风的《天鹅》，由我带去作为送给博物馆的一份礼物。由于它的尺寸很宽，又是在北京用传统的工艺裱出来的，无法装进衣箱，只能拿在手中。我就这样把它夹在腋下，从北京上飞机，经贝尔格莱德转斯德哥尔摩，经过哥本哈根，最后带到奥登塞。这幅画的经历本身就有点传奇。因此当我把它献给博物馆的时候，馆长特别请来记者拍照，并且把这个场面发表在《奥登塞日报》的头版上。中国画家到底还是与这个博物馆——同时也与奥登塞——结下了一点友谊。这种友谊由馆长特别给王同仁同志写的一封道谢信而记录了下来。这幅画当然也与博物馆长存。

在我向奥登塞告别以前，我觉得我还得再看一看流过这个小小古城的那条河，因为它与中国有特殊的关系。它小得像一个溪流，平静得无声无息。但尽管它很寒微，安徒生却说，穿过这条河底，再一直往下走，就可以到达中国。很明显，对这个远方的古老帝国——因为那时中国还是一个帝国——他的脑海里曾经幻想过许多奇异的、但是并不荒唐的东西。除了那美丽的故事《夜莺》，另一篇美丽的故事《牧羊女和扫烟囱的人》中的人物也来自中国。这些故事即使我们今天的中国人看起来，也并不觉得他们完全是抽象。安徒生大概不会想到，他的这些故事——不，他的全部故事——却为社会主义时

173

游踪漫影卷

代的中国成千上万的中国人所喜爱。我，作为一个中国人，过去也从没有想到，我能来到这条河边，在安徒生出生和成长的环境中漫步，并且同"海的女儿"一起在哥本哈根港湾眺望，这一点不禁使我自己也想起我几乎也成了一个童话中的人物。

佳作赏析：

叶君健（1914—1999），湖北红安人，作家、翻译家。著有长篇小说《火花》《自由》《山村》，散文集《两京散记》，译作《安徒生童话全集》等。

这是一篇别具一格的游记，作者游览的并不是风景名胜，而是一位文化名人安徒生的故乡——奥顿斯。一座普通的小城因为安徒生而闻名中外，在作者笔下，小城中的一切也充满了童话色彩。文章重点记述了参观安徒生故居的情形，并简要介绍了安徒生一生的主要经历。安徒生由一个贫穷少年成为举世著名的大作家，这本身就是一个传奇，一个童话。而文末作者代表一位国画家赠画给博物馆，则体现了两国的友谊和中国人民对安徒生的敬仰和怀念之情。

黄山记

□ [中国] 徐迟

一

　　大自然是崇高，卓越而美的。它煞费心机，创造世界。它创造了人间，还安排了一处胜境。它选中皖南山区。它是大手笔，用火山喷发的手法，迅速地，在周围一百二十公里，面积千余平方公里的一个浑圆的区域里，分布了这么多花岗岩的山峰。它巧妙地搭配了其中三十六大峰和三十六小峰。高峰下临深谷；幽潭傍依天柱。这些朱砂的，丹红的，紫霭色的群峰，前拥后簇，高矮参差。三个主峰，高风峻骨，鼎足而立，撑起青天。

　　这样布置后，它打开了它的云库，拨给这区域的，有倏来倏去的云，扑朔迷离的雾，绮丽多彩的霞光，雪浪滚滚的云海。云海五座，如五大洋，汹涌澎湃。被雪浪拍击的山峰，或被吞没，或露顶巅，沉浮其中。然后，大自然又毫不悭吝地赐予几千种植物。它处处散下了天女花和高山杜鹃。它还特意委托风神带来名贵的松树树种，播在险要处。黄山松铁骨冰肌；异萝松天下罕见。这样，大自然把紫红的峰，雪浪云的海，虚无缥缈的雾，苍翠的松，拿过来组成了无穷尽的幻异的景。云海上下，有三十六源，二十四溪，十六泉，还有八潭，四瀑。一道温泉，能治百病。各种走兽之外，又有各种飞禽。神奇的音乐鸟能唱出八个乐音。稀世的灵芝草，有珊瑚似的肉芝。作为最高的效果，它格外赏赐了只属于幸福的少数人的，极罕见的摄身光。这种光最神奇不过。它有彩色光晕如镜框，中间一明镜可显见人形。三个人并立峰上，各自从峰前摄身光中看见自己的面容身影。

这样，大自然布置完毕，显然满意了，因此它在自己的这件艺术品上，最后三下两下，将那些可以让人从人间通入胜境去的通道全部切断，处处悬崖绝壁，无可托足。它不肯随便把胜境给予人类。它封了山。

二

鸿蒙以后多少年，只有善于攀援的金丝猴来游。以后又多少年，才来到了人。第一个来者黄帝，一来到，黄山命了名。他和浮丘公、容成子上山采药。传说他在三大主峰之一，海拔 1840 米的光明顶之傍，炼丹峰上，飞升了。

又几千年，无人攀登这不可攀登的黄山。直到盛唐，开元天宝年间，才有个诗人来到。即使在猿猴愁攀登的地方，这位诗人也不愁。在他足下，险阻山道阻不住他。他是李白。他逸兴横飞，登上了海拔 1860 公尺的莲花峰，黄山最高峰的绝顶。有诗为证：丹崖夹石柱，菡萏金芙蓉，伊惜升绝顶，俯视天目松。李白在想象中看见，浮丘公引来了王子乔，"吹笙舞风松"。他还想"乘桥蹑彩虹"，又想"遗形入无穷"，可见他游兴之浓。

又数百年，宋代有一位吴龙翰，"上丹崖万仞之巅，夜宿莲花峰顶。霜月洗空，一碧万里"。看来那时候只能这样，白天登山，当天回不去。得在山顶露宿，也是一种享乐。

可是这以后，元明清数百年内，绝大多数旅行家都没有能登上莲花峰顶。汪瑾以"从者七人，二僧与俱"，组成一支浩浩荡荡的登山队，"一仆前持斧斤，剪伐丛莽，一仆鸣金继之，二三人肩糗执剑戟以随"。他们只到了半山寺，狼狈不堪，临峰翘望，败兴而归。只有少数人到达了光明顶。登莲花峰顶的更少了。而三大主峰之中的天都峰，海拔只有 1810 公尺，却最险峻，从来没有人上去过。那时有一批诗人，结盟于天都峰下，称天都社。诗倒是写了不少，可登了上去的，没有一个。

登天都，有记载的，仅后来的普门法师、云水僧、李匡台、方夜和徐霞客。

三

白露之晨，我们从温泉宾馆出发。经人字瀑，看到了从前的人登山之途，五百级罗汉级。这是在两大瀑布奔泻而下的光滑的峭壁上琢凿出来的石级，没有扶手，仅可托足，果然惊险。但我们现在并不需要从这儿登山。另外有比较平缓的，相当宽阔的石级从瀑布旁侧的山林间，一路往上铺砌。我们甚至还经过了一段公路，只是它还没有修成。一路总有石级。装在险峻地方的铁栏杆很结实；红漆了，更美观。林业学校在名贵树木上悬挂小牌子，写着树名和它们的拉丁学名，像公园里那样的。

过了立马亭，龙蟠坡，到半山寺，便见天都峰挺立在前，雄峻难以攀登。这时山路渐渐地陡削，我们快到达那人间与胜境的最后边界线了。

然而，现在这边界线的道路全是石级铺砌的了，相当宽阔，直到天都峰趾。仰头看吧！天都峰，果然像过去的旅行家所描写的"卓绝云际"。他们来到这里时，莫不"心甚欲往"。可是"客怨，仆泣"，他们都被劝阻了。"不可上，乃止"，他们没上去。方夜在他的《小游记》中写道："天都险莫能上。自普门师蹑其顶，继之者惟云水僧一十八人集月夜登之，归而几堕崖者已四。又次为李匡台，登而其仆亦堕险几毙。自后遂无至者。近踵其险而至者，惟余侣耳。"

那时上天都确实险。但现今我们面前，已有了上天的云梯。一条鸟道，

177

游踪漫影卷

像绳梯从上空落下来。它似乎是无穷尽的石级，等我们去攀登。它陡则陡矣，累亦累人，却并不可怕。石级是不为不宽阔的，两旁还有石栏，中间挂铁索，保护你。我们直上，直上，直上，不久后便已到了最险处的鲫鱼背。

那是一条石梁，两旁削壁千仞。石梁狭仄，中间断却。方夜到此，"稍栗"。我们却无可战栗，因为鲫鱼背上也有石栏和铁索在卫护我们。这也化险为夷了。

如是，古人不可能去的，以为最险的地方，鲫鱼背，阎王坡，小心壁等等，今天已不再是艰险的，不再是不可能去的地方了。我们一行人全到了天都峰顶。千里江山，俱收眼底；黄山奇景，尽踏足下。

我们这江山，这时代，正是这样，属于少数人的幸福已属于多数人。虽然这里历代有人开山筑道，却只有这时代才开成了山，筑成了道。感谢那些黄山石工，峭壁见他们就退让了，险处见他们就回避了。他们征服了黄山。断崖之间架上桥梁，正可以观泉赏瀑。险绝处的红漆栏杆，本身便是可美的风景。

胜境已成为公园。绝处已经逢生。看呵，天都峰，莲花峰，玉屏峰，莲蕊峰，光明顶，狮子林，这许多许多佳丽处，都在公园中。看呵，这是何等的公园！

四

只见云气氤氲来，飞升于文殊院，清凉台，飘拂过东海门，西海门，弥漫于北海宾馆，白鹅岭。如此之漂泊无定；若许之变化多端，毫秒之间，景物不同；同一地点，瞬息万变。一忽儿阳光泛滥；一忽儿雨脚奔驰。却永有云雾，飘去浮来；整个的公园，藏在其中。几枝松，几个观松人，溶出溶入；一幅幅，有似古山水，笔意简洁。而大风呼啸，摇撼松树，如龙如凤，显出它们矫健多姿。它们的根盘入岩缝，和花岗石一般颜色，一般坚贞。它们有风修剪的波浪形的华盖；它们因风展开了似飞翔之翼翅。从峰顶俯视，它们如苔藓，披复往岩石；从山腰仰视，它们如天女，亭亭而玉立。沿着岩壁折缝，一个个的走将出来，薄纱轻绸，露出的身段翩然起舞。而这舞松之风更把云雾吹得千姿万态，令人眼花缭乱。这云雾或散或聚；群峰则忽隐忽现。刚才还是顶盆雨，迷天雾，而千分之一秒还不到，它们全部散去了。庄严的天都峰上，收起了哈达；俏丽的莲蕊峰顶，揭下了蝉翼似的面纱。阳光一照，丹崖贴金。这时，云海滚滚，如海宁潮来，直拍文殊院宾馆前面的崖岸。朱砂峰被吞没；桃花峰到了波涛底。耕云峰成了一座小岛；鳌鱼峰游泳在雪浪花间。波涛平静了，月色耀眼。这时文殊院正南前方，天蝎星座的全身，如飞龙一条，伏在面前，一动不动。等人骑乘，便可起飞。而当我在静静的群峰间，暗蓝的宾馆里，突然睡醒，轻轻起来，看到峰峦还只有明暗阴阳之分时，黎明的霞光却渐渐显出了紫蓝青绿诸色。初升的太阳透露出第一颗微粒。从未见过这鲜红如此之红；也从未见过这鲜红如此之鲜。一刹那间火球腾空；凝眸处彩霞掩映。光影有了千变万化；空间射下百道光柱。万松林无比绚丽；云谷寺豪光四射。忽见琉璃宝灯一盏，高悬始信峰顶。奇光异彩，散花坞如大放焰火。焰火正飞舞，那暗鸣变色，叱咤的风云又汇聚起来。笙管齐鸣，山呼谷应。风急了。西海门前，雪浪滔滔。而排云亭前，好比一座繁忙的海港，码头上装卸着一包包柔软的货物。我多么想从这儿扬帆出海去。可是暗礁多，浪这样险恶，准可以撞碎我的帆桅，打翻我的船。我穿过密林小径，奔上左数峰。上有平台，可以观海。但见浩瀚一片，了无边际，海上蓬莱，尤为诡奇。我又穿过更密的林子，翻过更奇的山峰，蛇行经过更险的悬崖，踏进更深的波浪。一苇可航，我到了海心的飞来峰上。游兴更浓了，我又踏上云层，到那黄山图上没有标志，在任何一篇游记之中无人提及，根本没有石级，没有小径，没有航线，没有方向的云中。仅在岩缝间，松根中，雪浪褶皱里，载沉载浮，我到海外去了。浓云四集，八方茫茫。忽见一位药农，告诉我，这里名叫海外五峰。他给我看黄山的最高荣誉，一枝灵芝草，头尾花茎俱全，色泽鲜红如像珊瑚。他给我指点了道路，自己缘着绳子下到数十丈深谷去了。他在飞腾，在荡秋千。黄山是属于他的，属于这样的药农的。我又不知穿过了几层云，盘过几重岭，发现我在炼丹峰上，光明顶前。大雨将至，我刚好躲进气象站里。黄山也属于他们，这几个年轻的科学工作者。他们邀我进入他们的研究室。倾盆大雨倒下来了。这时气象工作者祝贺我，因为将看到最好的景色了。那时我喘息甫定，他们却催促我上观察台去。果然，雨过天又晴。天都突兀而立，如古代将军。绯红的莲花峰迎着阳光，舒展了一瓣瓣的含水的花瓣。轻盈的云海隙处，看得见山下晶晶的水珠。休宁的白岳山，青阳的九华山，临安的天目山，九江的匡庐山。远处如白练一条浮着的，正是长江。这时彩虹一道，挂上了天空。七彩鲜艳，银海衬底。妙极！妙极了！彩虹并不远，它近在目前，就在观察台边。不过十步之外，虹脚升起，跨天都，直上青空，至极远处。仿佛可以从这长虹之脚，拾级而登，临虹款步，俯览江山。而云海之间，忽生宝光。松影之荫，琉璃一片，闪闪在垂虹下，离我只二十步，探手可得。它光彩异常。它中间晶莹。它的比彩虹尤其富丽的镜圈内有面镜子。摄身光！摄身光！

这是何等的公园！这是何等的人间！

佳作赏析：

徐迟（1914—1996），浙江吴兴人，诗人、报告文学作家。著作有《哥德巴赫猜想》（报告文学选）、《枯叶蝴蝶》，散文集《法国，一个春天的旅行》，论文集《红楼梦艺术论》《文艺和现代化》等。

黄山是我国东南名山之一，自古有"五岳归来不看山，黄山归来不看岳"的说法，徐迟的这篇《黄山记》是描写黄山风景的名篇。作者文笔生动，诗一样的语言好像一支多彩的画笔，将黄山的山水如画廊一样展示在了读者面前，充满诗情画意。黄山的峰，黄山的云，黄山的水，那奔腾磅礴、不可阻挡的雄奇瑰丽，扑朔迷离，变幻莫测的浪漫灵动在作者笔下表现得淋漓尽致。作者运用了拟人、比喻等多种修辞手法，夹叙夹议，情景交融，字里行间洋溢着对祖国大好河山的热爱之情。

天山景物记

□〔中国〕碧野

朋友，你到过天山吗？天山是我们祖国西北边疆的一条大山脉，连绵几千里，横亘准噶尔盆地和塔里木盆地之间，把广阔的新疆分为南北两半。远望天山，美丽多姿，那长年积雪高插云霄的群峰，像集体起舞时的维吾尔族少女的珠冠，银光闪闪；那富于色彩的不断的山峦，像孔雀正在开屏，艳丽迷人。

天山不仅给人一种稀有美丽的感觉，而且更给人一种无限温柔的感情。它有丰饶的水草，有绿发似的森林。当它披着薄薄云纱的时候，它像少女似的含羞；当它被阳光照耀得非常明朗的时候，又像年轻母亲饱满的胸膛。人们会同时用两种甜蜜的感情交织着去爱它，既像婴儿喜爱母亲的怀抱，又像男子依偎自己的恋人。

如果你愿意，我陪你进天山去看一看。

雪峰·溪流·森林

七月间新疆的戈壁滩炎暑逼人，这时最理想是骑马上天山。新疆北部的伊犁和南部的焉耆都出产良马，不论伊犁的哈萨克马或者焉耆的蒙古马，骑上它爬山就像走平川，又快又稳。

进入天山，戈壁滩上的炎暑就远远地被撇在后边，迎面送来的雪山寒气，立刻会使你感到像秋天似的凉爽。蓝天衬着高矗的巨大的雪峰，在太阳下，几块白云在雪峰间投下云影，就像白缎上绣上了几朵银灰的暗花。那融化的雪水，从高悬的山涧、从峭壁断崖上飞泻下来，像千百条闪耀的银链。这飞泻下来的雪水，在山脚汇成冲激的溪流，浪花往上抛，形成千万朵盛开的白莲。可是每到水势缓慢的洄水涡，却有鱼儿在跳跃。当这个时候，饮马溪边，你坐在马鞍上，就可以俯视那阳光透射到的清澈的水底，在五彩斑斓的水石间，鱼群闪闪的鳞光映着雪水清流，给寂静的天山添上了无限生机。

再往里走，天山越来显得越优美，沿着白皑皑群峰的雪线以下，是蜿蜒无尽的翠绿的原始森林，密密的塔松像撑天的巨伞，重重叠叠的枝丫，只漏下斑斑点点细碎的日影，骑马穿行林中，只听见马蹄溅起漫流在岩石上的水声，增添了密林的幽静。在这林海深处，连鸟雀也少飞来，只偶然能听到远处的几声鸟鸣。这时，如果你下马坐在一块岩石上吸烟休息，虽然林外是阳光灿烂，而遮去了天日的密林中却闪耀着你烟头的红火光。从偶然发现的一棵两棵烧焦的枯树看来，这里也许来过辛勤的猎人，在午夜中他们生火宿过营，烤过猎获的野味。这天山上有的是成群的野羊、草鹿、野牛和野骆驼。

如果说进到天山这里还像是秋天，那么再往里走就像是春天了。山色逐渐变得柔嫩，山形也逐渐变得柔和，很有一伸手就可以触摸到嫩脂似的感觉。这里溪流缓慢，萦绕着每一个山脚，在轻轻荡漾着的溪流两岸，满是高过马头的野花，红、黄、蓝、白、紫，五彩缤纷，像织不完的织锦那么绵延，像天边的彩霞那么耀眼，像高空的长虹那么绚烂。这密密层层成丈高的野花，朵儿赛八寸的玛瑙盘，瓣儿赛巴掌大。马走在花海中，显得格外矫健，人浮在花海上，也显得格外精神。在马上你用不着离鞍，只要稍微伸手就可以满怀捧到你最心爱的大鲜花。

虽然天山这时并不是春天，但是有哪一个春天的花园能比得过这时天山的无边繁花呢？

迷人的夏季牧场

就在雪的群峰的围绕中，一片奇丽的千里牧场展现在你的眼前。墨绿的原始森林和鲜艳的野花，给这辽阔的千里牧场镶上了双重富丽的花边。千里牧场上长着一色青翠的酥油草，清清的溪水齐着两岸的草丛在漫流。草原是这样无边的平展，就像风平浪静的海洋。在太阳下，那点点水泡似的蒙古包在闪烁着白光。

当你尽情策马在这千里草原上驰骋的时候，处处都可以看见千百成群肥壮的羊群、马群和牛群。它们吃了含有乳汁的酥油草，毛色格外发亮，好像每一根毛尖都冒着油星。特别是那些被碧绿的草原衬托得十分清楚的黄牛、花牛、白羊、红羊、在太阳下就像绣在绿色缎面上的彩色图案一样美。

有的时候，风从牧群中间送过来银铃似的叮当声，那是哈萨克牧女们坠满衣角的银饰在风中击响。牧女们骑着骏马，优美的身姿映衬在蓝天、雪山和绿草之间，显得十分动人。她们欢笑着跟着嬉逐的马群驰骋，而每当停下来，就骑马轻轻地挥动着牧鞭歌唱她们的爱情。

这雪峰、绿林、繁花围绕着的天山千里牧场，虽然给人一种低平的感觉，但位置却在海拔两三千米以上。每当一片乌云飞来，云脚总是扫着草原，洒下阵雨，牧群在雨云中出没，加浓了云意，很难分辨得出哪是云头哪是牧群。而当阵雨过去，雨洗后的草原就变得更加清新碧绿，远看像块巨大的蓝宝石，近看缀满草尖上的水珠，却又像数不清的金刚钻。

特别诱人的是牧场的黄昏，周围的雪峰被落日映红，像云霞那么灿烂；雪峰的红光映射到这辽阔的牧场上，形成一个金碧辉煌的世界，蒙古包、牧群和牧女们，都镀上了一色的玫瑰红。当落日沉没，周围雪峰的红光逐渐消褪，银灰色的暮霭笼罩草原的时候，你就可以看见无数点点的红火光，那是牧民们在烧起铜壶准备晚餐。

你用不着客气，任何一个蒙古包都是你的温暖的家，只要你朝火光的地方走去，不论走进哪一家蒙古包，好客的哈萨克牧民都会像对待亲兄弟似的热情地接待你。渴了你可以先喝一盆马奶，饿了有烤羊排，有酸奶疙瘩、有酥油饼，你可以一如哈萨克牧民那样豪情地狂饮大嚼。

当家家蒙古包的吊壶三脚架下的野牛粪只剩下一堆红火烬的时候，夜风就会送来东不拉的弦音和哈萨克牧女们婉转嘹亮的歌声。这是十家八家聚居在一处的牧民们齐集到一家比较大的蒙古包里，欢度一天最后的幸福时辰。

过后，整个草原沉浸在夜静中。如果这时你披上一件皮衣走出蒙古包，在月光下或者繁星下，你就可以朦胧地看见牧群在夜的草原上轻轻地游荡，夜的草原是这么宁静而安详，只有漫流的溪水声引起你对这大自然的遐思。

野马·蘑菇圈·旱獭·雪莲

夜幕中，草原在繁星的闪烁下或者在月光的披照中，该发生多少动人的情景，但人们却在安静的睡眠中疏忽过去了；只有当黎明来到这草原上，人们才会发现自己的马群里的马匹在一夜间忽然变多了，而当人们怀着惊喜的心情走拢去，马匹立刻就分为两群，其中一群会奔腾离你远去，那长长的鬣鬃在黎明淡青的天光下，就像许多飘曳的缎幅。这个时候，你才知道那是一群野马。夜间，它们混入牧群，跟牧马一块嬉戏追逐。它们机警善跑，游走无定，几匹最膘壮的公野马领群，它们对许多牧马都熟悉，相见彼此用鼻子对闻，彼此用头亲热地摩擦，然后就合群在一起吃草、嬉逐。黎明，当牧民们走出蒙古包，就是它们分群的一刻。公野马总是掩护着母野马和野马驹远离人们。当野马群远离人们站定的时候，在日出的草原上，还可以看见屹立护群的公野马的长鬣鬃，那鬣鬃一直披垂到膝下，闪着美丽的光泽。

日出后的草原千里通明，这时最便于去发现蘑菇。天山蘑菇又嫩又肥厚，又大又鲜甜。这个时候你只要立马草原上瞭望，便可以发现一些特别翠绿的圆点子，那就是蘑菇圈。你对着它朝直驰马前去，就很容易在这直径三四丈宽的一圈沁绿的酥油草丛里，发现像夏天夜空里的繁星似的蘑菇。眼看着这许许多多雪白的蘑菇隐藏在碧绿的草丛中，谁都会动心。一只手忙不过来，你自然会用双手去采，身上的口袋装不完，你自然会添上你的帽子、甚至马靴去装。第一次采到这么多新鲜蘑菇，对一个远来的客人是一桩最快乐的事。你把鲜蘑菇在溪水里洗净，不要油，不要盐，光是白煮来吃就有一种特别鲜甜的滋味，如果你再加上一条野羊腿，那就又鲜甜又浓香。

天山上奇珍异品很多，我们知道水獭是生活在水滨和水里的，而天山上却生长着旱獭。在牧场边缘的山脚下，你随处都可以看见一个个洞穴，这就是旱獭居住的地方。从九十月大雪封山，到第二年四五月冰消雪化，旱獭要整整在它们的洞穴里冬眠半年。只有到了夏至后，发青的酥油草才把它们养得胖墩墩，圆滚滚。这时它们的毛色麻黄发亮，肚子拖着地面，短短的四条腿行走迟缓，正可以大量捕捉。

另一种奇珍异品是雪莲。如果你从山脚往上爬，超越天山雪线以上，就可以看见青凛凛的雪的寒光中挺立着一朵朵玉琢似的雪莲，这习惯于生长在奇寒环境中的雪莲，根部扎入岩隙间，汲取着雪水，承受着雪光，柔静多姿，洁白晶莹。这生长在人迹罕到的拔海几千米雪线以上的灵花异草，据说是稀世之宝——一种很难求得的妇女良药。

天然湖与果子沟

在天山峰峦的高处，常常出现有巨大的天然湖，就像美女晨妆时开启的明净的镜面。湖面平静，水清见底，高空的白云和四周的雪峰清晰地倒影水中，把湖山天影融为晶莹的一体。在这幽静的湖中，唯一活动的东西就是天鹅。天鹅的洁白增添了湖水的明净，天鹅的叫声增添了湖面的幽静。人家说山色多变，而事实上湖色也是多变，如果你站立高处瞭望湖面，眼前是一片爽心悦目的碧水茫茫，如果你再留意一看，接近你的视线的是鳞光闪闪，像千万条银鱼在游动，而远处平展如镜，没有一点纤尘或者没有一根游丝的侵扰。湖色越远越深，由近到远，是银白、淡蓝、深青、墨绿，界线非常分明。传说中有这么一个湖是古代一个不幸的哈萨克少女滴下的眼泪，湖色的多变正是象征着那个古代少女的万种哀愁。

就在这个湖边，传说中的少女的后代子孙们现在已在放牧着羊群。湖水滋润着湖边的青草，青草喂胖了羊群，羊奶哺育着少女的后代子孙。当然，这象征着哈萨克族不幸的湖，今天已经变为实际的幸福湖。

山高爽朗，湖边清净，日里披满阳光，夜里缀满星辰，牧民们的蒙古包随着羊群环湖周游，他们的羊群一年年繁殖，他们恋爱、生育，他们弹琴歌唱自己幸福的生活。

高山的雪水汇入湖中，又从像被一刀劈开的峡谷岩石间，泻落到千丈以下的山涧里去，水从悬崖上像条飞链似的泻下，即使站在几十里外的山头上，也能看见那飞链的白光。如果你走到悬崖跟前，脚下就会受到一种惊心动魄的震撼。俯视水链冲泻到深谷的涧石上，溅起密密的飞沫，在日中的阳光下，形成蒙蒙的瑰丽的彩色水雾。就在急湍的涧流边，绿色的深谷里也散布着一顶牧民的蒙古包，像水洗的玉石那么洁白。

如果你顺着弯弯曲曲的涧流走，沿途汇入千百泉流就逐渐形成溪流，然后沿途再汇入涧流和溪流，就形成河流奔腾出天山。

就在这种深山野谷的溪流边，往往有着果树夹岸的野果子沟。春天繁花开遍峡谷，秋天果实压满山腰。每当花红果熟，正是鸟雀野兽的乐园。这种野果子沟往往不为人们所发现。其中有这么一条野果子沟，沟里长满野苹果，连绵五百里。春天，五百里的苹果花开无人知，秋天，五百里成熟累累的苹果无人采。老苹果树凋枯了，更多的新苹果树苗长起来。多少年来，这条五百里长沟堆积了几丈厚的野苹果泥。

现在，已经有人发现了这条野苹果沟，开始在沟里开辟猪场，用野苹果来养育成群成群的乌克兰大白猪；而且有人已经开始计划在沟里建立酿酒厂，把野苹果酿造成大量芬芳的美酒，让这大自然的珍品化成人们的血液，增进人们的健康。

朋友，天山的丰美景物何止这些，天山绵延几千里，不论高山、深谷、不论草原、湖泊，不论森林、溪流，处处都有丰饶的物品，处处都有奇丽的美景，你要我说我可真说不完，如果哪一天你有豪情去游天山，临行前别忘了通知我一声，也许我可能给你当一个不很出色的向导。当向导在我只是一个漂亮的借口，其实我私心里也很想找个机会去重游天山。

佳作赏析：

碧野（1916—2008），广东大埔人，作家。代表作品有报告文学集《北方的原野》，短篇小说集《流落》，长篇小说《阳光灿烂照天山》，散文集《在哈萨克牧场》《月亮湖》等。

与其他名胜古迹比起来，新疆的天山既有浓郁的异域色彩，又是纯粹的自然风景，别有一番韵味。碧野的这篇文章为我们揭开了天山带有几分神秘色彩的面纱。这里风景如画、一座山中往往同时拥有不同季节的景色；当地的少数民族兄弟生活幸福、热情好客；物产丰富，是一个有待开发的巨大宝藏。雪峰、溪流、牧场、野马、蘑菇、旱獭、雪莲、湖泊、野果沟，一切都那么神奇，令人向往。文章语言流畅、文笔优美、风格轻快，比喻、拟人、排比等修辞手法的运用令人目不暇接，通篇都洋溢着作者对祖国大好河山的热爱和赞美之情。

长江三日

□ 〔中国〕刘白羽

十一月十七日

......

雾笼罩着江面，气象森严。十二时，"江津"号启碇顺流而下了。在长江与嘉陵江汇合后，江面突然开阔，天穹顿觉低垂。浓浓的黄雾，渐渐把重庆隐去。一刻钟后，船又在两面碧森森的悬崖陡壁之间的狭窄的江面上行驶了。

你看那急速漂流的波涛一起一伏，真是"众水会万涪，瞿塘争一门。"而两三木船，却齐整地摇动着两排木桨，像鸟儿扇动着翅膀，正在逆流而上。我想到李白、杜甫在那遥远的年代，以一叶扁舟，搏浪急进，该是多少雄伟的搏斗，会激发诗人多少瑰丽的诗思啊！……不久，江面更开朗辽阔了。两条大江，骤然相见，欢腾拥抱，激起云雾迷蒙，波涛沸荡，至此似乎稍为平定，水天极目之处，灰蒙蒙的远山展开一卷清淡的水墨画。

从长江上顺流而下，这一心愿真不知从何时就在心中扎下根子，年幼时读"大江东去……"，读"两岸猿声……"辄心向往之。后来，听说长江发源于一片冰川，春天的冰川上布满奇异艳丽的雪莲，而长江在那儿不过是一泓清溪；可是当你看到它那奔腾叫啸，如万瀑悬空，砰然万里，就不免在神秘气氛的"童话世界"上又涂了一层英雄光彩。后来，我两次到重庆，两次登枇杷山看江上夜景，从万家灯光、灿烂星海之中，辨认航船上缓缓浮动而去的灯火，多想随那惊涛骇浪，直赴瞿塘，直下荆门呀。但亲身领略一下长江风景，直到这次才实现。因此，这一回在"江津"号上，正如我在第二天写的一封信中所说：

"这两天，整天我都在休息室里，透过玻璃窗，观望着三峡。昨天整日都在朦胧的雾罩之中。今天却阳光一片。这庄严秀丽气象万千的长江真是美极了。"

下午三时，天转开朗。长江两岸，层层叠叠，无穷无尽的都是雄伟的山峰，苍松翠竹绿茸茸的遮了一层绣幕。近岸陡壁上，背纤的纤夫历历可见。你向前看，前面群山在江流浩荡之中，则依然为雾笼罩，不过雾不像早晨那样浓，那样黄，而呈乳白色了。现在是"枯水季节"，江中突然露出一块黑色礁石，一片黄色浅滩，船常常在很狭窄的两面航标之间迂回前进，顺流驶下。山愈聚愈多，渐渐暮霭低垂了，渐渐进入黄昏了，红绿标灯渐次闪光，而苍翠的山峦模糊为一片灰色。

当我正为夜色降临而惋惜的时候，黑夜里的长江却向我展开另外一种魅力。开始是，这里一星灯火，那儿一簇灯火，好像长江在对你眨着眼睛。而一会儿又是漆黑一片，你从船身微微的荡漾中感到波涛正在翻滚沸腾。一派特别雄伟的景象，出现在深宵。我一个人走到甲板上，这时江风猎猎，上下前后，一片黑森森的，而无数道强烈的探照灯光，从船顶上射向江面，天空江上一片云雾迷蒙，电光闪闪，风声水声，不但使人深深体会到"高江急峡雷霆斗"的赫赫声势，而且你觉得你自己和大自然是那样贴近，就像整个宇宙，都罗列在你的胸前。水天，风雾，浑然融为一体，好像不是一只船，而是你自己正在和江流搏斗。"曙光就在前面，我们应当努力。"这时一种庄严而又美好的情感充溢我的心灵，我觉得这是我所经历的大时代突然一下集中地体现在这奔腾的长江之上。是的，我们的全部生活不就是这样战斗、航进、穿过黑夜走向黎明的吗？现在，船上的人都已酣睡，整个世界也都在安眠，而驾驶室上露出一片宁静的灯光。想一想，掌握住舵轮，透过闪闪电炬，从惊涛骇浪之中寻到一条破浪前进的途径，这是多么豪迈的生活啊！我们的哲学是革命的哲学，我们的诗歌是战斗的诗歌，正因为这样——我们的生活是最美的生活。列宁有一句话说得好极了："前进吧！——这是多么好啊！这才是生活啊！"……"江津"号昂奋而深沉地鸣响着汽笛向前方航进。

十一月十八日

在信中，我这样叙说："这一天，我像在一支雄伟而瑰丽的交响乐中飞翔。我在海洋上远航过，我在天空上飞行过，但在我们的母亲河流长江上，第一次，为这样一种大自然的威力所吸慑了。"

朦胧中听见广播到奉节。停泊时天已微明。起来看了一下，峰峦刚刚从黑夜中显露出一片灰蒙蒙的轮廓。启碇续行，我到休息室里来，只见前边两面悬崖绝壁，中间一条狭狭的江面，已进入瞿塘峡了。江随壁转，前面天空上露出一片金色阳光，像横着一条金带，其余天空各处还是云海茫茫。瞿塘峡口上，为三峡最险处，杜甫《夔州歌》云："白帝高为三峡镇，瞿塘险过百牢关。"古时歌谣说："滟滪大如马，瞿塘不可下；滟滪大如猴，瞿塘不可游；滟大如龟，瞿塘不可回；滟滪大如象，瞿塘不可上。"这滟滪堆指的是一堆黑色巨礁。它对准峡口。万水奔腾一冲进峡口，便直奔巨礁而来。你可想象得到那真是雪霆万钧，船如离弦之箭，稍差分厘，便撞得个粉碎。现在，这巨礁，早已炸掉。不过，瞿塘峡中，激流澎湃，涛如雷鸣，江面形成无数漩涡，船从漩涡中冲过，只听得一片哗啦啦的水声。过了八公里的瞿塘峡，乌沉沉的云雾，突然隐去，峡顶上一道蓝天，浮着几小片金色浮云，一柱阳光像闪电样落在左边峭壁上。右面峰顶上一片白云像白银片样发亮了，但阳光还没有降临。这时，远远前方，无数层峦叠嶂之上，迷蒙云雾之中，忽然出现一团红雾，你看，绛紫色的山峰，衬托着这一团雾，真美极了，就像那深谷之中向上反射出红色宝石的闪光，令人仿佛进入了神话境界。这时，你朝江流上望去，也是色彩缤纷：两面巨岩，倒影如墨；中间曲曲折折，却像有一条闪光的道路，上面荡着细碎的波光，近处山峦，则碧绿如翡翠。时间一分钟一分钟过去，前面那团红雾更红更亮了，船越驶越近，渐渐看清有一高峰亭亭笔立于红雾之中，渐渐看清那红雾原来是千万道强烈的阳光。八点二十分，我们来到这一片晴朗的金黄色朝阳之中。

抬头望处，已到巫山。上面阳光垂照下来，下面浓雾滚涌上去，云蒸霞蔚，颇为壮观。刚从远处看到那个笔直的山峰，就站在巫峡口上，山如斧削，隽秀婀娜，人们告诉我这就是巫山十二峰的第一峰，它仿佛在招呼上游来的客人说："你看，这就是巫山巫峡了。""江津"号紧贴山脚，进入峡口。红彤彤的阳光恰在此时射进玻璃厅中，照在我的脸上。峡中，强烈的阳光与乳白色云雾交织一处，数步之隔，这边是阳光，那边是云雾，真是神妙莫测。几只木船从下游上来，帆蓬给阳光照的像透明的白色羽翼，山峡却越来越狭，前面两山对峙，看去连一扇大门那么宽也没有，而门外，完全是白雾。

八点五十分，满船人，都在仰头观望。我也跑到甲板上来，看到万仞高峰之巅，有一细石耸立如一人对江而望，那就是充满神奇缥缈传说的美女峰了。据说一个渔人在江中打鱼，突遇狂风暴雨，船覆灭顶，他的妻子抱了小孩从峰顶眺望，盼他回来，一天一天，一月一月，他终未回来，而她却依然不顾晨昏，不顾风雨，站在那儿等候着他——至今还在那儿等着他呢！……

如果说瞿塘峡像一道闸门，那么巫峡简直像江上一条迂回曲折的画廊。船随山势左一弯，右一转，每一曲，每一折，都向你展开一幅绝好的风景画。两岸山势奇绝，连绵不断，巫山十二峰，各峰有各峰的姿态，人们给它们以很高的美的评价和命名，显然使我们的江山增加了诗意，而诗意又是变化无穷的。突然是深灰色石岩从高空直垂而下浸入江心，令人想到一个巨大的惊叹号；突然是绿茸茸草坂，像一支充满幽情的乐曲；特别好看的是悬岩上那一堆堆给秋霜染得红艳艳的野草，简直像是满山杜鹃了，峡急江陡，江面布满大大小小漩涡，船只能缓缓行进，像一个在崇山峻岭之间慢步前行的旅人。但这正好使远方来的人，有充裕时间欣赏这莽莽苍苍、浩浩荡荡长江上大自然的壮美。苍鹰在高峡上盘旋，江涛追随着山峦激荡，山影云影，日光水光，交织成一片。

十点，江面渐趋广阔，急流稳渡，穿过了巫峡。十点十五分至巴东，已入湖北境。十点半到牛口，江浪汹涌，把船推在浪头上，摇摆着前进。江流刚奔出巫峡，还没来得及喘息，却又冲入第三峡——西陵峡了。

西陵峡比较宽阔，但是江流至此变得特别凶恶，处处是急流，处处是险滩。船一下像流星随着怒涛冲去，一下又绕着险滩迂回浮进。最著名的三个险滩是：泄滩、青滩和崆岭滩。初下泄滩，你看着那万马奔腾的江水会突然感到江水简直是在旋转不前，一千个、一万个漩涡，使得"江津"号剧烈震动起来。这一节江流虽险，却流传着无数优美的传说。十一点十五分到秭归。据袁崧《宜都山川记》载：秭归是屈原故乡，是楚子熊绎建国之地。后来屈原被流放到汨罗江，死在那里。民间流传着：屈大夫死日，有人在汨罗江畔，看见他峨冠博带，美髯白皙，骑一匹白马飘然而去。又传说：屈原死后，被一大鱼驮回秭归，终于从流放之地回归楚国。这一切初听起来过于神奇怪诞，却正反映了人民对屈原的无限怀念之情。

秭归正面有一大片铁青色礁石，森然耸立江面。经过很长一段急流绕过泄滩。在最急峻的地方，"江津"号用尽全副精力，战抖着，震颤着前进。急流刚刚滚过，看见前面有一奇峰突起，江身沿着这山峰右面驶去，山峰左面却又出现一道河流，原来这就是王昭君诞生地香溪。它一下就令人记起杜甫的诗："群山万壑赴荆门，生长明妃尚有村。"我们遥望了一下香溪，船便沿着山峰进入一灌无比险峻的长峡——兵书宝剑峡。这儿完全是一条窄巷，我到船头上，仰头上望，只见黄石碧岩，高与天齐，再驶行一段就到了青滩。江面陡然下降，波涛汹涌，浪花四溅，当你还没来得及仔细观看，船已像箭一样迅速飞下，巨浪为船头劈开，旋卷着，合在一起，一下又激荡开去。江水像滚沸了一样，到处是泡沫，到处是浪花。船上的同志指着岩上一片乡镇告我："长江航船上很多领航人都出生在这儿……每只木船要想渡过青滩，都得请这儿的人引领过去。"这时我正注视着一只逆流而上的木船，看起这青滩的声势十分吓人，但人从汹涌浪涛中掌握了一条前进途径，也就战胜了大自然了。

中午，我们来到了崆岭滩跟前，长江上的人都知道："泄滩青滩不算滩，崆岭才是鬼门关。"可见其凶险了。眼看一片灰色石礁布满水面，"江津"号却抛锚停泊了。原来崆岭滩一条狭窄航道只能过一只船，这时有一只江轮正在上行，我们只好等下来。谁知竟等了那么久，可见那上行的船只是如何小心翼翼了。当我们驶下崆岭滩时，果然是一片乱石林立，我们简直不像在浩荡的长江上，而是在苍莽的丛林中找寻小径跋涉前进了。

十一月十九日

早晨，一片通红的阳光，把平静的江水照得像玻璃一样发亮。长江三日，千姿万态，现在已不是前天那样大雾迷蒙，也不是昨天"巫山巫峡色萧森"，而是"楚地阔无边，苍茫万顷连"了。长江在穿过长峡之后，现在变得如此宁静，就像刚刚诞生过婴儿的年轻母亲一样安详慈爱。天光水色真是柔和极了。江水像微微拂动的丝绸，有两只雪白的鸥鸟缓缓地和"江津"号平行飞进，水天极目之处，凝成一种透明的薄雾，一簇一簇船帆，就像一束一束雪白的花朵在蓝天下闪光。

在这样一天，江轮上非常宁静的一日，我把我全身心沉浸在"红色的罗莎"——卢森堡的《狱中书简》中。

这个在一九一八年德国无产阶级革命中最坚定的领袖，我从她的信中，感到一个伟大革命家思想的光芒和胸怀的温暖，突破铁窗镣铐，而闪耀在人间，你看，这一页：

雨点轻柔而均匀地洒落在树叶上，紫红的闪电一次又一次地在铅灰色中闪耀，遥远处，隆隆的雷声像汹涌澎湃的海涛余波似地不断滚滚传来。在这一切阴霾惨淡的情景中，突然间一只夜莺在我窗前的一株枫树上叫起来了！在雨中，闪电中，隆隆的雷声中，夜莺啼叫得像是一只清脆的银铃，它歌唱得如醉如痴，它要压倒雷声，唱亮昏暗……

昨晚九点钟左右，我还看到壮丽的一幕，我从我的沙发上发现映在窗玻璃上的玫瑰色的返照，这使我非常惊异，因为天空完全是灰色的。我跑到窗前，着了迷似的站在那里。在一色灰沉沉的天空上，东方涌现出一块巨大的、美丽得人间少有的玫瑰色的云彩，它与一切分隔开，孤零零地浮在那里，看起来像是一个微笑，像是来自陌生的远方的一个问候。我如释重负地长吁了一口气，不由自主地把双手伸向这幅富有魅力的图画。有了这样的颜色，这样的形象，然后生活才美妙，才有价值，不是吗？我用目光饱餐这幅光辉灿烂的图画，把这幅图画的每一线玫瑰色的霞光都吞咽下去，直到我突然禁不住笑起自己来。天哪，天空啊，云彩啊，以及整个生命的美并不只存在于佛龙克，用得着我来跟它们告别？不，它们会跟着我走的，不论我到哪儿，只要我活着，天空、云彩和生命的美会跟我同在。

"江津"号在平静的浪花中缓缓驶行。我读着书，一种非常珍贵的感情渗透我的全身。我必须立刻把它写下来，我愿意把它写在这奔腾叫啸、而又安静温柔的长江一起，因为它使我联想到我前天想到的"战斗——航进——穿过黑夜走向黎明"的想象，过去，多少人，从他们艰巨战斗中向往着一个美好的明天呀！而当我承受着像今天这样灿烂的阳光和清丽的景色时，我不能不意识到，今天我们整个大地，所吐露出来的那一种芬芳、宁馨的呼吸，这社会主义生活的呼吸，正是全世界上，不管在亚洲还是在欧洲，在美洲还是在非洲，一切先驱者的血液，凝聚起来，而发射出来的最自由最强大的光辉。我读完了《狱中书简》，一轮落日——那样圆，那样大，像鲜红的珊瑚球一样，把整个江面笼罩在一脉淡淡的红光中，面前像有一种细细的丝幕柔和地、轻悄地撒落下来。

最后让我从我自己的一封信中抄下一段，来结束这一日吧：

夜间，九时余——从前面漆黑的夜幕中，看见很小很小几点亮光。人们指给我那就是长江大桥，"江津"号稳稳地向武汉驶近。从这以后，我一直站在船上眺望，渐渐地看出那整整齐齐的一排像横串起来的珍珠，在熠熠闪亮。我看着，我觉得在这辽阔无边的大江之上，这正是我们献给我们母亲河流的一顶珍珠冠呀……再前进，江上无数蓝的、白的、红的、绿的灯光，拖着长长倒影在浮动，那是无数船只在航行，而那由一颗颗珍珠画出的大桥的轮廓，完全像升在云端里一样，高耸空中，而桥那面，灯光稠密的简直像是灿烂的金河，那是什么？仔细分辨，原来是武汉两岸的亿万灯光。当我们的"江津"号，嘹亮地向武汉市发出致敬欢呼的声音时，我心中升起一种庄严的情感，看一看！我们创造的新世界有多么灿烂吧！……

╭ **佳作赏析：**

刘白羽（1916—2005），北京人，作家。主要作品有短篇小说集《草原上》《五台山下》；中篇小说《火光在前》；散文集《红玛瑙集》等。

这是一篇描写长江三峡风景的名篇。作者写了自己乘"江津"号自重庆顺流而下穿过三峡的沿途见闻与感受。整篇文章充满诗意的浪漫，轮船在前进，江边的景色在不断变幻，而作者的思潮也在翻腾。长江三峡气象万千的壮丽景色与作者胸中汹涌澎湃的激情完全交融在一起。文章描绘出了一幅壮丽的三峡风光图，给人以昂扬向上的力量和一种奇伟、刚健的美的享受。而当作者将三峡壮景与时代的生活联系起来以后，"我觉得这是我们所经历的大时代突然一下集中地体现在这奔腾的长江之上。是的，我们的全部生活不就是这样战斗、航行、穿过黑夜走向黎明的吗？"则使文章的立意更加高远，也更富有哲理性。文章气势壮阔，格调高昂，读起来扣人心弦，使人精神振奋。

秦淮拾梦记

□〔中国〕黄裳

在住处安顿下来，主人留下一张南京地图，嘱咐我好好休息一下就离开了。遵命躺在床上，可是无论如何也睡不着。只好打开地图来看，一面计划着游程。后来终于躺不住，索性走出去。

在珠江路口跳上电车，只一站就是新街口，这个闹市中心对我来说已经完全变成了一个陌生的地方，新建的市楼吞没了旧时仅有的几幢"洋楼"。三十年前，按照我的记忆，这地方就像被敲掉了满口牙齿的赤裸的牙床，只新装了一两颗"金牙"，此外就全是残留着参差断根的豁口。通往夫子庙的大路一眼望不到底，似乎可以一直看到秦淮河。

在地图上很容易就找到了在附近的羊皮巷和户部街。

三十三年以前，报社的办事处就设在户部街上。这真是一个可怜的办事处，在十来亩大小的院落里，零落地放着许多大缸，原来这是一个酱园的作坊。前面有一排房子，办事处借用了两间斗室，睡觉、办公、写稿都在这里。门口也没有挂什么招牌，在当时这倒不失为一种聪明的措置。

我就在这里紧张而又悠闲地生活过一段日子，也并没有什么不满足。特别是从《白下琐言》等书里发现，这里曾经有过一座"小虹桥"，是南唐故宫遗址所在，什么澄心堂、瑶光殿都在这附近时，就更产生了一种虚幻的满足。这就是李后主曾经与大周后、小周后演出过多少恋爱悲喜剧的地方；也是他醉生梦死地写下许多流传至今的歌词的地方；他后来被樊若水所卖，被俘北去，仓皇辞庙、挥泪对宫娥之际，应当也曾在这座桥上走过。在我的记忆里，户部街西面的洪武路，也就是卢妃巷的南面有一条小河，河上是一座桥，河身只剩下一潭深黑色的淤泥，桥身下半也已埋在土里，桥背与街面几乎已经拉平。这座可怜的桥不知是否就是当年"小虹桥"的遗蜕。

三十年前的旧梦依然保留着昔日的温馨。这条小街曾经是很热闹的，每当华灯初上，街上就充满了熙攘的人声，还飘荡着过往的黄包车清脆的铃声，小吃店里的小笼包子正好开笼，咸水鸭肥白的躯体就挂在案头。一直到夜深，人声也不会完全萧寂。在夜半一点前后，工作结束放下电话时，还能听到街上叫卖夜宵云吞和卤煮鸡蛋的声音，这时我就走出去，从小贩手中换取一些温暖……总之，我已完全忽视并忘却这条可以代表南京市内陋巷风格而无愧的小巷的种种，高低不平的路面，从路边菜圃一直延伸过来的沟渠，污水面上还满覆了浮萍。雨后，路上就到处布满了一个个小水潭……

这一切，今天是大大变化了，但有的却没有什么变化。那个酱园作坊的大院子，不用说，是没有找到。户部街的两侧，已经新建了许多工厂、机关……再也没有了那样的空地，但街面依旧像当年一样逼仄。这时正在翻修下水道，路面中间挖起了一条深沟。人们只能在沟边的泥水塘中跳来跳去，要这样一直走到杨公井。寻找旧居的企图是失败了，但这跳来跳去的经验倒还与当年无异。

还是到秦淮河畔去看看吧。

在建康路下车，走过去就是贡院西街。我走来走去找了许久，也没有找到那座已经成为夫子庙标记的亭子。但我毫不怀疑，那拥挤的人群，繁盛的市场，那种特有的气氛，是只有夫子庙才会有的。晚明顾起元在《客座赘语》

中提到这一带时说，"百货聚焉""市魁驵侩，千百嘈囋其中"。这样的气氛，依然保留了下来，但社会的性质完全改变了，一切自然也与过去不同。

与三十年前相比，黄包车、稀饭摊子、草药铺、测字摊、穿了长衫走来走去的人们都不见了；现在这里是各种类型的百货店、饮食店……还有挂了招牌，出售每斤九角一分的河蟹的小铺，和为一个热闹的市井所不可少的一切店铺，甚至在路边上我还发现了一个旧书摊。

穿过街去，就到了著名的秦淮。河边有一排精巧的石栏，有许多老人都在石栏上闲坐，栏杆表面发着油亮的光泽，就像出土的古玉。地上放着一排排鸟笼子。过去对河挂了"六朝小吃馆"店招的地方，现在是一色新修的围墙。走近去凭栏一望，不禁吃了一惊。秦淮河还是那么浅，甚至更浅了，记忆中惨绿的河水现在变成了暗红，散发出来的气味好像也与从前不同了。

在文德桥侧边是新建的"白鹭洲菜场"。卡车正停在门口卸货。过桥就是钞库街，在一个堆了煤块的曲折的小弄墙角，挂着一块白地红字搪瓷路牌，上面写着"乌衣巷"。这时已是下午四时，巷口是一片照得人眼睛发花的火红的夕阳。

乌衣巷是一条曲折的小巷，不用说汽车，脚踏车在这里也只能慢慢地穿过，巷里的人家屋宇还保留着古老的面貌，偶然也能看到小小的院落、花木，但王谢家族那样的宅第是连影子也没有，自然也不会看到什么燕子。

巷子后半路面放宽了，两侧的建筑也整齐起来。笔直穿出去就是白鹭洲公园，但却紧紧地闭着铁门。向一位老人请教，才知道要走到小石坝街的前门才能进去。我顺便又向他探问了一些秦淮河畔的变迁，老人的兴致很好，热情地向我推荐了能吃到可口的蟹粉包子和干丝的地方，但也时时流露出一种惆怅的颜色，当我告诉他三十多年前曾来过这里时，老人睁大了眼睛，"噢，噢，变了，变了。"他指引给我走到小石坝街去的方向，我道了谢，走开去，找到了正门，踏进了白鹭洲公园。

这是一处完全和旧有印象不同了的园林。一切都是新的，包括了草地、新植的树木和水泥制作的仿古亭台。干净、安谧，空阔甚至清冷。我找了一个临水的地方坐下，眼前是夕阳影里的钟山和一排城堞。我搜寻着过去的记忆，记得这里有着一堵败落的白垩围墙，嵌着四字篆字"东园故址"的砖雕门额，后面是几株枯树，树上吊着一个老鸦窠。这样荒凉破败的一座"东园"，今天是完全变了。

园里虽然有相当宽阔的水面，但这地方并非当年李白所说的白鹭洲。几十年前，一个聪明的商人在破败的"东园"遗址开了一个茶馆，借用了这个美丽的名字，还曾请名人撰写过一块碑记。碑上记下了得名的由来，也并未掩饰历史的真相，应该还要算是老实的。

在一处经过重新修缮彩绘的曲栏回廊后面，正举行着菊展，菊花都安置在过去的老屋里，这时暮色已经袭来，看不真切了。各种的菊花错落地陈列在架上、地上，但盆上并没有标出花的名色。像"幺凤""青鸾""玉搔头""紫雪窝"这样的名色，一个都不见。这就使我有些失望。我不懂赏花，正如也不懂读画一样。看画时兴趣只在题跋，看花就必然注意名色。从花房里走出，无意中却在门口发现了那块"东园故址"的旧额，真是如逢旧识。不过看得出来，这是被捶碎以后重新镶拼起来的。面上还涂了一层白粉。即使如此，我还是非常满意。整个白鹭洲公园，此外再没有一块旧题、匾对、碑碣……这是一座风格大半西化了的园林，却恰恰坐落在秦淮河上。

坐在生意兴旺的有名的店里吃着著名的蟹粉小笼包饺和干丝，味道确实不坏。干丝上面还铺着一层切得细细的嫩黄姜丝。这是在副食品刚刚调整了价格之后，但生意似乎并未受到怎样的影响。一位老人匆匆走进来和我同坐，他本意是来吃干丝的，不巧卖完了，只好改叫了一碗面。他对我说："调整了价格，生意还是这么好。不过干丝是素的，每碗也提高了五分钱，这是没有道理的。"我想，他的意见不错。

杂七搭八地和老人谈话，顺便也向他打听这里的情形，经过他的指点，才知道过去南京著名的一些酒家，六华春、太平洋……就曾开设在窗外的一条街上，我从窗口张望了一下，黝黑的一片，什么也看不见。我记起三十多年前曾在六华春举行过一次"盛宴"，邀请了南京电话局长途台的全体女接线员，请求她们协助，打破国民党反动派的干扰，使我每晚打出的新闻专电畅通无阻的旧事。这些年轻女孩子叽叽喳喳的笑语，她们一口就答应下来的爽朗、干脆的姿态，这一切都好像正在目前。

自公元三世纪以来，南京曾经是八个王朝的首都。宫廷政治中心一直在城市的北部、中部。城南一带则是主要的平民生活区。像乌衣巷，曾是豪族的住宅区，不过后来败落了，秦淮河的两岸变成了市民经济和文化生活的中心。明代后期这种发展趋势尤为显著。形成商业中心的各行各业，百工货物，几乎都集中在这里。繁复的文化娱乐活动也随之而发展。这里既是王公贵族、官僚地主享乐的地方，也是老百姓游息的场所。不过人们记得的只是写进《板桥杂记》《桃花扇》里的场景，对普通市民和社会下层的状况则所知甚少，其实他们的存在倒是更为重要的，是全部的基础。曾国藩在镇压了太平天国起义以后，第一件紧急措施就是恢复秦淮的画舫。他不再顾及"理学名臣"的招牌，只想在娼女身上重新找回封建末世的繁荣，动机和手段都是清清楚楚的。

穿着高贵的黑色华服的王谢子弟，早已从历史的屏幕上消失了；披了白袷春衫的明末的贵公子，也只能在旧剧舞台上看见他们的影子，今天在秦淮河畔摩肩擦背地走着的只是那些"寻常百姓"，过去如此，今后也仍将如此。不同的是今天的"寻常百姓"已经不是千多年来一直被压迫、被侮辱损害的一群了。

从饭店里出来，走到街上，突然被刚散场的电影院里涌出的人群裹住，几乎移动不得，就这样一路被推送到电车站，被送进了候车的人群。天已经完全昏黑了，我站在车站上寻思，在三十年以后我重访了秦淮，没有了河房，没有了画舫，没有了茶楼，也没有了"桨声灯影"，这一切似乎都理所当然地成了历史的陈迹。可是我们应该怎样更好地安排人民的休息、娱乐和文化生活呢？人们爱这个地方，爱这个祖祖辈辈的"游钓之地"。我们应该怎样来满足人民炽热的愿望呢？

一九七九年十二月二日

　　黄裳（1919—2012），山东益都人，作家。著有散文集《锦帆集》《锦帆集外》《过去的足迹》《榆下说书》等。

　　"南朝四百八十寺，多少楼台烟雨中"，作为古都的南京历史悠久，而秦淮河则又是南京最负盛名的游览胜地。作者对于秦淮河如梦如幻的景色念念不忘，本来想要寻找三十年前的秦淮故景，却发现秦淮河两岸已经焕然一新，许多故物已经不在，取而代之是充满生机活力的新景、新气象。文章结尾的疑问提出了一个颇值得深思的问题：如何处理保护历史名胜古迹与新兴城市建设之间的关系？如何处理可能产生的问题？这确实值得大家好好思考。

桂林山水

□ [中国] 方纪

到了桂林，每日面对着这胜甲天下的桂林山水，看着它在朝雾夕辉、阴晴风雨中的变化，实在是一种很大的享受。于是众心里，羡慕起住在桂林的人们来了。虽然早在二十三年前，抗日战争时期，我在桂林的八路军办事处工作过半年多；但那时候，一来年青，二来也没有看风景的心情，除了觉得这些山水果真奇展品，七星岩里还可以躲躲空袭之外，于它的胜美之处，实在是很少领略的。一九五九年夏天——刚好过了二十年，李可染同志由桂林写生回到北京，寄了一幅画给我看，标题是《桂林画山侧影》。一下子，我就被画幅吸引了，画面把我带了一种可以说是幸福的回忆中——不仅是桂林的山水，连同和这相关联的那一段生活，都在我记忆里复活起来。那些先前不曾领会的，如今领会了；先前不曾认识的，如今认识了。桂林山水，是这样逼真地又出现在我面前。这时，我惊叹于艺术的力量之大，感人之深。并且惊叹之余，还诌了这样四句不成样子的旧诗寄他：

皴法似此并世无，墨犹剥漆笔犹斧；

画山九峰兀然立，语意新出是功夫。

这次重到桂林，置身桂林山水之间，使我又想到了可染同志的这幅画。于是就记忆，印证了画与山的关系，艺术与真实的关系；明白了它们怎样地从自然存在，经过画家的劳动，变为有生命的、可以打动人心灵的艺术作品。

桂林山水的宜于入画，古人早已注意到了。宋代诗人黄庭坚就写道："桂岭环城如雁荡，平地苍玉忽嵯峨。李成不生郭熙死，奈此千峰百嶂何。"诗人的意思，恐怕不止是说当时画家画桂林山水的少，还在说，即使李成、郭熙在，也还没有画出如桂林山水的这般秀丽来吧？后来元明人多画黄山，到清初的石涛，由于他的出生桂林，才把他幼年的印象，带入山水画中，形成了独特的风格。到了近代，山水画大师黄宾虹，便以能"遍写桂林山水"为生平得意，齐白石更说"自有心胸甲天下，老夫看惯桂林山"了。所以看起来，桂林山水的入画，对于丰富中国山水画的技法，该是不无关系的。

至于在文学上，为桂林山水塑造出一种形象，为人所公认，并能传之千古，恐怕至今还要推韩愈的"江作青罗带，山如碧玉簪"两句。他把桂林山水拟人化，比喻为一个素朴而秀美的女子，确是有独到的观察。虽然这种形象，在我们时代的生活里已桂林山水的面貌和性格来的。这次到桂林，登叠彩山，攀明月峰，凌空一望，果然，漓江澄碧，自西北方向款款而来，直逼明月峰下，然后向东一转，穿桂林市，绕伏波山、象鼻山，向东南而去。正像一条青丝罗带，随风飘动。而周围的山峰，在阳光和雾霭的照映中，绿的碧绿、蓝的翠蓝、灰的银灰，各个浓淡有致，层次分明，正像美人头上的装饰，清秀淡雅。

概括一带自然面貌，塑造出鲜明的形象来，在文字上是不容易的，往往不是过分刻画，就是失之抽象。难怪后来的诗人，包括那些知名的如黄庭坚、范成大、刘后村等等，虽都到了桂林，写了诗，但却没有一个形象如韩愈的这般概括而生动。范成大写《桂海虞衡志》，极力状写桂林山水的奇异，结果是人家不相信，只好画了图附去。可见用语言文字，表现一些人所不经见的东西，是需要一点艺术手段的。

古人于描写山水中创造意境，不独描写自然的面貌，是早有体会的。所以山水画、风景诗，才成为作者思想与人格的表现。柳宗元的遭贬柳州为"僇人"，终日"施施而行，漫漫而游"，结果是写出了寻些意境清新、韵味隽永的散文来。试读众《桂州訾家洲亭记》以下，至《至小丘西小石潭记》的十来篇，在描写桂林一带的山水上，真是精美无匹。这些散文虽只记述一次出游，或描写一丘一壑，一水一石，长不逾千，短的不到二百字，但那观察之细微，体会之深入，描绘之精确，文字之简洁，在古代描写风景的散文里，可以说是少见的。柳宗元在这些文章里创造了一系列前人所无的境界，到最后，却自己写道："坐潭上，四面竹树环合，寂寥无人，凄神寒骨，悄怆幽邃。以其境过清，不可久居，乃记之而。"（《而至小丘西小石潭记》）他对这样的山水得出一个"清"字的境界来，这于他那个时代的桂林的自然面貌，并自身遭遇的感受，是非常确切的。但当他概括地写到桂林的山，便也只有"发地峭竖，林立四野"八个字了。

在散文里面，描写桂林山水的真实性、具体性上，倒要推徐宏祖的《徐霞客游记》。他的散文很少概括和比拟，但却忠实而详尽。读起来你不免要为他的游兴所动，为他的辛勤所感，为他的具体而生动的记游所心向往之。不过你要想从他的记述里去想象桂林山水到底是什么样子，却也不易。他自己就说："然予所欲睹者，正不在种种规似也。"他是另一种游法，另一种写法的。他记述自然面貌，道路里程，水之所出，出之所向。人的游记，不独是好的文学作品，而且留下许多有用的科学资料。所以看起来，徐宏祖倒是古今第一个最会游历的人。他不辞辛苦地游，倾家荡产地游，走遍天下，所到之处，如实记载，即兴发抒，不拘一格，不做规拟，倒成了他的散文的最能引人入胜的特色。

所以从古以来，山水怎么看，恐怕是各人各有心胸的。但一切既反映了自然真实面貌，又创造了崇高意境的，则无论是绘画、诗、散文，都成为了我国人民的精神财富，为我们伟大祖国的富丽山河，赋予了种种美好的形象和性格，启示了和发展着人们的爱国主义思想情感。

桂林山水，毕竟是美的。早晨起来，打开窗子，便有一片灰得发蓝的色扑进房子里来，照得房间里的墙壁、书桌，连同桌上的稿纸，都仿佛有一层透明的岚光在浮动。而窗前的树，案头的花，也因为这山岚的照耀，绿得更深，红得更艳了。

当然，这是太阳的作用。太阳这时还在山那面，云里边。由于重重山峰的曲折反映，层层云雾的回环照耀，阳光在远近的山峰、高低的云层上，涂上浓淡不等的光彩。这时，桂林的山最是丰富多彩了；近处的蓝得透明；远一点的灰得发黑；再过去，便挨次地由深灰、浅灰，而至于只剩下一抹淡淡的青色的影子。但是，还不止于此。有时候，在这层分明、重叠掩映的峰峦里，忽然现出一座树葱茏、岩石峻嶒的山峰来。在那涂着各种美丽色彩的山峰中间，它像一是一个不礼貌的汉子，赤条条地站在你面前——那是因为太阳穿过云层，直接照在了它身上。

接着，便可以看到，漓江在远处慢慢地泛着微光，一闪一闪地亮起来了。太阳把漓江染成了一条透明的青丝罗带，轻轻地抛落在桂林周围的山峰中间。

这时，你可以出去了。无论走到什么地方，有时是转过一幢房子，忽然一座高倚天表的山峰，矗立在你面前。有时是坐在树下，透过茂密的枝叶，又看到它清秀的影子。或者在公园的亭子里，你刚探出身，一片翠幕般的青峰，就张挂在亭子的飞檐上。如果站在湖边，它那粼粼波动的倒影，常常能引起你好一阵的遐思。

这样，桂林山水，总是无时无处不在你的身边，不在你眼里，不在你心里，不在你的感受和思维中留下它的影响。

但是，如果住在阳朔，那感觉不知会是怎样的？就去过一次印象说，只好用"仙境"二字来形容。那山比起桂林来，要密得多，青得多，幽得多，也静得多了。一座座的山峰，从地面上直拔了起来，陡升上去却又互相接连，互相掩映，互相衬托着。由于阳光的照射，云彩的流动，雾霭的聚散和升降，不断变换着深浅浓淡的颜色。而且，阳朔的山，不像桂林的那样裸露着岩石，而是长满了茂密的丛林，把它遮盖得象穿上了绿色天鹅绒的裙子。这还不算，最妙的是在春天，清明前后，在那翠绿的丛林中，漫山遍野开满了血红的杜鹃。就像在绿色天鹅绒的裙子上，绣满了鲜艳的花朵。这使得人在一片幽静的气氛中，能生发出一种热烈的情感。

到阳朔去，最好是坐了木船在漓江里去。单是那江里的倒影，就别有一番境界。那水里的山，比岸上的山更为清晰；而且因为水的流动，山也仿佛流动起来。山的姿态，也随着船的位置，不断变化。漓江的水，是出奇的清的，恐怕没有一条河流的水能有这样清。清到不管多么深，都可以看到底；看到河底的卵石，石上的花纹，沙的闪光，沙上小虫爬过的爪痕。河底的水草，十分茂密。长长的、像蒲草一样的叶子，闪着碧绿的光，顺着水的方向向前流动。

从桂林到阳朔，有人比喻为一幅天然的画卷。但比起画卷来，那山光水色的变化，在清晨，在中午，在黄错，却是各有面目，变化万千，要生动得多的。尤其是在春雨迷蒙的早晨，江面上浮动着一层轻纱般的白蒙蒙的雨丝，远近的山峰完全被云和雨遮住了。这时只有细细的雨声，打着船篷，打着江面，打着岸边的草和树。于是，一种令人感觉不到的轻微的声响，把整个漓江衬托静极了。这时忽然一欸乃，一只小小的渔舟，从岸边溪流里驶入江来。顺着溪流望去，在细雨之中，一片烟霞般的桃花，沿小溪两岸一直伸向峡谷深处，然后被一片看不清的或者是山，或者是云，或者是雾，遮断了。

这时，我想起了可染同志的《杏花春雨江南》……

但是，接着，"画山"在望了。陡峭的石壁，直立在岸边，由于千百万年风雨的剥蚀，岩石轮廓分明地现出许多层次，就像无数山峰重叠起来压在一起。这些轮廓的线条，层次的明暗，色彩的变化，使人们把它想象成为九匹骏马，所以画山又称"画山九马图"。九匹骏马，矗立在漓江岸边的石壁上，或立或卧，或仰或俯，或奔腾跳跃，或临江漫饮，看上去确是极为生动的。但是，可染同志的那幅《桂林画山侧影》，同时在我记忆里复活起来，而且是更为生动地在我面前出现了。

　　画的篇幅不大，而且是全不着色的白描。整个画面，几乎全被兀立的山岩占满了，只在画面下部不到五分之一的位置，有一排树木葱茏的村舍，村前田塍上，有一个牵牛的人走来。但这些都不是画的主体，也不引起观者的特别的注意。而一下子就吸引了观者的，正是那满纸兀立的山岩。山岩像挨次腾起的海上惊涛，一浪高过一浪，层层叠竖，前呼后拥，陡直地升高上去，升高上去，直到顶部接近天空的地方，才分出画山九峰的峰峦来，而山岩石壁，直如斧劈斩一样，峻嶒峻峭，粗涩的石灰岩质，仿佛伸手就能触到。于是整个画山，现出一种雄奇峻拔、咄咄逼人的气势。这时，在我面前，画山仿佛脱离开周围的山而凸现出来，活动起来，变成了一个有生命，有血肉，有思想和情感的物体。自然存在的山，和艺术创作的山，竟分不出界限，融为一体。

　　但是，这只是一刹那间事。等到画山过去，印象消逝，在我记忆里，便只剩下一种雄奇的意境，奋发的情思了。……

　　坐在船头，我木然地沉思着，并且像是有所领悟地想到：人的劳动，人的精神的创造，是这样神奇！它像是在人和自然之间，搭起了一座神话中的桥梁；又像是一门神话中的金钥匙，打开了神仙洞府的门。人们通过这桥梁，走进这洞门，才看清了自然的底蕴，自然的灵魂。

　　桂林山水，从地质学的观点看来，不过是一种"喀斯特"现象：石灰岩的碳酸钙质，长期为水溶解，而形成"溶洞"地区。除桂林外，云南的石林，也是地质上所谓的"喀斯特最发育"的地区。作为一种自然现象，它们本身原无所谓美丑。这些山水的美，和有些山水的不美，或不够美，原是人在社会生活中，长期观察和比较的结果。而这美丑的观念，正是人对自然界施加劳动和意识作用的产物。人对自然的这种劳动和意识作用，已经是历史形成了，自然美也就成为了一种独立的客观存在。并且，在不同的时代和阶级，不断地改变着人对自然美的观点，而使得人对自然的认识，日益深刻和丰富起来。

　　山水画作为一种艺术，从古以来就成为了帮助人们认识自然，欣赏自然美，进而帮助人们"按照美的法则"，改造自然的一种手段。和所有的艺术一样，它的力量是建筑在对自然的深刻观察和具体描写上。可染同志的画，就具有这样的特点——不只观察深刻，而且描写具体；因而看起来真实而且有力。结果，就使你从对山水的具体感受中，不知不觉进入了画家所创造的精神境界。无论是雄伟，无论是壮丽，无论是种种可以使你对祖国山河油然而生的爱恋情绪。这时，你会感觉到，你的爱国主义是具体的，有力量的，是饱和着自己的经验和感受在内的激昂奋发的情绪。于是，画家的劳动，也就在这时得到了报偿。

可染同志近年来画了不少写生作品，他把自己这种创作方法叫做"对景创作"。在这些作品中，当然没有凭空虚构，但也没有临摹自然。他总是描写一个具体对象，并且把所描写的对象放在一个具体的环境中。然后，他的概括也是大胆的；他总是在一笔不苟的具体刻画中，去表现对象的精神世界。这样，就在这些叫做"写生"的作品中，产生了那种人人可以看得见，感觉到的祖国河山具体而又普遍的典型性格。

也许正是在这一点土吧，《桂林画山侧影》成功了。它透过对桂林的石灰岩质的真实而大胆的刻画，表现了桂林山水的精神面貌。因而对观众，对我，产生一种能以根据自身经验去进一步认识生活的艺术的力量。

佳作赏析：

方纪（1919—1998），河北省辛集市（原束鹿县）人，作家。著有短篇小说集《不连续的故事》，长篇小说《老桑树底下的故事》，散文集《挥手之间》等。

"桂林山水甲天下"，古往今来关于桂林山水的文章诗词和画作数不胜数，而这篇《桂林山水》则别具特色，文章虽然也有对桂林风景的具体描绘，但更多的是在介绍历代文人墨客对桂林山水的记述、描绘，旁征博引，知识性、趣味性十足。而通过对这些历代文章诗词和画作的介绍，更烘托出了桂林山水的美。文章语言精练，刻画生动，寓情于景，作者对祖国大好河山的热爱之情溢于言表。

桃花源记

□〔中国〕汪曾祺

　　汽车开进桃花源，车中一眼看见一棵桃树上还开着花。只有一枝，四五朵，通红的，如同胭脂。十一月天气，还开桃花！这四五朵红花似乎想努力地证明：这里确实是桃花源。

　　有一位原来也想和我们一同来看看桃花源的同志，听说这个桃花源是假的，就没有多大兴趣，不来了。这位同志真是太天真了。桃花源怎么可能是真的呢？《桃花源记》是一篇寓言。中国有几处桃花源，都是后人根据《桃花源诗并记》附会出来的。先有《桃花源记》，然后有桃花源。不过如果要在中国选举出一个桃花源，这一个应该有优先权。这个桃花源在湖南桃源县，桃源旧属武陵。而且这里有一条小溪，直通沅江。陶渊明的《桃花源记》不是这样说的么："晋太原中，武陵人，捕鱼为业，缘溪行，忘路之远近。……"

　　刚放下旅行包，文化局的同志就来招呼去吃擂茶。耳擂茶之名久矣，此来一半为擂茶，没想到下车后第一个节目便是吃擂茶，当然很高兴。茶叶、老姜、芝麻、米，加盐，放在一个擂钵里，用硬杂木做的擂棒"擂"成细末，用开水冲开，便是擂茶。吃擂茶时还要摆出十几个碟子，里面装的是炒米、炒黄豆、炒绿豆、炒包谷、炒花生、砂炒红薯片、油炸锅巴、泡菜、酸辣藠头……边喝边吃。擂茶别具风味，连喝几碗，浑身舒服。佐茶的茶食也都很好吃，藠头尤其好。我吃过的藠头多矣，江西的、湖北的、四川的……但都不如这里的又酸又甜又辣，桃源藠头滋味之浓，实为天下冠。桃源人都爱喝擂茶。有的农民家，夏天中午不吃饭，就是喝一顿擂茶。问起擂茶的来历，说是：诸葛亮带兵到这里，士兵得了瘟疫，遍请名医，医治无效，有一个老婆婆说："我会治！"她熬了几大锅擂茶，说："喝吧！"士兵喝了擂茶，都好了。这种说法当然也只好姑妄听之。诸葛亮有没有带兵到过桃源，无可稽考。根据印象，这一带在三国时应是吴国的地方，若说是鲁肃或周瑜的兵，还差不多。我总怀疑，这种喝茶法是宋代传下来的。《都城纪胜》中"茶坊"载："冬天兼卖擂茶"。《梦粱录》"茶肆"条载："冬月添卖七宝擂茶。"有一本书载："杭州人一天吃三十丈木头。"指的是每天消耗的"擂槌"的表层木质。"擂槌"大概就是桃源人所说的擂棒。"一天吃三十丈木头"，形容杭州人口之多。

擂槌可以擂别的东西，当然也可以擂茶。"擂"这个字是从宋代沿用下来的。"擂"者，擂而细之谓也，跟擂鼓的擂不是一个意思。茶里放姜，见于《水浒传》，王婆家就有这种茶卖，《水浒传》第二十四回写道："便浓浓的点两盏姜茶，将来放在桌子上。"从字面看，这种茶里有茶叶，有姜，至于还放不放别的什么，只好阙闻了。反正，王婆所卖之茶与桃源擂茶有某种渊源，是可以肯定的。湖南省不少地方喝"芝麻豆子茶"，即在茶里放入炒熟且碾碎的芝麻、黄豆、花生，也有放姜的，好像不加盐，茶叶则是整的，并不擂细，而且喝干了茶水还把叶子捞出来放进嘴里嚼嚼吃了，这可以说是擂茶的嫡堂兄弟。湖南人爱吃姜。十多年前在醴陵、浏阳一带旅行，公共汽车一到站，就有人托了一个瓷盘，里面装的是插在牙签上的切得薄薄的姜片，一根牙签上插五六片，卖与过客。本地人掏出角把钱，买得几串，就坐在车里吃起来，像吃水果似的。大概楚地卑湿，故湘人保存了不撤姜食的习惯。生姜、茶叶可以治疗某些外感，是一般的本草书上都讲过的。北方的农村也有把茶叶、芝麻一同放在嘴里生嚼用来发汗的偏方。因此，说擂茶最初起于医治兵士的时症，不为无因。

上午在山上桃花观里看了看。进门是一正殿，往后高处是"古隐君子之堂"。两侧各有一座楼，一名"蹑风"，用陶渊明"愿言蹑轻风"诗意；一名"玩月"，用刘禹锡故实。楼皆三面开窗，后为墙壁，颇小巧，不俗气。观里的建筑都不甚高大，疏疏朗朗，虽为道观，却无甚道士气，既没有一气三清的坐像，也没有伸着手掌放掌心雷降妖的张天师。楹联颇多，联语多隐括《桃花源记》词句，也与道教无关。这些联匾在"文化大革命"中由一看山的老人摘下藏了起来，没有交给破四旧的红卫兵，故能完整地重新挂出来，也算万幸了。

下午下山，去钻了"秦人洞"。洞口倒是有点像《桃花源记》所写的那样，"山有小口，仿佛若有光"，"初极狭，才通人"。洞里有小小流水，深不过人脚面，然而源源不竭，蜿蜒流至山下。走了十几步，豁然开朗了，但并不是"土地平旷，屋舍俨然，有良田美池桑竹之属，阡陌交通，鸡犬相闻"。后面有一点平地，也有一块稻田，田中插一木牌，写着"千丘田"，实际上只有两间房子那样大，是特意开出来种了稻子应景的。有两个水池子，山上有一个擂茶馆，再后就又是山了。如此而已。因此不少人来看了，都觉得失望，说是"不像"。这些同志也真是天真。他们大概还想遇见几个避乱的秦人，请到家里，设酒杀鸡来招待他一番，这才满意。

看了秦人洞，便扶向路下山。山下有方竹亭，亭极古拙，四面有门而无窗，墙甚厚，拱顶，无梁柱，云是明时所筑，似可信。亭后旧有方竹，为国民党的兵砍尽。竹子这个东西，每隔三年，须删砍一次，不则挤死；然亦不能砍尽，砍尽则不复长。现在方竹亭后仍有一丛细竹，导游的说明牌上说：这种竹子看起来是圆的，摸起来是方的。摸了摸，似乎有点棱。但一切竹竿似皆不尽浑圆，这一丛细竹是补种来应景的，和我在成都薛涛井旁所见方竹不同，那是真正的"角四方"的。方竹亭前原来有很多碑，"文化大革命"中都被红卫兵椎碎了，剩下一些石头乌龟昂着头空空地坐在那里。据说有一块明朝的碑，字写得很好，不知还能不能找到拓本。

旧的碑毁掉了，新的碑正在造出来。就在碎碑残骸不远处，有几个石工正在丁丁地斫治。一个小伙子在一块桃源石的巨碑上浇了水，用一块油石在慢慢地磨着。碑石绿如艾叶，很好看。桃源石很硬，磨起来很不容易。问："磨这样一块碑得用多少工？"——"好多工啊？哪晓得呢！反正磨光了算！"这回答真有点无怀氏之民的风度。

晚饭后，管理处的同志摆出了纸墨笔砚，请求写几个字，把上午吃擂茶时想出的四句诗写给了他们：

> 红桃曾照秦时月，
> 黄菊重开陶令花。
> 大乱十年成一梦，
> 与君安坐吃擂茶。

晚宿观旁的小招待所，栏杆外面，竹树萧然，极为幽静。桃花源虽无真正的方竹，但别的竹子都可看。竹子都长得很高，节子也长，竹叶细碎，姗姗可爱，真是所谓修竹。树都不粗壮，而都甚高。大概树都是从谷底长上来的，为了够得着日光，就把自己拉长了。竹叶间有小鸟穿来穿去，绿如竹叶，才一寸多长。

> 修竹姗姗节子长，
> 山中高树已经霜。
> 经霜竹树皆无语，
> 小鸟啾啾为底忙？

晨起，至桃花观门外闲眺，下起了小雨。

山下鸡鸣相应答,

林间鸟语自高低。

芭蕉叶响知来雨,

已觉清流涨小溪。

做了一日武陵人,临去,看那个小伙子磨的石碑,似乎进展不大。门口的桃花还在开着。

佳作赏析:

汪曾祺(1920—1997),江苏高邮人,作家。著有小说集《邂逅集》,小说《受戒》《大淖记事》,散文集《蒲桥集》等。

汪曾祺的这篇《桃花源记》与其说是一篇游记,不如说是一篇颇具情趣的随笔。文章没有多少对桃花源景色的直接描写,反而不厌其烦地介绍起当地的风土人情和特色小吃,充满浓郁的生活气息。通篇都是拉家常的话,古今轶事、天南海北娓娓道来,读来丝毫不觉得枯燥和平淡,反而情趣盎然。而文章开头与结尾对桃花源门口桃花的描写,使得文章结构完整,却又给人意犹未尽之感,堪称点睛之笔。

沧海日出

——北戴河散记之一

□〔中国〕峻青

乍从那持续多日干燥燠热的北京，来到这气温最高不过摄氏二十度左右的北戴河，就像从又热又闷的蒸笼里跳进了清澈凉爽的池水里似的，感到无比的爽快、惬意、心身舒畅。在这舒畅惬意之余，真有些相见恨晚了。

说起来也很惭愧，我这个生长于渤海之滨从小就热爱大海的人，虽然也曾游览过一些国内外著名的海滨胜地，然而这名闻遐迩向往已久的北戴河，却一直到现在，才第一次投入了它的怀抱。不过，说也奇怪，在这之前，我虽然没有到过北戴河，但是我对它却并不陌生，不止是响亮的名字，而且它那幽美的风貌，我也早就观赏过了。不是从图画和电影中，也不是借助于文学作品或者人们的口头描叙，却是在一个梦中，不，确切一点说，是在一个像梦一般的幻境中。

那是在我童年的时候，有一次，我到刚退了潮的海滩上去赶海，那一天，海上有着一层白蒙蒙的雾气，它像薄纱似地在海面上轻飘飘地浮动着。就在这烟雾迷蒙的地方，我看见了一幅神奇的景象：在那本来是水天一碧清澈明净的海空之上，突然出现了一片不时幻变着的种种景色。这景色，开始时并不十分真切，影影绰绰的，一会儿仿佛是行云流水，一会儿仿佛是人马车辆。到后来，那迷离模糊的景物越来越清晰了，就像电影中渐渐淡出的镜头一样，我的面前，出现了一幅迷人的画面：一抹树木葱茏的山峦，横亘在大海的上空，一块块奇形怪状的岩石，耸立在山峰之上，一幢幢小巧玲珑的楼房，掩映在郁郁葱葱的树木之中。啊，这么多各种样式不同的楼房：圆顶的、尖顶的、方顶的，好看极了。我从来没有看见过这种种好看的楼房，它是那么美，那么奇特。还有庙宇寺院，亭台楼阁，它们有的深藏在林木环绕的山崖里，有的耸立在峭壁巉岩的山巅上，特别是那耸立在最东边一处陡峰上面的四角凉亭，连同它旁边的一块高高地耸立在大海里的岩石，非常令人瞩目，那亭子里面，还影影绰绰地仿佛是有人影在活动哩。一缕缕乳白色的烟雾，在山树间，海边上飘荡着，使得这迷人的景色，时隐时现，似幻似真，更增加了幽美和神秘的色彩。……

忽然间，一阵大风吹来，那山峦树木亭台楼阁，霎时间变成了一缕缕青烟，一片片白云，飘荡着、幻变着、像电影的淡入镜头一样，消失了，不见了。于是，那刚才出现这景象的地方，又恢复了它原来的样子：碧波万顷的大海和湛蓝无垠的天空。

这倏忽而来而又飘忽而没的神奇景色，简直使我惊呆了，也着迷了。我瞪大着眼睛，问我周围的人们：

"这是什么？"

"海市。"一位我称他为戚二大爷的老渔民回答。

"不，是仙境。"另一位姓李的老头说。

"玩哩，哪里是什么仙境？"戚二大爷反驳李老头说，"是北戴河。"

这就是我第一次听到北戴河这名字。为了证实他的话，戚二大爷还指出了一些地名，比如最东角上那特别令人瞩目的凉亭和巉岩，叫鸽子窝。西山顶上松柏环绕中的那座古刹叫观音寺等等。但，老实说，我对这并不感兴趣，也可以说不愿相信人间竟然真的会有这么一个美妙神奇的所在，而倒更多的相信李老头的话：那是仙境，是没有人间烟火世俗喧嚣的虚幻缥缈的仙境。
所以当时我就以一种怀疑的口气问戚二大爷说：

"你说是北戴河，可是，你到过那儿吗？"

"当然到过。要不，我怎么知道它是北戴河呢？"这位在海上漂泊了一
辈子的老渔民自豪地说。"它就在我们这大海的对面。"

"这么说，这个地方咱们是能到的了。"我高兴地说。

"别听他的，"李老头白了戚二大爷一眼说，"仙界福地，凡人怎么能到
呢？"

"怎么不能？"戚二大爷说，"坐上船一直向北，如果遇上了顺风，一天
一夜就到了。"

"啊，那太好了。"我倒宁愿相信戚二大爷的话了，"要是有一天，我也
能到那儿去看看，那该有多好啊！"

李老头把大胡子一翘说："你这小子别胡思乱想了。别说走一天一夜，你
就是走一辈子，也到不了那个地方。你没有那么大的命。那儿是仙境。"

这话虽然未免使我有点扫兴，但却总也信以为真。

长大了。增长了一些知识才知道：那大海的对面，确实是有一个叫北戴
河的地方，而且是一个非常有名的地方。因此，这地方就常常在我的思慕和
向往之中了。特别是当读到一些描述这儿风物的文学作品时，比如曹操那脍
炙人口的诗篇：

东临碣石

以观沧海

……

秋风萧瑟

洪波涌起

既醉心于这诗词的优美，更神往于那山海的雄伟，于是，对北戴河这地

方的兴致也就越发浓厚了。

也曾向写过《雪浪花》和《秋风萧瑟》的杨朔打听过：

"北戴河真的像你文章中所写的那么美吗？"

"确实很美。"杨朔兴致勃勃地回答说。

"比咱们的蓬莱、烟台、青岛如何？"因为是胶东同乡，于是我就提出这些我们共同熟悉的地方。心想有个比较。

"不能比，"杨朔连连地摇着头说，"各有各自的美，各有各自不同的风貌。至于那不同在什么地方，那就看各人的感受了，而且也不是言语所能形容的。所以我劝你有机会时，还是自己去领略一番吧。"

说的也是，人们的社会生活和大自然中，有些事物，常常是只能意会不可言传的，更何况百闻不如一见，于是，我决心找个机会，去北戴河看看。这与其说是我对于海边风景的特殊爱好，毋宁说是想印证一下童年时代看到的那次海市的情景的好奇心。

机会是很多的，也许正因为如此，所以每次都想：这次就算了吧，以后再去，反正机会多的是。哪知就这样一直拖延了下来，到"文化大革命"开始后，人身都失去了自由，连自己的亲人都看不到，更哪里还敢奢想去北戴河呢？不，想，倒也确实是想过。在那漫长而又寂寞的铁窗生活中，人生的乐趣，往日的梦想，什么没有反反复复地想过呢？北戴河和海市中的情景当然也不例外，而且，每当想到它的时候，总不免有些遗憾，后悔过去失去了太多的机会，又怅惘今后不复再有这样的机会了。于是不禁想起了当年在海滩上看海市时李老头说的话："你这小子，就是走一辈子，也到不了那个地方。你没有那么大的命。"

曾经萌发过一闪念的困惑：人生，真的由命吗？这命，又当作何解释？答案当然是否定的。更多的却还是自我讽嘲：当整个国家和人民都在遭受着深重的苦难，多少精神和物质上的宝贵财富被破坏殆尽的时候，没有到过北戴河，又算得了什么呢？当然自己也清楚：在那种大夜弥天的时刻，哪里还有什么闲情逸致去奢想北戴河？这只不过是表现了对于自由的强烈向往和渴望而已。

也许正是因为这个原因吧，现在，当我真的终于来到了北戴河的时候，那种感受，那种心情，真是无法用笔墨来形容。

好奇心终于得到了满足，印证的结果是确实无讹：那横亘在蓝天白云之间的一带山峦，那掩映在葱茏林木中的庙宇寺院亭台楼阁，那耸立在海边和山上的岩巉怪石，尤其是西山上的观音寺，东岭上的鸽子窝……这一切，恰和当年我在这渤海南岸千里之外的海滩上看到的海市蜃景一模一样，宛如两张同样的照片叠在一起似的。这实在不能不使我惊奇了。然而，这还仅仅是我最初的一点点印象，而却不是我最深刻的感受。

最深刻的感受是什么呢？是美，是一种特别的美，充满了诗情画意的美。

就拿山来说吧，这儿的山，比别处并没有什么特别之点，然而却使我感到它特别美，特别好看。海，也是如此。它仿佛特别的蓝，特别的壮丽雄伟。而且，这儿，一天之内，一夜之间，日出日落，潮涨潮退，风雨阴晴，都各有不同的姿态，各有不同的美。我常和三两好友，在不同的时刻，不同的气候中，漫步山林与海滨，去领略那姿态万千风貌各异的美。我尤其喜欢在那夕阳衔山的傍晚，坐在海边的岩石上面，眼看着西天边上的晚霞渐渐地隐去，黄昏在松涛和海潮声中悄悄地降落下来，广阔的天幕上出现了最初的几颗星星，树木间晃动着飒飒飞翔的蝙蝠的黑影，这时候，四周静极了，也美极了，什么喧嚣的声音都听不到，只听见海水在轻轻地舐着沙滩，发出温柔的细语，仿佛它也在吟哦那"黄昏到寺蝙蝠飞"的诗句，赞美这夜幕初降时刻的山与海的幽美。等到那一轮清辉四射的明月，从东面黑苍苍的水天交界之处的大海里涌了出来时，这山与海，又有一番不同的情景了。这时候，那广阔的大海，到处闪烁着一片耀眼的银光，海边的山川、树木，楼房、寺院、也洒上了柔和的月光，这月光下的北戴河，就活像一幅淡淡的水墨画儿似的，隐隐约约朦朦胧胧的，又是一种富有诗意的美。

甚至，夜深时分，当你躺到床上闭上了眼睛的时候，一切景物都看不见了，却仍然还能感受到那种诗意的美的存在。这就是那催你入眠的涛声，这涛声，在万籁俱寂的夜里，有节奏地哗——哗——响着，温柔极了，好听极了，简直就是一支优美的催眠曲，每天夜里，我都在这温柔悦耳的涛声中入睡，每天清晨，又在这温柔悦耳的涛声中醒来。

啊！美，伟大的美，令人陶醉的美。

然而，还有更美的呢：那就是日出。

人们告诉我，在北戴河那著名的二十四景当中，最美、最壮丽的景致要算是那在东山鹰角亭上看日出了。

看日出须得早起。四点钟还不到，我就爬起身来沿着海边的大路向着东山走去。这时候，天还很黑。夜间下了一场雨，现在还未晴透。但是云隙中却已经放射出残星晓月的光辉。我贪婪地呼吸着那雨后黎明的清新空气，一个人在空荡荡不见人迹的路上走着，还以为我是起身最早的一个呢。哪知爬上了山顶一看，有两个黑黝黝的人影，早已伫立在鹰角亭旁了。

嗬！还有比我更积极的人。

走到亭前仔细一看，却原来是一老一小，那老的年纪约在七旬开外，一头皓发，满腮银髯，一看那风度，就猜得出是位学者。小的是一个二十多岁的姑娘，很美，也很窈窕，却有着北方人的那种健壮的体魄。那两人看到我，都彬彬有礼地点了点头，又转回身去，继续倚着亭柱凝神观望东方的海空。我不愿干扰他们的清兴，颔首还礼之后，也倚在一根亭柱上面，默默地眺望起来。

这时候，残云已经散尽了，几颗寥寥的晨星，在那晴朗的天空中闪烁着越来越淡的光辉。东方的天空，泛起了粉红色的霞光，大海，也被这霞光染成了粉红的颜色。这广阔无垠的天空和这广阔无垠的大海，完全被粉红色的霞光融合在一起了，分不清它们的界限，也看不见它们的轮廓。只感到一种柔和的明快的美。四周静极了，只听见山下的海水轻轻地冲刷着巉岩的哗哗声，微风吹着树叶的沙沙声。此外，什么声音都没有，连鸟儿的叫声也没有，仿佛，它们也被眼前这柔和美丽的霞光所陶醉了。

早霞渐渐变浓变深，粉红的颜色，渐渐变成为橘红以后又变成为鲜红了。

而大海和天空，也像起了火似的，通红一片。就在这时，在那水天融为一体的苍茫远方，在那闪烁着一片火焰似的浪花的大海里，一轮红得耀眼光芒四射的太阳，冉冉地升腾起来，开始的时候，它升得很慢，只露出了一个弧形的金边儿，但是，这金边儿很快地在扩大着，扩大着，不住地扩大着涌了上来。到后来，就已经不是冉冉飞起了，而是猛地一跳，蹦出了海面。霎时间，那辽阔无垠的天空和大海，一下子就布满了耀眼的金光。在那太阳刚刚跃出的海面上，金光特别强烈，仿佛是无数个火红的太阳铺成了一条又宽又亮又红的海上大路，就从太阳底下，一直伸展到鹰角亭下的海边。这路，金晃晃红彤彤的，又直又长，看着它，情不自禁地使人想到：循着这条金晃晃红彤彤的大路，就可以一直走进那太阳里去。

啊，美极了，壮观极了。

我再回头向西边望去，只见西面的山峰、树木、庙宇、楼房，也全都罩上了一轮金晃晃的红光。还有那从渔村里飘起了的乳白色的炊烟和在山林中飘荡的薄纱似的晨雾，也都变成了金晃晃红彤彤的颜色，像一缕缕色彩鲜艳的缎子，在山林和楼房之间轻轻地飘拂着、飘拂着。于是，那山峰、树木、庙宇、楼房，就在这袅袅的炊烟和晨雾之中，时隐时现，似真似幻。看着眼前这迷人的景色，我恍惚觉得自己又回到了童年时代，置身于渤海南岸的渔村海滩上。一时间，我竟然忘记了我眼前的这幅带有神奇色彩的幽美画面，究竟是北戴河中的海市呢，还是海市中的北戴河？究竟是实实在在的人间呢？还是那虚幻缥缈的仙境？

"啊，美极了，太美了！"我的身旁，有人在大声赞叹了。

我回头望去，原来是陪同那个老学者的年轻姑娘。她双手抱在胸前，仰脸望着那从大海中升起的太阳，现出异常激动而又惊奇的神色。她那充满了青春活力的美丽的脸，在朝阳和霞光的映照下，红彤彤的显得更加鲜艳，更加美丽，真像一朵盛开怒放的三月桃花。

是的，美，实在是太美了。老实说，著名的中外海滨胜地，我看到的虽然不能算多，可也不算太少。青岛、烟台、普陀、南海自不消说，波罗的海海滨也曾到过。日出呢，也不止看过一次，在那一万公尺以上的高空中的飞机上看到过，在那黄山后海的狮子峰上看到过，也在那视野辽阔的崂山顶上看到过。可是，为什么这儿的山，这儿的海，这儿的日出，我觉得比起上面我所看到过的那一些都更使我感到美？为什么？

我正在思索之间，仿佛应和着我的这个思想似的，那姑娘又回头看着那位老学者，提出了我心里正在想着的这个问题。

"爷爷，这儿十年前，咱们也曾来过几次，可是为什么今天我觉得它比过去更美了？为什么，你说呀。"

那位老者没有回答孙女的问话，却兀自高高地仰着头，眼睛一动不动望着那金晃晃红彤彤的东方海空。用他那洪亮的声音，朗朗地吟哦出下面的诗句：

云开山益秀

雨霁花弥香

十年重游处

不堪话沧桑。

"好，好诗！"我情不自禁地喊了起来，因为它正好道出了我们的共同感受，也回答了我正在思考的问题。

那姑娘嫣然一笑，连连地点着头，用她那银铃般的声音，重复和品味着这诗句：

"云开山益秀，雨霁花弥香。对，是这个道理。"接着，又把头摇了几摇，蹙着眉头说，"不过，后面的那一句我不同意。它有点伤感的味道。你瞧，云开了，雨霁了，太阳又重新出来了。眼前的景物这么美，老是伤感能行吗？"

"对，好孩子，你说的对。一切都过去了，不应该伤感，也没有时间伤感，应该抓紧这大好时光，奋勇前进。我不老，我觉得我更年轻了，我还可以和你们那些年轻人比赛一阵子，怎么样？"那老学者说罢，哈哈大笑着，伸开胳膊把孙女揽在怀里，爷孙两个，说着笑着，大踏步地向着前面走去。金晃晃红彤彤的朝阳和霞光，映照在他们的身上，使得他们的全身也都金晃晃红彤彤的煞是好看，他们就在这初升的阳光下安详地坚定地走着、走着，一直走进了那橘红色的山林深处，不见了。仿佛，他们和那金晃晃红彤彤的朝阳和霞光溶化成为一体。……

这又是一幅多么美好的图画啊！

而这，却又是我童年时看到的那个海市蜃景中所没有的。是的，那海市虽然也很美，但却绝对没有像今天的北戴河这样美。然而，这样美的又岂止是北戴河呢？

佳作赏析：

峻青（1922—），原名孙俊卿，山东海阳人，作家。著有散文集《欧行书简》《秋色赋》《雄关赋》《俊青散文集》《屐痕集》。

这是一篇寄景抒情的佳作。文章写于改革开放新时期，通过对北戴河美妙景色的描写，表达了作者对新时代、新生活的热爱和赞美之情。作者对北戴河的了解始自在一次海市蜃楼中看到的"仙境"，既具有传奇色彩，又烘托出了北戴河的风景奇佳：简直就是人间仙境。接下来作者通过实地游览的所见所闻，证实了北戴河果然名不虚传。而对看日出一段的描写，在描绘美妙图景的同时，更具有象征意义：祖国在新时代就像这轮初升的太阳一样，充满生机，蒸蒸日上。

孟庄小记

□ [中国] 宗璞

神在哪里？

1992 年 10 月 22 日至 11 月 2 日，在杭州北高峰下灵隐寺的孟庄小住。孟庄在一片茶园之中。每天清晨，一行行茶树吸了一夜的露水，微微发亮，格外精神，手一碰湿漉漉的。茶花有铜板大，颜色陈旧，貌不惊人。还有小小的茶果，据说毫无用处，只有割去。别的植物以花胜以果胜，唯独茶以叶胜。大概力量都聚在叶里，别的便不顾及了。

随着清晨一起来的，是灵隐寺的喧嚣。很难想象沸腾人声来自清净佛地。及至身临其境，才知那"市场"与"市场"是符合的。

刚到"咫尺西天"的大影壁前，便有十多个妇女围上来。"买香？买香？"一面把香递到面前。一路走过去，便是一场推销与抗购的斗争。除了香，还有小佛像、小玻璃坠等买来只有扔掉的东西。熙攘间已过了理公塔、冷泉亭。飞来峰还是那样，只在壁间小路和每一凹处都站满了人，也就无法玲珑剔透了。

以前几次来，大家都忙于阶级斗争，自然无心于山水。现在想上哪儿就上哪儿，至少国内没有限制，自然会热闹。这热闹使人感觉生活别有一重天地，到底是自由多了。

临近寺门，先见香烟缭绕。曾听说现在寺庙香火很盛，亲眼见了，还是不免惊异。寺门前摆着长方形的烛台，约有两米长。数十枚红烛在燃烧。一人多高的大香炉，成把成把地烧着香。人们在香烛前跪拜，一行人跪下去，后面有人等着。他们有老有少，有男有女，有智有愚，有丑有俊，必定或有排解不开的苦恼，或有各种需求，觉得人的力量不够，要求诸冥冥中的力量。求一求，拜一拜，精神的负担分出去一点，在想象中抓住点什么，也是好事。

到大雄宝殿，见众人都在殿外礼拜。一青年女子交给僧人一纸伍拾圆，获准到佛前香案下跪求。她祈祷良久，转过身来，面带笑容，也许灾难还不退，至少她安心了。

前些年，一个朋友悄悄地告诉我，她不是任何教的信徒，可是她每晚必祷告。把一天的烦恼事理一理，一股脑儿交给上帝，然后安稳入睡。这话现在不用悄悄说了。那袅袅香烟，在青天白日之下，凝聚着多少祈求和盼望。据说也有人是专门还愿来的。原来求的事已经满意如愿，特来感谢。说起来，我佛如来、观世音菩萨、耶稣基督、圣母玛利亚都是大大的好人，是芸芸众生的好朋友。

在罗汉堂边山石上坐着休息，仲忽然拉我起身，走开数步后才说，那石旁有一条蛇，正在游动。一面说一面拾起石子要打，我忙制止说，也许是白娘子来随喜呢，再不济也是佛寺里的生灵，不可冒犯。

忽然想起在澳洲访问时，一家公寓下的花丛中住着一条蛇，人们叫它乔治。蛇寿不知几年，这乔治想也不在了。

乘缆车登上北高峰，远望尘雾茫茫，不见人寰。一对青年夫妇带一小孩，对着一面墙跪拜。不由得好奇，上前打听拜的什么，他们不情愿地回答，拜的财神菩萨。

财神菩萨，当然也是人的好朋友。

下山都是石阶，我居然走下来了，满山青松翠竹，清气沁人。不多时到韬光庵。庵依山势而建，楼台错落有致，很不一般，院中有泉，水上有许多落叶，游人用长柄勺推开落叶，舀水来喝。我们在泉侧亭里小坐。见一妇人三步一躬走上来，舀水装入自备的瓶中，又三步一躬向上面的正殿走去。她一定是为亲人祈求平安的。这泉水是矿泉水，又有神灵保佑，传说能疗疾消灾。

我身上的病根少说也有好几种，我可不想试一试。听说正殿供奉的是何仙姑，倒想一睹风采。怎奈上去还有百余阶，只好知难而退。真是今非昔比了。若在从前，无论什么角落，总要走过去看一看的。

一阵风来，泉边树上的叶子纷纷飘离枝头，旋转着落向水面。是秋天了。

我们继续下山，依山涧而行。涧中过去大概是泉水淙淙，现在水很少，几近干涸。坡上植物很多，一片苍老的绿，往下伸延开去。涧边有大石，有些人坐着休息。一路走过去，好几个人问，"还有多远"。这是上山人常问的话。

快到灵隐寺了。涧边有用毛竹随意搭成的栏杆。毛竹茶杯口粗细，原以为引水用，走近看时，见竹上插了许多点燃的香，成为很长的竹香炉。香烟向四面飘散，渗入山林涧壑。

这不知供奉的什么神。是山、树的精灵？还是水、石的魂魄？我忽然大为实际起来，很怕香火烧着什么，又明知管不了许多，只好带着担心离开这一片清幽，走进了沸腾的佛地。

西湖别来无恙

西湖秀色，不只在一湖，还在周围的许多景致。我对满觉陇的桂花向往已久，这次秋天来南方，以为或可一见，哪知紧赶慢赶，还是没有赶上。然而没有花，满觉陇也是要去的。

满觉陇者，原来是一条路名。路两旁大片桂林，一眼望不到边。徘徊树下，似有余香，至于小花密缀枝头的景象，就要努力想象了。几乎每年秋天，我都计划到颐和园看那两行桶栽的桂树，计划十之有九落空，所以对桂花其实很不了解。印象最深的是它那浓郁而幽远的香气，所以一见桂林，先觉其味。似乎这芳香也浸透了一些咏桂的文字。

循路来到石屋洞。洞在山脚，奇径穿透，上下颇出意外。院中有小舍，售桂花栗子藕粉。于大桂树下食之，似有一种无香之香浸透全身，十分舒畅，藕粉滋味，倒不及细辨了。

去过了无桂花的满觉陇，又去无梅花的罗浮山。据说罗浮山所种乃夏梅，是一种珍奇植物。我于梅花见得更少，简直无从想象。然而百亩罗浮山风景清幽，楼台亭榭十分雅致，已令人不忍遽去。建筑名字都和月亮有关，如伴月楼、掬月亭等。想必这里是赏月的好所在。若是月下有梅，梅前有酒，更是何异神仙！一个小院落里有一石碑，大书"天缘"二字。两字发人深省，这能赏景物之极致的天缘，不知能有几人得到。我就既未见梅，也未见桂。春来九曲十八涧开得漫山遍谷的杜鹃花，也只能在《志摩日记》中观赏了。

然而西湖的正气和才情是四时不变的。这次见张苍水墓，那"友于师岳"的精神令人肃然起敬。苏堤尽头的苏东坡纪念馆，陈列物虽不多，却系住了游人的仰慕。

还有一个风情万种的西湖，阴晴雨雪都不会令人失望。几次来杭泛舟湖上，次次觉有新意。这次在三潭印月，见游人摩肩接踵，甚无意趣。匆匆走过，下得船来，脚下是碧沉沉的水，头上是蓝湛湛的天，微云一抹，远山如黛，天地忽然一宽，"西湖原来很大"，我说。

听着船边轻柔的水声，想西湖和昆明湖有许多相似之处。前者有孤山，后者有万寿山；孤山上有石亭，万寿山上有铜亭。本来修建颐和园便是以江南景色为样本的，十七孔桥大概也受到三潭印月孔中见月的启发吧。

秋日的阳光还有些灼人，照在水面上，只见一排排光波从桨的左右流过去，然后落进了湖底。到阮公墩转了一圈，那是经徐志摩品定为精品的，这次发现它扎彩楼，建戏台，传染上了许多景点的流行病，成了个扭扭捏捏的假古董。心里却也无甚感伤。

还是在碧波上滑行，逍遥了一阵子。天色渐晚，湖面起了风，船身有些摇摆。水波高高低低，一个接一个，似乎是从水底翻涌起来，不仅是水面的活动。"西湖原来很深"，我又说。

阳光渐渐集中到西边，成为绚丽的晚霞。晚霞映进水面，又透出水波，好像无数层锦缎在抖动。渐渐地，暮色从远处围拢来，推着我们到了岸边。

坐在岩边的石椅上，望着天，望着水，轻轻说了一声："西湖别来无恙！"

三生石在这里

因为很喜欢三生石这美丽的传说，曾把它写进一篇小说，并以之为篇名，却没有想到，世上真有这块大石头。

我们先是从导游书《灵隐轶话》中看到，便去寻找。问了好几个人，都说没有听过，后来问到一位老者，得他指点，才走上正确的寻石之路。

从下天竺进灵隐边门，就是飞来峰东侧。从山脚到山顶，树木森然，不见游人，只有守门人在大声说话。和西侧的喧嚣大是不同。我们循石阶上山，轻风拂过，树叶沙沙作响。转两个弯，见有人在地上拣毛栗子。问三生石在何处，答道茶地边上就是。

再往上走不远，果然见一片茶地。山坡上翠竹千竿，山坳尽处突出一块大石。我们快步走近，心上一分是惊，二分是喜，似是猛然间见到了故人。

这石约有三人高，横有七八尺，轮廓粗犷，显得端凝厚重，不是玲珑剔透一流。石色灰白与黝黑杂陈，孔隙里生有小植物，有的横生，有的下垂，成为大石的好装饰。向茶地的一面赫然写着一篇文字，题目是唐圆泽和尚三生石迹，记载了圆泽和士人李源转世不昧的友谊。是嘉兴金庭芬于1913年所刻。据说圆泽和尚圆寂前和李源相约，十三年后在此石边相会。李源如约前来，见一牧童骑在牛背上，歌诗道："三生石上旧精魂，赏月吟风不须论。惭愧故人远相访，此身虽异性常存。"诗意颇悠远，不知何人所作。石上所刻以及《辞海》所载，与我所记有个别字不同。

我们从边上转过去，才看清这大石其实是三块相连。当中一块背面写着"三生石"三个大字，笔峰纤细，和大石以及大石般的友谊殊不相称。然而总算有这石头附会这传说，让把假事当真的痴子们可以煞有介事地寻上一番，感慨一番。这石头又正好三块相连，以副三生之数，实在难得。

从古到今，生死和爱情是艺术的永恒主题，其实友谊也是歌咏不尽的。读《中国哲学史新编》第六册，得见谭嗣同对朋友的解释，他以为，五伦中"于人生最无弊而有益"的，就是朋友。他认为朋友的关系能"不失自主之权"，"一曰平等，二曰自由，三曰节宣惟意"。我想，就广义的朋友而言确是如此，最深层的朋友关系则贵在知心，也就是精神上的理解。管仲说："生我者父母，知我者鲍叔。"世间得一知我者，也就不虚此生了。伯牙碎子期妙解之琴，渐离继荆轲未竟之志，友情的深重高昂，又何逊于罗密欧与朱丽叶呢！

石侧有石阶上山。上山的路，还很长。我们走到三生石上，见三石一块接着一块，如波浪前涌，到茶地边忽然止住。茶地下面远处有村舍，牧童大概就是从那里来了。坐在石边休息片刻，已经很满意，不想再高攀了。下山出边门时，守门人问："找到了？""找到了。"我们答。访得了三生石，实为这次到杭州的一大收获。

回京后便留心有关三生石的吟咏、故事。《太平广记》记载有李源和武十三郎转世相识之情，似乎是一种断袖之癖。未提到三生石。传说总是在传说中不断完善的。人们添进自己的企求，剔除自己的厌恶。现在的三生石传说，就寄托着人们对坚贞友谊的向往吧。《全唐诗》载齐己和尚诗，有"自抛南岳三生石，长傍西山数片云"之句，看来那时已有三生石的故事，李源名字可能是后加的。齐己和尚是湖南人，大概想把三生石安排在南岳。自然还是在杭州现址好得多。袁宏道有一首三生石诗，描写的似乎就是现在这一块："此石当襟尚可扪，石旁斜插竹千根。清风不改疑远泽，素质难雕信李源。驱入烟中身是幻，歌从川上语无痕。两言入妙勤修道，竹院云深性自存。"

另一唐僧修睦，有诗咏三生石："圣迹谁会得？每到亦徘徊。一尚不可得，三从何处来！清宵寒露滴，白昼野云隈。应是表灵异，凡情安可猜。"

"一尚不可得，三从何处来！"直如当头棒喝！我连忙放下了一支秃笔，掩过了满纸胡言，只自凝望着天上白云，窗前枯树。

一九九二年十二月至一九九三年一月

佳作赏析：

宗璞（1928—），女，原籍河南省唐河县，生于北京。著有长篇小说《南渡记》《东藏记》等，散文集《铁箫人语》《三松堂漫记》《风庐缀墨》等。

"上有天堂，下有苏杭"，杭州美景盖世无双，而这篇《孟庄小记》则将杭州最经典也是最著名的三处名胜"一网打尽"，读来令人兴趣盎然。灵隐寺虽是佛家清净之地，但名声在外，来自四面八方的游人源源不断，反而成了喧嚣之地；西湖作为杭州的象征，四时景色都可观赏，而作者笔下的秋景更添了几分恬静；三生石的典故颇具神话传说色彩，引人入胜。作者文笔洗练，看似不经意的描述却扣人心弦，不由得令人萌生也去杭州游览一番的冲动。

永嘉四记

□［中国］邵燕祥

小 引

近有温州之行，得识永嘉山水。一条楠溪江，名列于国家重点风景名胜区，以水秀、岩奇、瀑多、村古、滩林疏朗寥廓胜。无多装点，野趣天然，荆钗布裙，不掩国色。爱作四记，并足迹心迹均志之，以飨后之问津者。

池塘春草梦

我告诉朋友们，要去浙江永嘉，一圆我的池塘春草之梦。

永嘉籍老诗人赵瑞蕻立即寄我一篇他的论文，论谢灵运及其山水诗的，就以这位南朝刘宋诗人梦中得句"池塘生春草，园柳变鸣禽"为题，告诉我"池上楼"古迹犹存；当然还告诉我到了温州，一定要尝一尝江畔海边滩涂中出产的蛼蝥！

谢灵运（385-433）从 422 至 423 年秋，在永嘉做了一年太守，留下近二十首诗，这就是今天从温州市区一过瓯江大桥，入永嘉县境，便见竖着风神潇洒的谢公石像的缘故吧。

我的旅行袋里揣着顾绍柏氏校注的《谢灵运集》（中州古籍出版社），一路也老念叨他；今天山上有石蹬台阶，自然好走，当年诗人穿木屐登山，上山去其前齿，下山去其后齿，这世称"谢公屐"的小发明，确是源于亲履亲知。贵为一方之长，并不要人用轿子抬，已属难得，况且他还写出真山真水真性灵的山水诗。他不像后来的徐霞客那样行脚半天下，自觉地考察自然地理，这也不必深责：评价古代作家我们不是应该只看他比前人做出了哪些新的贡献么？

史传上说谢灵运游踪遍永嘉，这永嘉是大永嘉，相当于今天温州市所属各县。从他的诗看，不但包括了今天的温州市区、郊区，还涉足平阳、瑞安、乐清和雁荡山，还有今天的永嘉县。

谢灵运初来，就"裹粮策杖"登永嘉绿嶂山，山在今永嘉县楠溪江畔。其时大约已到秋末冬初，溪水凝寒，翠竹披霜，山涧曲折，似断还续，在深山远林中不辨方向，竟闹不清楚月落日谁东谁西。这就是他诗里说的"澹潋结寒姿，团栾润霜质，涧委水屡迷，林迥岩逾密。眷西谓初月，顾东疑落日。……"可以想见当时古树蔽日，浓翳遮天。这种景观，在今日永嘉北部的四海一带原始林区也许依稀可见；楠溪江中下游植被自然不如千载以前，不过那"草木蒙茸，云兴霞蔚"还是使人流连忘返的。如果从现在起加意养山育林，环境不因开发而破坏，那么若干年后，或能不仅在书本中，而且在地面上整体的重现"谢灵运的山水"。

谢灵运来这里时，虽说从衣冠南渡，吴越渐次繁华起来，但永嘉地处海滨，还是边鄙穷荒之地。远离了皇都的政治漩涡，却又无异于贬谪流放。诗人说，"地无佳井、赖有山泉"；又在与弟书中，抱怨永嘉郡"蛎不如鄞县"，及至后来尝到乐成县（今乐清县）新溪的牡蛎，又赞叹道："新溪蛎味偏甘，有过紫溪者"。俱可见他的无可奈何之情。谢灵运藉永嘉山水疏散了愁怀，永嘉山水则藉谢灵运表现了自己。这本是差堪告慰的。但四十八岁的诗人终于难逃劫数，弃市广州，罪名竟是与暴民有牵连，意图谋反。谋反一事，有人说有，有人辩无，今天谁还弄得清楚。总之谢灵运卷进了皇帝刘家兄弟间的政争，做了牺牲；谢灵运的作品几乎与诗人同命。他原有集，早已失传，诗文只散见于《文选》和其他总集、类书、史籍。现在所能看到的最早的《谢康乐集》，已经是明人辑录的了。不过诗人也有诗人自己的命运，"池塘生春草，园柳变鸣禽"，一千多年流传不衰，仿佛谢灵运竟也附之以生："梦中得句"云云，我怀疑是诗人自己或别人编出来的传说，所谓谢灵运自己说："此语有神助，非吾语也"，或许是诗人带有自得的谦词呢。

我是少年时代先读了"未觉池塘春草梦，阶前梧叶已秋声"，寻故问典，才知道"池塘生春草"的名句。一梦几十年，温馨鲜活如昔，直到这梧桐叶落的季节，终于借着来楠溪江采风之便，重温谢灵运的生平，含咀诗人的篇章，寻访诗人的屐痕，揣摩诗人的心曲，不觉思绪梦乱，但有一点是明确的：永嘉人——温州人总不是无端地把一千五百年前只曾在此为官一年的谢太守引为知己，至少因为他曾寄情这里的山水，由衷地咏歌过这里的山水吧。

舴艋舟

连日在楠溪江右岸的公路上来来去去，俯瞰秋水，一碧深青。昨晚赶到狮子岩看鸬鹚捕鱼，晚了，无星无月，看不真切，只得了四句俚词："遥灯如柿柿如灯，渔火秋江几点明。为问楠溪平且浅，鱼游何处躲鱼鹰？"

今天风和日丽，全不像"十月一，送寒衣"的节令，心情舒展开来。听说主人要安排下午游江，心想也许能一乘舴艋舟了。来到渡头，一色排开的都是竹筏。

这里的竹筏，头部高高翘起。弯处是火煨烟熏留下的黑黄痕迹，使人想起焦尾琴。十二根毛竹并排，任你坐卧，足够听点水漱石之声了。

都爱说水清见底，成了一句套话。这水底仿佛探手可及，铺满大大的卵石，在日光水影下摇晃。我知道光和影造成了错觉，才把水看得浅了。浅处也总有一米左右，不然竹筏撑不动。但也深不到哪儿去，否则舴艋舟就不致兀自横在水边了。听说三百里楠溪江，二百里可走舴艋舟，我想那是春夏水涨的时候。叫舴艋舟，此蚱蜢可大，只是梭头尖尾有如蚱蜢。船篷有一节可以推开，长长一段就成了敞篷的。与李清照当年所说，"载不动许多愁"的"双溪舴艋舟"，大约相差无几。那首有名的《武陵春》词，已经考出是1135年春李清照五十二岁在金华所作。早在1130年清照四十七岁，那年正月宋高宗赵构车驾曾泊温州。清照赶来从黄岩雇船入海，"从御舟海道之温"；三月间又随御舟离开温州。皇帝的御舟我想要大，清照走海路，内河的舴艋舟虽可张帆，怕禁不起海上风波，然则所雇的海船该不是舴艋舟了。当时温州或包含今永嘉县境，但清照伶仃一女身，追随行在，逃难期间，又逢寒冬，谅不会远出郡城，跑到楠溪上去。我们在楠溪江见舴艋舟，联想起李清照，却没有根据说李清照也在楠溪江上泛过舴艋舟。富于想象是好的，捕风捉影就不足取了。

谢灵运倒真来过。他423年春写过《过白岸亭》："拂衣遵沙垣，缓步入蓬屋。近涧涓密石，远山映疏木。……"这年秋天写的《归途赋》里，又说过"发青田之枉渚，逗白岸之官亭"。据《太平寰宇记》卷九九，"白岸亭在楠溪西南，去（温）州八十七里，因岸沙白为名。"按地图上的里程屈指，这个亭该在今天的坦下一带，九丈滩林对岸，不知那里是否还有白沙筑成的堤岸。不过再一想，一千五百六十年前那个白岸亭，只是个以草为盖的"蓬屋"。搭了，毁了，又搭上，又毁了，寻常事耳，我们何必胶柱鼓瑟？即使再在江边，青崖空翠中或滩林掩映处，点缀一二凉亭，可结茅，亦可覆瓦，只是不要用水泥浇铸以求"永久"便好。

所谓人文景观，殊不必强求。比如诗碑，偶有一二则可，多了反败胃口。就像"近涧涓密石，远山映疏木"，写此时此地之景，此景又何限此时此地，岂必指实呢？我在竹排上，仰望晴空，想起"春水船如天上坐"，放眼远岸，想起"平林漠漠烟如织"，这何尝是写楠溪风光，但不正道出楠溪江上况味？

由近及远，水枯处白卵石间蓬生着蓼莪之属，在晚秋变得深红，衬着芦花摇白，略显萧瑟。毕竟节近立冬，野菊已谢，杞柳渐老，而一片马尾松、毛竹依然疏密有致地屏列高天旷野中。夕阳下火红欲燃的，不是枫树，而是乌桕。左岸有大村镇名叫枫林。我们眺望着、欣赏着缓缓后移的岸景，两岸的山野草木以至放牧的老牛，却正默默地静观着我们泛筏中流；一动一静之间，隐然相契相通。

如果不放竹筏，而乘舴艋舟，所见所感当亦不过如此。乘舴艋舟的心思没有"得逞"，俟诸来日吧。

竹筏几次过滩，因天寒水浅，只觉有趣，不觉惊险。筏工如识途老马，左弯右曲之后，带领大家漫滩而下。快近枫林村时，他们在平水里篙定，生吃地瓜垫补，确是累了。远处滩林外卷起一柱烟，先以为农家晚炊，其实是过路车攘的软尘。

顺流放筏两小时，据说筏工旱路回去需用四小时，天黑或还得店宿一晚。一筏一工，计酬十八元。

楠溪江由北向南，左为雁荡山系，右为括苍山系，从缙云县乌下岭发源，干流全长一百四十五公里，大部流经永嘉县境。经鉴定，江水最少含沙量仅每立方米万分之一克，水质呈中性，PH=7，硫化物、氯化物、氢化物、亚硝酸盐、氨、氮、重金属等有溶物质的含量，均符合国家一级标准；化学耗氧量、总硬度符合国家最低标准；硫氧化物、氮氧化物也大大低于国家允许浓度。清华大学建筑系朱畅中教授说：能有这样清洁、明净的水体，全国也是少见的。楠溪江因为没有污染水体的工厂，因而保存下来了。这是他胜过漓江、富春江的地方。……难得它山溪水清，然而随着发展生产，发展旅游，楠溪江还能长葆水质不受污染、水色澄碧透明么？

岩·云·瀑

永嘉县龙湾区一个青年朋友远道来索题，我写了这样几句话："昔爱'春晚绿野秀，岩高白云屯'之句，今值秋晚，稻熟菜嫩，黄绿绣错，而岸上白云则无日无之。因得诗云：谢公踪迹应犹在，来向楠溪江上寻。"

谢灵运那两句诗，是在离开永嘉八年多以后"入彭蠡湖口作"，然而景物依稀似永嘉，尤其是"岩高白云屯"，在楠溪江两岸随处可见，只要是晴天。他在永嘉写的《白云曲》失传，两句诗中想来也融入永嘉白云的印象。现在"巖"字简化为"岩"，好像只是一般的地质学中岩石，不再有"山之高峻者"的意思。象形字里，未经简化的巖、和嶽、巘诸字一样，繁杂的笔画像画家的法，给人以崔嵬嵯峨崚嶒嶙峋之感，高、幽、峭、险，亘古如斯，只有偶来屯聚的白云，赋予它以生机，以飞动的灵气。

晚谢灵运数十年的陶弘景，也写过一首关于云的好诗："山中何所有？岭上多白云。只可自怡悦，不堪持赠君。"这是因南朝齐高帝诏问"山中何所有"赋诗以答之作。陶弘景写这首传诵千古的名篇时，似还没有隐居到永嘉的石室山，而后来石室左近还是附会出了白云岭和白云亭。石室山今名大若岩，若就是箬，形容山冠为箬笠。据说山上古来有五十多个洞，我们只探了高十七丈、深二十四丈、阔二十三丈，可容数千人的最大一洞，即古地理志所说的石室。不知从几时起，石室之名被"陶公洞"所取代。洞是古的，洞中建筑文昌阁 1957 年失火，只剩空台，显得空荡荡的。洞外植被不古，当路一老樟，仿佛阅尽沧桑，还要拭目以待。南史说陶弘景特爱松风，"每闻其响，欣然为乐"，倘果在洞左洞右，山上山下遍植松林，虽附会却不嫌牵强了。

不远是神往久久的十二峰和百丈瀑。但是主人不提它，一迳引我们上石门台去。客从主便，不好多问；后来才知道去十二峰、百丈瀑山路难行，且听听在百米高头的地名"虎愁岸"，怕就要劝阻老人：石门台一样有瀑布。

石门台在何处？一入峡谷，岚气萧森，有时以为风吹木叶，其实乃水声潺潺。石阶一会儿陡高，一会儿平展，走走停停，在意想不到处飞溅一挂水帘，或落入凝碧深潭，或泻进潺湲山溪。行行重行行，才懂得峰回路转的境界，好就好在有节奏，不平冗。忽于翠竹丛、乱石堆中躲躲闪闪出现一条瀑布，人说叫含羞瀑，从山下数上来，已是"六漈"了。

漈就是瀑布，字典说是闽方言，此地不少语言风俗与闽东北相近。最早见这个字，是朱自清先生写温州的《白水漈》：

　　几个朋友伴我游白水漈。

　　这也是个瀑布；但是太薄了，又太细了。有时闪着些许的白光；等你定睛看去，却又没有——只剩一片飞烟而已。从前有所谓"雾縠"大概就是这样了。所以如此，全由于岩石中间突然空了一段；水到那里，无可凭依，凌虚飞下，便扯得又薄又细了。当那空处，最是奇迹。白光嬗如飞烟，已是影子；有时却连影子也不见。有时微风过来，用纤手挽着那影子，它便袅袅的成了一个软弧；但她的手才松，它又像橡皮带儿似的，立刻服服帖帖的缩回来了。我所以猜疑，或者另有双不可知的巧手，要将这些影子织成一个幻网。——微风想夺了她的，她怎么肯呢？

　　幻网里也许织着诱惑；我的依恋便是个老大的证据。

写得真好，体物入微。只不知白水漈在温州的哪里，当不在永嘉。不过，他写的是如烟的。石门台的七、八、九，全然是另一回事。那白练悬垂，隆隆如车马奔腾，这一带似有座岩名"锣旗鼓伞"，势头倒正旗鼓相当。石门台者原来在岩顶，破槛而出的瀑布由此发轫。所以，按理说九实应为第一，山下的一，才是趋下而不回的第九漈了。

归途又去探"崖下库"的瀑布，另有一种幽趣。沿着重崖迭嶂间的山路攀登，渐渐的栈道偪窄，一步一险，再无心观望峭壁上的紫藤苍苔。心神不定之际，豁然别有洞天，三面峭壁，下临一潭，瀑布垂帘，形势略似雁荡山的小龙湫加三折瀑。遥想夏日雨后，水势磅礴，山鸣谷应，幽深自又添几分雄奇。

都说楠溪江"无水不成瀑"，岭头乡龙潭瀑布，岩上村的大泄七折瀑，水岩村的千尺瀑……还都养在深闺人未识呢。

没有山岩便没有瀑布，有了瀑布，才使默然无语的山岩，连同岭头峰巅的白云，一起变得有声有色了。

田家村舍

到楠溪江东著名的石桅岩去，下车以后要步行一阵子。一会儿走过溪上的"丁步"——一步一个石磴，想象水涨时渡河的有惊无险，唤回童年踏水的兴致；一会儿在卵石滩上走过，大卵石给人安全感，急不择路时落脚小卵石上，硌那么一下，不免感谢百千万年的岁月和流水已把石块的棱角磨圆：一路墙、门、堤、路，尽是石头，山中原是石世界，最早的大地上，除了捉摸不住的空气，该就只有石头、泥土和水流了。

走过一段新开的山腰栈道，似乎窄了些；还得撑船走一段水路，过袖珍的"小三峡"，两岸峰峦倒成了放大的盆景。行到水穷处，舍舟登岸，便是相对高度三百零六米的石桅岩，耸立于二百米左右的群岩簇拥中。亿万斯年，张帆望海，那气魄，那欲行不得的内蕴的张力，绝不是昆明湖上雅号清宴舫的石舫可比。不知始于何年人们名此岩为石桅，山岩壁立，形如船帆是其一，也不能不看到，群山环抱，道路阻隔，毕竟围不住想象和抒情。

我们是要到石桅岩北的下呙村去（呙音奥）。中间经过一片平展展的绿茵，正是所谓芳草岸了。在一户周姓人家歇脚。中年主人从温州师范毕业后就回乡教小学，最近抽调参与石桅岩景区的筹划。在他家高大堂屋八仙桌上吃的中饭，有老酒，早晨宰的鲜肉，焖毛芋，新摘的瓜、菜、豆和板栗。此情此景，我想到孟浩然"开轩面场圃，把酒话桑麻"，那是"故人具鸡黍，邀我至田家"，田家风味，固远胜于珍馐罗陈、"海鲜生猛"也。

在美国中西部一些乡村和小市镇旅行，我常想起唐诗中的意境。有位熟稔历史的朋友解释说，当地人口密度略与我国唐代同，自然生态因而大抵相近。想想不无道理；而那里的建筑，最古不过百多年，能保存至今的，无论平房楼房，石构木筑，多半坚实，早期移民尽量使房舍接近故乡的村居或别墅的风格；近年新建的，也大致能跟整个风景线合榫。我们这里不一样：且不说千年来的兵燹人祸，单是 1958 年人迹所到古树扫荡殆尽，深松古藤早已难寻了。这几年农民手里好不容易攒下钱来，翻老屋造新屋，总不能拦住他们，硬留下柴门蓬户。那些想回归自然，在"返璞归真"的幻觉中缓一口气，发发思古幽情的游客，有一天来到荒乡僻壤，看到田家村舍也都换成规范化设计的大行货，必定会大失所望。

记得在武夷山，听说杨廷宝先生主张那儿的旅游建筑"宜小不宜大，宜低不宜高，宜土不宜洋"（也许还可加上宜隐不宜显，宜俭不宜奢），才不致破坏那一片水墨丹青的野趣。楠溪江两岸连同浅山深坳，居民点和风景区断难截然分开，不仅旅游设施，而且居民新建改建的房屋也摆在一盘棋上；没有理由为了"诗情画意"，劝居民留在百年老屋、颓败破蔽的"古民居"里过日子，自然也不可能让居民自建造价高昂的"仿古建筑"，那么怎么办？

楠溪江不但有佳山水，还有古窑址、古墓葬、古战场以及古桥梁、古牌坊、古民居，一笔可观的文化遗产。拿古民居说，怕也只能重点保护其中最古老也最有特色的典型，当地已经开始这样做了。在渡头古窑址南，岩头镇北，走进"苍坡溪门"，便是古老的李姓村寨——苍坡村。从五代建村，到南宋时九世祖李嵩按照"文房四宝"布局：东西长街直细如笔，称"笔街"，指向村西状如笔架的山峦，这笔架山是借景，村内两方水池可算是实实在在的"砚池"，另有两条青石搁在池边，其中一条的一端砍斜，象征磨过的墨，全村就是可以写字可以画图可以做文章的一张纸了。听说小楠溪南岸的豫章村，村前迎着文笔山，也挖了一方"砚池"，文笔山的笔尖峰倒映水中，正如毫端蘸墨。这个村"一门三代五进士"，不知是托这个风水的福，还是及第后才有这构思。

像这样保存着明清以前格局的古村落、古民居还颇有几处，多伴有凉亭、莲池、戏台、祠堂。苍坡村似是最古的，八百年老樟树为证。在这里借"水月堂"设民俗陈列，有容易传世的石臼石锁，还有旧时的床、轿、纺车布机以及农具；器用之中我最感兴趣的是一件竹编对襟上衣，每一方格小于指甲，工艺极细；又透又露，设想暑天衣此，如倚修竹，当清凉无汗。另有一红色拙实木盆，旁出一鹅颈弯弯，正好水扛在臂上，说是妇女下河洗衣裳所携，既实用又富情趣。此地河溪鹅不多见，鹅盆补此不足，它体现了不弄笔墨纸砚的人在日常生活中残存的一点"古意"。

清华大学建筑系汪国瑜教授，说起此间三个古村寨里新盖的房子，无论哪一座，都没有老的好看。"在风景区盖房子，特别要注意样式，要和风景协调；因为新房本身也成为风景。"如何兼顾环境景观与居民生活，存古与怀新，文化与经济，这就是千古谧静的楠溪江，在过去与未来交会之际，给今人出了个不那么好做文章的题目。

一九九一年十一月

佳作赏析：

邵燕祥（1933—），浙江萧山人。著有诗集、杂文集多种，散文集先后有《乱花浅草》《旧时燕子》《梦边说梦》出版。

自古以来的风景名胜大多和历史名人分不开，风景往往因为名人而名声在外，成为更多人争相游览的地方，《永嘉四记》记述的就是这样一个地方：南北朝时的大诗人谢灵运曾经做近太守并在诗中反复吟诵的永嘉。永嘉有山有水、有舴艋舟、有古村落民居，更有谢灵运。文章写景虽然不多，但刻画到位，给人以身临其境之感，而作者对谢灵运及其诗歌的历史典故的详细介绍和品读，则赋予了这篇风景游记浓郁的人文色彩，诗情画意，境界全出。

晚钟剑桥

□〔中国〕王蒙

　　人总有这种时候，忽然，什么都忘了，什么都没了。剩下的是澄明，是快乐，似乎也是羞惭，更是一种消失，那个有时候是疲劳的，警惕的与懊恼的，絮叨的与做蠢事的自己，不见了；那个患得患失的"人之大患"不见了。却仍然有一颗感动得无以复加的心。

　　说的是 1996 年 5 月 23 日，已经几天了，阴雨连绵。那天中午我与妻在伦敦英中中心与几个学者、研究生座谈中国当代文学。开完会，连忙赶往火车站。坐上郊区支线上的车，经过一片片的绿树和田野，向剑桥方向驶去。

　　剑桥是一个小镇，在细雨中若有若无，如灰如绿。她的稀落静谧，不高不大不新的房子，不宽不大不拥挤的道路，我行我素，不事声张，好像和这阴霾的天气与寒冷的春天一道，打老年间就是这个样子。

　　下车先去会场。在中文系一间办公室里换装，打好领带，人五人六地来到大课堂讨论教室。座无虚席。读准备好了的英文稿，并时时用不标准的英语即兴发挥一下，我不会放过这种"实习"英语的机会。遇到回答提问，就要请翻译帮忙了。英英中中、读读笑笑、问问答答、打成一片。活跃热闹的气氛，似乎给平静舒缓的剑桥大学的这个小角落带来了一点喜气。由于听众中有一半人是来自祖国大陆的留学生和教师，可以从他们的脸上读到一种关切和喜出望外的神情。他们提的问题也很在行，显然他们身在英伦而时时回眸祖国那一片神奇的土地。

在一片真实的与礼貌的赞扬声中离开会场，去大学贵宾馆。经过古老的，上方是耶稣与圣母的浮雕的拱门，穿过这个砌满石条的院落，进入一座厚重的建筑。这座楼房的底层，想不到是一个封闭的室内桥，桥下是小溪，桥的两侧是玻璃窗，一侧是四株大柳树的枝叶呈半月形，正在伸向我们。

陪同我们的先生告诉我们："徐志摩描写过这个桥，并命名为'奈何桥'，据说古代这个桥是押解死囚去刑场的必经之路，要让犯人感到，这世界是多么美好，然而，由于犯下了大罪，他必须与世界告别。"

死刑犯的命运与行刑者的残酷，尤其是徐志摩的名字触动了我。我"哦"了一声，似乎一瞬间时间与空间的一切距离都缩小了，打破了。往事与逝者都靠近了。是的，"康桥再会吧"，康桥就是剑桥。有了逗留才有告别。徐志摩那时候是多么年轻，他是"资产阶级"，他写的都是"象牙之塔"里的诗……而我第一次踏上康桥的土地。已经是 60 多岁了。犹谓偷闲学少年？1987 年首次造访英国，去过牛津没到过康桥。

贵宾馆在另一所古老的楼房里，木板楼梯窄狭弯曲，走在上面吱吱扭扭，令人发思古之幽情。一直爬到四楼，打开一扇厚重的门，是一个黝暗的小过厅，按动墙上的电门，高高地亮起了昏黄的灯。再用那笨重的铜钥匙开开房门，一间宽阔方正的老客厅出现在我们面前。褐黑色调，古朴的大写字台，曲背软椅，式样老旧的硬背沙发，墙上悬挂着一张带镜框的风景水彩画。更多的则是空白，以无胜有，以无用有，这种风格自然与矮小与充满各种物品的旅馆房间不同。

就在这个时候钟声响了。教堂的钟声悠远肃穆，像是来自苍穹，去向大海。我一时停在了那里，等待着，倾听着，安静着。

放下随身携带的物品就去圣约翰书院晚餐。进入书院，先去"派对"大厅。人们介绍说这间大厅保持着三百多年前的习惯，厅内只点蜡烛，不设电灯。人们又说，第二次世界大战当中盟军最高司令部诺曼底登陆的计划，就是在这间大厅里制定的，因为，有一张特大的军事地图，只有在这间大厅才能把整个图展开。再说，这间大厅的遮光效果比较好。我唯唯，历史是我们的近亲，历史就在我们手边，就在我们呼吸着的空气与我们被照耀的烛光里。

所有前来饮酒并接着去吃饭的人都穿着为在本院获得过博士学位的人特制的黑"道袍"，十分地庄严郑重。英式发音幽雅做作，每人脸上的笑容都合乎标准。千篇一律的，数百年无变化的餐前饮酒的"过场"飞快地走完了。人们进入餐室，我们与一位来自美国的生物学家算是今晚晚餐的贵宾，被让到了首桌。每张桌子上都放着参加晚餐的全体人员名单和印刷精美的菜单——当然我们也从中验证了自己的存在，从而得到了些微的虚空的满足。众人各就各位。首先由书院院长带领做祈祷。然后进餐。服务人员也都有一把年纪。主人解释说，由于"疯牛症"的威胁，今天没有牛肉可吃，改吃羊肉。其实头三天我已经吃过牛肉了，如果该染上，恐怕本人已经是潜在的疯牛症患者了。羊肉的味道乏善可陈，我没有吃多少，倒是多吃了一点甜食。晚饭结束后再去"派对"大厅喝咖啡。一切陶冶情性的程序认真完成，并没有用多少时间。远远比参加一次正式宴请简单迅速得多。难得的是这种数百年不更易的坚持。这与其说是吃饭不如说是吃饭的仪式，也许真是一种展现和怀念剑桥以及整个英国的历史、保持和炫耀剑桥及英国的光荣传统的典礼——如果不说是例行公事的话。我甚至猜想，与餐的一些人饭后很可能有约去进行另一顿晚餐，更美味更轻松更富有生活气息的一餐。历史的必须之后肯定还有现实的快乐。当然，这种保守的庄严与珍惜的认真劲儿也令人感动，没有这就没有剑桥，没有英国，再引申一步，就没有欧洲，并且这本身就有观光价值。什么时候我们中国也有这种古色古香的演示与咀嚼呢？为什么有时候我们是那样气冲冲恶狠狠地对待历史呢？

从圣约翰书院出来，天时尚早，刹那的夕阳余晖一闪，阴云迅速地重新遮盖了天空。我很庆幸，可以早早地与校方的人员告别，享受一个晚上的自由独处。重新走过大院落，走上室内的奈何桥，想念着死囚与徐志摩、想着《再别康桥》，轻轻的来与去，和《我所知道的康桥》。想着中外的历史、二次世界大战与战前战后的和平时光，在剑桥获得学位的那种庄严与不无做作的盛典，"故国"神游，多情应笑我早生华发……然后，来到了那块大草坪上。

雨后的绿草如油，映衬于四面的苍茫的建筑，显现出一种生命的滋润与新鲜。我看到了我们下榻的那间房屋的窗子，也看到了房后的教堂尖顶十字架。我想起了幼年时读过的有关欧洲的一切，比如《茵梦湖》。我知道茵梦只是译音，但是茵这个字还是使我立即把它与眼前的这片绿草联系起来。我假定绿草坪是欧洲的一道经久不移的风景。我假定不论是《傲慢与偏见》还是《简·爱》的故事乃至福尔摩斯的案件都发生在如此的绿草地上。走在这样的草地上我觉得说不出的感动。我的感动是一种不胜其美，不胜其静，不胜其古老，不胜其空空如也，不胜其平凡而又妩媚的风格的感觉。按照徐志摩的描写，也许这里是应该有几条牛的，但我也没有注意到牛。我说没有注意到，是因为我是如此地融化于这剑河边的草地的静谧之美，我似乎已经丧失了旁的能力。

又下起了雨，小风相当凉。妻说快进屋吧，这才依依不舍地进了楼。

天也就这样黑下来了。楼里照旧杳无人迹。绝了。今夕何夕，此地何地？虽说已是五月下旬，阴雨天仍然寒冷。好在房间里的暖气可以调节，拧一拧螺旋开关，发出咔咔的响动，一股子温暖就过来了。洗洗脸，用电壶坐开水沏上一杯红茶。晚间一面说闲话交换我们对于剑桥的印象，一面找出头几天这次访英的另一个东道主陈小滢女士送的她的双亲凌淑华与陈西滢的作品集翻阅。这才注意到客厅里靠墙摆着一排大书柜，书柜里码着的都是棕色皮面的精装旧书。时光似乎倒退回去了不少，我们与世界也两相遗忘，一种少有的随意与松弛抚慰着我们的心。

这时钟声又清纯亮丽地响了起来。满屋都是钟声，满身都是钟响。咚咚当当，颤颤悠悠，铺天盖地，渐行渐远，铿锵的铜声与一波未平一波又起的嗡嗡余韵互为映衬，组成了晚钟的叠层堂室。我们放下手中书，我们谛听着饱含着爱恋与关怀、雍容与悲戚的钟声。我们的心、我们的身随着这钟声而颤抖而飞翔而化解。我重又浸沉到那种喜不自胜悲不自胜爱不自胜愧不自胜的心情中。我感动于钟声的悠久而惭愧于自己的匆促，我感动于钟声的慷慨而反省于自己的渺小，我感动于钟声的清洁而更产生了沐浴精神的渴望，我感动于钟鸣的深远而更急切于告别那些无聊的故事。

钟声至今仍然鸣响在我们的心里。

……第二天按计划应是乘舟游览。无奈雨愈加大了，无法"撑一支长篙"去"寻梦"，去"向青草更青处漫溯"——只好取消这本会是沉醉销魂之旅。打着伞在剑河边站立了一会儿，分不清树、草、桥、河、栅栏和雨。想着，如果天气好一点是多么好啊——事情总不能太完美。谁能呢？到图书馆里看了看，找出了1958年收了我的作品译文的书——那时可把我吓坏了，然后提前离开了这座大学，这座城镇。

留下一些项目以待来日吧，我们都这样说，自慰着，就像来日永远与我们同在。

佳作赏析：

王蒙（1934—），河北南皮人，作家。著有短篇小说集《王蒙短篇小说集》，长篇小说《青春万岁》，散文集《桔黄色的梦》《访苏心潮》等。

这是一篇颇具特色的访问游记，作者主要记述了自己受邀访问世界著名学府英国剑桥大学的主要经历。文章虽然是按时间顺序展开，但通篇都是以夹叙夹议的形式展开，每到一处总能勾起作者的思绪，历史典故、文人轶事全都一一道来，充满历史的厚重感和时间的沧桑感。作者身在异乡，文中处处显露着对中国、对中国文化名人、对同在国外的同胞特别的关注和深情，读来令人感动。

孟加拉风光

□ [印度] 泰戈尔

沙乍浦，一八九一年

在我的窗前，河的彼岸，有一群吉卜赛人在那里安家，支起了上面盖着竹席和布片的竹架子。这种的结构只有三所，矮得在里面站不起来。他们生活在空旷中，只在夜里才爬进这隐蔽所去，拥挤着睡在一起。

吉卜赛人的生活方式就是这样，哪里都没有家，没有收租的房东，带着孩子和猪和一两只狗到处流浪；警察们总以提防的目光跟着他们。

我常常注意着靠近我们的这一家人在做些什么。他们生得很黑，但是很好看。身躯健美，像西北农民一样。他们的妇女很丰硕；那自如随便的动作和自然独立的气派，在我看来很像黧黑的英国妇女。

那个男人刚把饭锅放在炉火上，现在正在劈竹编筐。那个女人先把一面镜子举到面前，然后用湿手巾再三地仔细地擦着脸，又把她上衣的褶子整理妥帖，干干净净的，走到男人身边坐下，不时地帮他干活。

他们真是土地的儿女，出生在土地上的某一个地方，在任何地方的路边长大，在随便什么地方死去。日夜在辽阔的天空之下，开朗的空气之中，在光光的土地上，他们过着一种独特的生活；他们劳动，恋爱，生儿育女和处理家务。

每一件事都在土地上进行。

他们一刻也不闲着，总在做些什么。一个女人，她自己的事做完了，就扑通地坐在另一个女人的身后，解开她的发髻，替她梳理；一面也许就谈着这三个竹篷人家的家事，从远处我不能确定，但是我大胆地这样猜想着。

今天早晨一个很大的骚乱侵进了这块吉卜赛人宁静的住地里。差不多八点半或是九点钟的时候，他们正在竹顶上摊开那当作床铺用的破烂被窝和各种各样的毯子，为的晒晒太阳见见风。母猪领着猪仔，一堆儿地躺在湿地里，望去就像一堆泥土。它们被这家的两只狗赶了起来，咬它们，让它们出去寻找早餐。经过一个冷夜之后，正在享受阳光的这群猪，被惊吵起来就哇哇地叫出它们的厌烦。我正在写着信，又不时心不在焉地往外看，这场吵闹就在此时开始。

我站起走到窗前，发现一大群人围住这吉卜赛人的住处。

一个很神气的人物，在挥舞着棍子，信口骂出最难听的话语。

吉卜赛的头人，惊惶失措地正在竭力解释些什么。我推测是当地出了些可疑的事件，使得警官到此查问。

那个女人直到那时仍旧坐着，忙着刮那劈开的竹条，那种镇静的样子，就像是周围只有她一个人，没有任何吵闹发生似的。然而，她突然跳着站起，向警官冲去，在他面前使劲地挥舞着手臂，用尖粗的声音责骂他。刹时间，警官的三分之一的激动消失了，他想提出一两句温和的抗议也没有机会，因此他垂头丧气地走了，就像完全变了一个人似的。

等他退到一个安全的距离以后，他回过头来喊："我只要说，你们全得从这儿搬走！"

我以为我对面的邻居会即刻卷起席篷，带着包袱、猪和孩子一齐走掉。

但是至今还没有一点动静，他们还在若无其事地劈竹子，做饭或者梳妆。

西来达，一八九二年一月九日

这几天，天气总在冬春之间摇摆。在早晨，也许，在北风扫掠之下，山和海都会发抖；在夜晚，又会和从月光里吹来的南风一同喜颤。

无疑地春天已经来临了。在长久中断之后，唤春从对岸的树林里又发出鸣声，人们的心也被唤醒了；夜色来临以后，可以听到村里的歌声，表示他们不再连忙地关起门窗，紧严地盖起被窝睡觉了。

今晚月亮正圆，她的圆大的脸从我左边的洞开的窗外向我凝视，仿佛在窥伺我的信中有没有批评她的话——她也许疑惑我们世人对于她的黑迹比她的光线更为关心。

一只鸟在河岸上"啼啼"地哀唤。河水似乎不再流动。河上没有一只船。岸上凝立的树林把不动的影子投在水面。天上的薄雾使得月亮看去像一只勉强睁开的倦眼。

从今起，夜晚会越来越黑暗了；而且当明天我从办公室回来的时候，这个月亮，我客中的良伴，将离我更远一些，她疑惑她昨夜是否聪明，这样地对我完全袒露出她的心，因此她又逐渐地把它掩盖起来。

在陌生和孤寂的地方，自然真正地变得亲切了。我确实忧虑了好几天，一想起月亮的圆时过去了，我将会每天地更觉得寂寞了；觉得离家更远了。当我回到河边的时候，美和宁静将不再在那里等着我了，我必须在黑暗中回去。

无论如何，我要记载下来，今晚是个满月——是今年春天的第一次月圆。在此后的岁月里，我也许会回忆到这一晚上，回忆到河岸上"啼啼"的鸟叫，对岸船上闪烁的灯光，发亮的远伸的河水，河边树林的边缘所投下的模糊的阴影，和灿白的天空在我头上冷冷地发光。

西来达，一八九二年十二月九日

在痛苦的病后，我还觉得软弱，正在休养着。在这种情况之下，自然的调护真是甜柔的。我感到我和万物一样，懒洋洋地在阳光下闪耀出我的喜乐，我只不过心不在焉地在写着信。

世界对于我永远是新鲜的；像一个今生前世都曾爱过的老朋友，我们之间的友谊是深长的。

我很能体会到，许多世纪以前，大地怎样在她原始的青春里，从海浴中上来，在祈祷中敬礼太阳，我一定是树林中的一棵树，从她新形成的土壤里，以最初冲动的全部新鲜的生意，展开我的密叶。

大海在摇晃，在动荡，在掩盖，像一个溺爱的母亲，不断地爱抚着她的头生婴儿——陆地；而我用整个心身在阳光中吮吸，以新生婴儿的说不出道理的狂欢在碧空下震颤，用我所有的根须紧紧地拉住我的大地母亲，快快地吮吸着。在盲目的喜乐中，我的叶子怒生，我的花儿盛放；当阴云聚集的时候，它们爽畅的凉荫，将以温柔的摩抚来安慰我。

此后，从世纪到世纪，我曾变化无定地重生在这大地上。

所以当现在我们独对的时候，种种古老的记忆，慢慢一个一个地回到我心上来。

我的大地母亲今天穿着阳光照射的金色衣裳，坐在河边的玉米地上；我在脚边、膝下、怀中翻滚游戏。做了无数孩子的母亲，她只心不在焉地，一面用极大的耐心，一面用相应的淡漠，来对付他们不住的叫唤。她坐在那里，用遐思的眼光盯着过午的天边，同时我无尽无休地在她身旁喃喃地说着。

　　泰戈尔（1861—1941），印度诗人、作家。1913 年获诺贝尔文学奖，是首位获得此奖项的印度人和亚洲人。代表作品有诗集《暮歌》《晨歌》《园丁集》《飞鸟集》，长篇小说《沉船》《戈拉》等。

　　外国作家的作品本身就充满异域风情，而印度诗人泰戈尔描写在孟加拉游览的所见所闻则更是"异域"中的"异域"了，读来别具风味。没有固定住所、在土地上游荡一生的吉卜赛人，居所窗前的圆月，旅途中的万千思绪，这些都成为了作者笔下的题材，展现了孟加拉独特的风光和风土人情。作者文笔优美，尤其是写满月一段，拟人手法的运用和丰富的想象烘托出一个如梦如幻的意境，诗意浓浓。

夜行记

□ [英国] 弗吉尼亚·伍尔夫

我们一行人，来到至艾夫斯湾西侧一处名叫特雷韦尔的谷地一游。在踏上归途之前，秋日的黄昏已经降临。那一派海景，在暮色中依然清晰可辨，着实令人屏息凝眸，叹为观止。巨大的岩崖，组成一排庄严宏伟的队列，直面夜空和大西洋的万顷碧波，巍然矗立，突入海面，像是怀有某种自觉的神圣使命，仿佛必须服从自太古洪荒时就降下的一道旨令。时不时，远处一座灯塔射出一道金色的光芒，穿透雾霭，突然再现了岩崖的峥嵘。这光景，足以说明天色已晚，而前面还有六七英里的路程，需要我们靠双脚步行回去。而且，我们对这一地势毫不摸底，最好还是不离开大路，更为妥当。果然，不出半小时，连脚下的白色路面都像雾气似的浮动起来，我们不得不一步一探地朝前走，仿佛要用脚来试试是否踩着了实地。一个人影落到后面几码远处，晃了两晃，然后消失得踪影全无，就像被夜的黑水吞没了，而他的声音，听起来也像从万丈深渊下传来的一样。值得注意的是，尽管我们行走时都挨得近近的，并且想用热烈欢畅的论辩来抵御黑暗，可我们的声音彼此听来都显得异样不自然，最充足的说理也显得软弱无力，不能令人信服。我们的交谈在不觉之间滑向了那些适合幽暗阴郁场所的话题。

一时间，我们沉默无言。这时，你身边走着的那个人影似乎在夜色中失去了存在。只有你孑然一身踽踽而行，你感受到四周的黑暗咄咄逼人的压力，感受到你抗拒这重压的力量在逐渐减弱，感受到，你那副在地上往前移动的躯体与你的精神分离为二，而精神则飘飘摇摇离你远去，好似晕厥了一般。甚至这条路也在身后离开了你，我们踩着（假如我可以用穿行白昼的田野时那种明朗确切的动作的词语来形容现在这种暧昧不明的动作）的是浩浩淼淼无径可寻的夜之海洋。最好不时用脚来试探试探下面的路，为的是证明它无可怀疑是坚实的土地。眼和耳都紧紧封闭着，或者说，由于承受着某种触摸不着的东西的重压，变得麻木不仁了。以至于，当下方呈现出几点亮光的幻影时，我们竟需要自觉地费一番力才意识到它们的存在。难道我们果真看到了亮光，像在白天看到的一样，抑或那只不过是大脑中浮到的幻象，如同受击后眼前冒出的金星？这些亮光就在到儿，在我们下方的一个峡谷里挂着，没有锚索固附，临空悬浮在黑暗的柔软深海中。我们的眼睛刚刚辨明它们确实存在，头脑就立刻觉醒过来，构起一个天地的草图，将它们安置其中。那儿必定也有一座山，山下卧着一个小镇，有一条道路绕过小镇，就像我们记忆中的那样。十来盏灯火，就足以使这个天地物化成形了。

我们的旅程最奇异的一段已经过去，因为某种可以眼见的东西终于出现了；我们面前有了确证。而且，我们感到自己正走在一条道路上，能够比较自如地朝前迈步了。在下方的那块地方也有着人类，虽然他们不同于白天的人。骤然，我们身边燃起了一团光，就在我们看到它的一刹那，也听到了车轮的轧轧声，眼前闪现了一个人驾着一辆运轮车的形象。只一瞬间，亮光不见了，轮声哑了；我们的话语声再也达不到那人耳中。跟着，恰如景物在我们眼前倏忽出现和隐没，我们发现自己已置身于一个农家场院。院里悬着一具风灯，它那摇曳不定的光圈，投向一群挤在一起的牲口，甚至也映照出我们这伙中一直隐而不见的人的部分身影。农场主向我们道晚安的声音，如同一只强有力的手紧紧抓住了我们的手，把我们拉回现实世界的岸边。然而再往前迈出两步，黑暗和寂静的无边洪流又将我们覆盖。不过，数点亮光再度出现在我们身旁，宛如船只的灯光游动在海上。它们以无声的脚步向我们靠拢——这正是我们在山顶上的看到的那些灯光。这村庄是静穆的，但并没有沉睡，它仿佛在瞪大了眼睛躺着，同黑暗作着顽强的搏斗。我们可以分辨出背靠屋墙的人形，这些人显然是被近在窗外的夜的重负压得难以成眠，只好来到屋外，把双臂伸进夜空。在四周广阔无垠的暗涛的包围中，这些灯盏的光芒显得多么微弱啊！飘零在无际汪洋中的一只船，堪称孤独之物，然而碇泊在荒凉大地上、面对深不可测的黑暗之洋的这座小小村落，却尤为孤独。

然而，一旦习惯了这种奇异的元素，你会发现，那里面有着大的宁静和美。此时，充斥于天地间的仿佛只是实物的幻影和精灵；原先是山的地方，现在飘着浮云，房屋变成了星星火光。眼睛沐浴在夜的深海里，受不到现实事物的坚硬外壳的磨损，得到了很好的休憩。包容着无穷琐碎什物的大地，融解为一片混沌的空间。对于恢复了疲劳、变得敏感的双目，房屋的墙壁是过于逼仄了，灯火的光芒是过于刺眼了。我们有如曾经被捕囚禁笼中的鸟儿，方得振翼高飞。

(佳作赏析：

弗吉尼亚·伍尔夫（1882—1941），英国女作家。主要作品有《出航》《夜与日》《到灯塔去》《海浪》等。

外出游玩，却因天色已晚而不得不夜行回去，而这段历程也成就了作者的这个名篇。与其说这是一段游记，不如说是作者的一段心路历程。一脚深一脚浅地走在茫茫无际的路上，作者的思绪万千，黑暗、脚下未知的路、大自然、无助、恐惧、压抑……以及习惯了黑暗后体验到的宁静和美，种种事物和情绪交织在一起，使得文章充满奇幻、诡异的色彩和风格。作者文笔生动，对夜行环境的刻画和烘托十分到位，令人读来有身临其境之感，似乎也感到了黑夜的压抑，体验了另一种意义上的宁静和美。

勒奇山谷之行

□ ［英国］埃利亚斯·卡内蒂

瓦利斯山谷是山谷中的佼佼者，这与山谷的名称有一些联系，在拉丁语中，山谷这个词成了州的概念，瓦利斯山谷是由罗纳山谷和周围的许多小山谷组成的。在地图上，没有哪个州像它这么坚实，这里所有的东西都与自然界密切相关。读了关于瓦利斯山谷的一些资料之后，我对它有了很深的了解：这里通用两种语言，有德语区和法语区，在瓦达尼维区使用一种非常古老的法语，在勒奇山谷使用一种非常古老的德语。

1920年夏天，母亲带着我们兄弟三人又回到了康德斯特克。当时我经常看地图，把所有的希望都集中在勒奇山谷，那里有许多值得一看的东西，而且也很容易去：乘火车穿越勒奇山隧道，从隧道那头的第一个车站格彭施坦因徒步穿过勒奇山谷，走到最后一个小镇普拉滕。我怀着极大的热情去完成这一计划。同时我结交了一批同行的伙伴，并且坚持让两个弟弟这一次留在家里。母亲说："你已经知道自己该干什么了。"我毫无顾忌地把两个弟弟排除在外，她对此感到很满意。她一直担心我一味埋头读书会变成一个优柔寡断、没有男子汉气概的人。她在理论上赞成体谅弱小，但在实践上则失去了自制力，尤其是当她认为某人妨碍达到一个目标的时候。她支持我的意见，并为两个弟弟安排了其他的活动。出发的日子已经确定了，我们将乘早上的头班火车穿越勒奇山隧道。

格彭施坦因比我想象中的还要贫瘠，我们沿着那条唯一与外界保持联系的羊肠小道朝勒奇山谷攀登。而这条小道在不久以前更加狭窄，只有为数不多的动物在这里出没。据说不到一百年前，这一地区还有狗熊，可惜现在已经不见了。当我还在缅怀早已销声匿迹的狗熊时，山谷突然展现在眼前，它在阳光下闪闪发光，明亮耀眼，一直向上延伸，爬上了白雪皑皑的山峰，最后消失在一片冰川之中。在不长的时间里就可以到达山谷的尽头，但是小道却蜿蜒迂回，从费尔登到普拉滕要经过四个小镇。一切都是古色古香的，无一雷同。女人头上都戴着黑色的草帽，不仅仅是成年妇女，还包括小姑娘，甚至就连三四岁的小女孩也戴着这种富于节日气氛的帽子，好像他们自打出世就意识到了她们的山谷的特点，也似乎在向我们这些闯入者证明，她们并不属于我们之列。她们紧跟着一些上了年纪的妇女，这些脸上皮肤干枯，布满皱纹的老人始终伴随着她们。这里的人说的第一句话，在我听来就像是几千年以前的。一个胆大的小男孩朝我们走近了几步，一个老年妇女招呼他，要他避开我们。我说的那两句话很好听，我简直不敢相信自己的耳朵："过来，Buobilu！"这是什么样的元音啊！对小男孩这几个字，我常听到的说法是"Buebli"，可是她却说"Buobilu"，一个 u，o 和 i 三个元音的结合。我突然想起以前在学校读过的一些古高地德语诗歌。我知道瑞士德语方言接近中古高地德语，但是有些词汇听上去像古高地德语，我还从未想到过。我自认为这是我的一个发现。因为这是我所听到的唯一的一个单词，所以它在我的记忆中更加牢固。在我们整个漫游过程中从未与人有过交谈。我们看见古老的木头房屋、全身黑衣的妇女、窗前的盆花、牧场草地。我竖起耳朵倾听远处的说话，所有的人都沉默不语，也许仅仅是巧合，也许是这里的人都在回避我们。然而，"过来，Buobilu！"作为山谷的唯一一句话留在了我的耳朵里。

我们结伴同行的这伙人来源比较混杂，有英国人、荷兰人、法国人、德国人，可以听见各种语言的说笑叫喊，就连英国人也显得健谈起来。面对沉默的山谷，大家都感到震惊，表示赞叹。我为这些住在同一旅馆里的自命不凡的客人并不感到羞愧。然而，我经常会对他们说些尖酸刻薄的话。这儿，一切都相互适应，生活趋于统一，寂静、悠闲、适度冲掉了他们的高傲自大，他们对这些自叹弗如、不可捉摸的东西做出的反应是惊奇和羡慕的。我们像是来自另外一个星球，穿过四个村庄，没有与这里的居民有任何接触，这里的人也得不到任何一点儿关于我们的信息，我们甚至看不到一丝好奇。在这次漫游中发生的一切，仅仅就是一个老年妇女把一个尚未走到我们跟前的小男孩叫走。

从那以后，我再也没有去过那个山谷，在半个世纪里，特别是在六十年代以后，那里一定发生了很大的变化。我要避免触及自己心中对它保留的印象。我要感谢恰恰是它的陌生给我带来的对古代生活方式的熟悉感。我说不出当时在那个山谷生活着多少人口，也许五百人吧。我只是看见单个单个的人，很少看见超出两三个人聚在一起。他们生活很艰苦，这是显而易见的。我没有想过，他们中间是否有人在外面干活挣钱的，但我觉得，哪怕是仅仅离开这个山谷很短一段时间，对他们也是绝对不可能的。要是我能更多地了解他们，这种印象恐怕就会消失，他们也会成为我们这个时代的人，就像我在世界各地见过的人一样。幸运的是，这些体验的力量来自于他们的独一无二和孤立隔绝。后来，每当我读到关于部落和民族的书籍，心里总会产生对勒奇山谷的回忆。我还想读到这样奇特的事情，我认为这是可能的，并且接受了下来。

佳作赏析：

埃利亚斯·卡内蒂（1905—1994），英国籍德语作家。1981年诺贝尔文学奖获得者。代表作品有长篇小说《迷惘》，戏剧《虚荣的喜剧》《婚礼》等。

　　这是一篇颇具特色的游记。作者当时是一个血气方刚的少年，而他和他的伙伴们游玩的目的地也不是什么风景名胜，而是一个荒凉无比的山谷。对未知事物和地方的好奇心是驱使作者前往的主要动因。山谷中并没有什么特别的景色，山谷中那些几乎与世隔绝的人则成了这次山谷之行最大的发现，他们仿佛生活在古代，几乎没有接触和享受任何现代文明的成果，它给作者心灵上带来很大的冲击。探险、发现、有所发现，这也是一种颇有趣味的出游呢。

刚果之行

□ [法国] 安德烈·纪德

布拉柴维尔

一个奇怪的地区，并不热得出汗。

在追逐那些从未见过的昆虫时，我再度感到了孩子一样的欢乐。有一只属长角天牛类的绿色昆虫非常好看，我抓住它，但又被它逃掉，我深以为憾。它的鞘翅有金钱银丝条斑花纹，全身布满了或深或浅的细密图案，大小和吉丁虫差不多，脑袋宽大，下身像钳子。我用拇指和食指抓住它的前胸，带着走了很远，正要把它装进小瓶，它逃走了，立刻飞得无影无踪。

我捉到了几只美丽的金凤蝶类的蝴蝶，颜色是黄的，带黑点花，品种一般；另外还捉到一只不大常见的，体型较大，也是黄色，带黑条纹，过去我在达卡尔植物园里看见过。

今天早上，我们到了刚果河与朱韦河的汇合处，离布拉柴维尔六公里。我们是昨天黄昏时到达的，附近有一个小渔村。河流干了，河床很是奇特，有一些不知怎样堆积起来的小丘，小丘差不多变成黑色了，同冰河里的小丘一样。我们顺着圆圆的岩石一个一个地跳过去，一直走到刚果河边。那儿有一道小湾，林荫处系着一条大的独木舟。蝴蝶极多，种类繁多，可惜我只带了一面滑手柄的网，让那些最好看的逃掉了。两河交汇处的边缘，是林木最茂密的地带，河水晶莹，清可见底。一棵高大的吉贝树屹立其间，树干粗壮。大家围树而坐，只见树干之下涌出了一股喷泉。在吉贝树附近，有一可开着红花的天南星，茎高逾一米，全身带刺。我撕开一朵花，在雌蕊的底部发现了一些蠕动着的蛆虫。有些树已被土著纵火烧过，树干已经枯败了。

今天的日记写于一个非常漂亮的小花园里。房子是代理总督阿尔伐沙先生安排给我们住宿的。夜来天气闷热，没有一丝微风。蟋蟀长鸣，间以蛙声。

九月七日，星期一上午

一觉醒来，但见景物辉煌。船驶进博洛博湖，太阳已出来了。湖面广袤无垠，平静无波，更无一丝微风，可以吹皱湖水，真好比一面完整的贝壳，明净无瑕地反映了清澈的蓝天。东方，有几个很久的彩云，被旭日映染成紫红色了。西面，湖天都是珠贝色，略带一点淡灰，活像一只精美绝伦的螺钿，虽然万籁无声，但默默之中已有颤动，预示绚丽的日色将显得五彩缤纷。远处，几块小岛地势低矮，难以捉摸，似乎在什么流质上漂漂荡荡……这种神妙莫测的动人景色历时不长，接着，轮廓定型了，线条清楚了，我们才感到自己还站在地上。

有时候，清风徐来，那么清新，那么柔和，大家感到吸进肺腑的空气都是幸福之风。

整天，我们都在各小岛问穿梭巡游；有些岛巨树成荫，有些岛只长满了纸莎草和芦苇。树木枝叶交错，形象奇特，密密麻麻地沉浸在墨绿色的湖水中。偶尔也可看见一座村落，茅屋隐约难辨，但只要看见一丛丛棕榈树和香蕉树，就可以断定它的存在。这儿景色虽单调，但别具特色，留连其间，令人心旷神怡，我好不容易才舍离它们去午休。

迷人的夕阳，因水面无波更加好看。几片浓云使天边暗了下来，但天空一角云散天青，露出了不知其名的星星。

轮船停靠在一个小岛上过夜，周围全是纸莎草丛，虽然有一个避风之所，但船身整夜颠簸跳动，链条吱吱呀呀，小艇互相碰撞，加上开门关门的声音，使人完全无法安眠。

很早起锚，连连搁浅。水花溅到后甲板上，我们真不知道把床和东西放在什么地方才算安全，真有无地容身之感。看来勇敢的船长也被弄得晕头转向，他先试了一下沙里河的一条汊道，但很快发现是不能通航的……多方尝试都没有办法，我们只能再度向北航行……

船终于进入流水里了。岸边只有高大的芦苇，河岸的地面也慢慢升高，还有巨大的白蚁巢。

我们沿着沙里河的左岸（属喀麦隆）航行，岸上森林覆盖，虽不很高，却非常茂密。参天的巨树，形成了宽大的拱顶，缠满了藤本植物。在这一带，像这样的景色还从没有见过。我真想下船去看看这一片神秘的树林，其实只要叫船长停船就行了，因为他已经同意，船的行动完全由我们随意支配。刚好轮船经过了几处没有芦苇的地带，在这儿停船登岸的最方便的。为什么我没有下令停船？是害怕打乱了航行的计划？是担心其他我料不到的原因？原来我非常讨厌以自己的意见强加于人，摆架子，发号施令。好时机错过了，森林已开朗，河岸只有一片芦苇，这时我终和船长商量停船。船长也需要停船砍伐木柴，他说到附近的林边停靠。船停了，我们登岸。河岸陡峭，但借助葛藤可以攀登。马尔克带了一支借来的荷兰造猎枪，我也带了我的猎枪和充足的子弹。阿杜姆跟在我们后面。这片森林真糟，不如起先见到的茂密、阴森。藤本植物很多，树木不那么老，丛林不那么深。一想到刚才没有去看那片森林，我心里更加后悔。树又都不认识，有些长得粗大，但没有欧洲的树高，只是分枝粗壮有力，铺展得十分宽广。有些树木盘根错节，在半空中缠在一起，人们只能在树根中溜过去。藤本荆棘很多，带芒刺和尖钩；

丛林也很奇特，树干枯萎，树叶脱落，因为时令已是隆冬了。丛林虽密，尚可通行，意想不到的小路纵横其间，都是野兽奔跑留下的足迹。到底是什么野兽呢？大家查看足迹，还弯下腰来查看粪便。粪便是白的，像高岭土的颜色，那是豺狗留下的。这边是鬣狗的，那儿是羚羊的，另外还有一些是疣猪的……我们像猎人一样匍匐前进，神经和肌肉都绷得紧紧的。我走前面开路，好像小的时候在家乡罗克树林探险的样子；同伴们紧紧跟在我的后面，因为我只拿着一支上了膛的猎枪冒险是很不妥当的。有些时候，像动物园里臭味非常强烈。阿杜姆是内行，叫我们看沙地上狮子留下的足迹，还是新近留下的哩。我们还看到猛兽睡过的地方，看见它们的尾巴在地上扫成的半圆圈。在更远的地方还有一些足印，那肯定是一头豹子留下的。到了一可枯树下，我们发现一个大坑，通到一个很大的野兽洞口。如果阿杜姆滑下去可以掩没到胸口。他一直小心翼翼，当然没有滑下去，因为他早就告诉我们，这儿是豹子出没之地。我们的确满鼻子都充满了猛兽的气味。到处都看几时到被豹子吞食了的各种鸟类的羽毛。我心里吃惊豹子也竟挖洞栖息，可是，阿杜姆突然惊叫起来：不是，不是豹子，那头野兽他也不知道名字。他非常兴奋，在地上寻找，最后找到了，得意洋洋地指给我们看一头浑身带刺的大豪猪。不过，这不是一头吃掉家禽的豪猪……在更远一点的地方，我惊起了一头大母鹿，毛皮是黄褐色，有白点花。珠鸡很多，我开枪，不料一个也未打中，真丢人！我很想弄清是些什么鸟，追了好久，在树下穿来穿去。鸟的体形，像山鹑那么肥胖，但丛林枝叶太密，使我没法开枪。一只大灰猴冒冒失失地跑了。我们听见它在很高的树枝上晃动，也看得见它。只见它猛然一跳，逃跑了，一瞬间便到了很远的地方，还回过头来望着我们。一张小小的灰脸上，露出了两只发亮的眼睛。有时候，树林开朗了，出现了林中空地，春天就要使这儿充满生机。啊！我真想在这儿停下来，坐下来，坐在高大的蚁巢边，隐在巨大的槐树下，想打一点野味，使我观赏的兴致减低不少。要我静坐不动，过一会儿，自然的景色就看不见了。一切都像我不在的时候一样，我忘掉了我的存在，只留下一点幻觉。我心情舒畅，真难形容，真想将来旧地重游。当我在不知其名的树枝中擦身而过的时候，天色已晚，催我回船，别人尚有机会再来，我无疑是最后一次了。

回船胶只打到一只珠鸡。

在船的前面，黏土峭壁上有许多马蜂窝，我们发现了马蜂几只脚爪子爬过的痕迹。

在太阳落山前的一个小时，船停了，我们停在归法国管辖的河岸边上的一个大村庄里，村名马尼。我们又碰见了上次经过时混熟了的几个孩子。那位苏丹本来就态度傲慢，脸无笑容，见我们同下属人员亲密随便，便断定我们全是等闲之辈，不值得接见。但他的小儿子却走到我的身边，等我把折叠椅安好坐下的时候，他就坐在我的膝头上，温柔顺从，补救了他父亲傲慢行动所造成的僵局。

我已不再记得日期了，权且写上"次日"吧。黎明出发，天空晴朗，相当寒冷。每天早上五点半左右起床，一直坐到九点半或十点钟，冷得穿三条裤子，其中两条是绒裤，外加两件毛线衣。

昨天打的珠鸡味道鲜美。

我不知疲倦地看着沙滩上那些巨大的鳄鱼，轮船开过的时候，它们懒洋洋地支起身子来，有的在沙地上滑溜，钻进水里，有的只是支起四只爪子瞧着，像洪荒时期的动物一样毫不怕人，也像在天然的博物馆里一样。

一条载着两个男人的独木舟追上了我们的船。我没有看见小舟靠拢，但见我们的轮船停了一会儿。一个本地人上船来到甲板上，面容严肃，衣衫相当破烂。他代表昨天没有接见我的苏丹送来了两只鸡，表示歉意。他说，昨天晚上我们离开村庄时他就跑来追我们。苏丹昨晚送来了四只鸡，但时间太晚，阿杜姆拒绝叫醒列们，说："总督已经睡了。"对这件事，苏丹本来就处理不当，我觉得阿杜姆拒绝他很对，使他感到惭愧，因此才立刻派这位使者来追我们。使者是一位老村长，在陆路上跑了一段路，避过河湾，抄近路追赶"迪泽斯号"，来弥补苏丹的过失。我们态度威严，但也富同情心和通情达理。事后，我又埋头看我的书。

　　十点左右，船停了，采伐木柴。我们在属喀麦隆的河岸下船。这带地区和乍得完全不同。稀奇古怪的树木层出不穷，非常好看，没有树木的空地种着已经枯黄的牧草。许多野兽的践踏，留下了几条羊肠小道。人们通过，毫不困难。天气晴朗极了。我们沿着河边前进，打了一只野鸭和一只珠鸡。后来，我们同昨天晚上一样走进了荆棘丛林，惊醒了一头肥胖的疣猪，它藏在无法进入的矮树丛中睡觉，下面可能是一片结了一层硬皮的沼泽。我们跟踪追了好久，但没有找到。总之，我们空着手回来了，只提着开始时打的野鸭和珠鸡，这也算很不错了。

　　淤泥滩上，鳄鱼多得不可胜数。它们紧贴地面趴着，颜色同污泥差不多，难看得很，一动也不动，真像从烂泥里生长出来的。我们放了一枪，它们迅速散开，纷纷逃窜，钻进河时看不见了。我们回到库尔费，到达时天已黑了。苏丹来看我们，但我们告诉他，等明天去拜访他时再见面。上半夜很不舒服。天气并不太热，相当凉快，但感沉闷。不服安眠药是不能睡觉的了。我试服了马尔克在广告单上看到的镇静剂"索内里尔"，虽是第一次服用，但很快就收到了效果。可是，船旁的小艇震动不停，擦着我床上挂的蚊帐，拂到我的耳边，拂来拂去，声音虽小，老是不停，使人真受不了。我三次起床，把床拉到听不见这种声音的地方。黎明以前，百鸟喧闹又把我惊醒了。珠鸡啁啾，野鸭聒噪，似乎都在我的身旁。最后，我再也睡不下去了，摸索着穿好衣服。阿杜姆也被这种喧闹声吵醒了，跑来取猎枪和子弹。我们两人一齐下船，一声不响。开了三枪，打死了五只野鸭。最后一枪，差不多是在黑暗中开的，我发现落在地上的除了一只野鸭外，还有三只小鸟，大大出乎我的意料。第二只野鸭倒在河上稍远的地方，其他的都挣扎着飞走了。这时出现了一个奇怪的场面：一只逃走了的野鸭又飞到被击中的伙伴周围，站在水里，开始时离得远一点，有些害怕，然后游来靠近一些，不提防我又放了一枪，可惜没有打中。我又开第三枪，它才逃走了，似乎仍不甘心，又飞回来在它的伴侣附近飞来飞去。到我们乘独木舟去寻找死鸭时，它才真的逃走了。马尔克来找我们，我把猎枪给他。他在日出之前，又带回四只战利品。

安德烈·纪德（1869—1951），法国作家。1947年获得诺贝尔文学奖。主要代表作品有《人间食粮》《背德者》《窄门》等。

非洲热带丛林的景色一直以原生态、生物种类繁多而著称于世，法国作家安德烈·纪德以亲身经历验证了这一事实。坐船穿梭于非洲丛林，从没见过的植物、随处可见的动物，令人眼花缭乱。作者一路行来，观景、探险、打猎，不亦乐乎。文章叙事简洁，写景生动，充满浓郁的异域色彩，读来令人兴趣盎然。

北京之游（节选）

□ [法国] 安德烈·马尔罗

我们先到长城脚下。这里和过去一样，城墙似龙脊在山峦间蜿蜒起伏。我们看到与过去一样的蜀葵和柳荫匝地的道路，但是这些为战车通过而铺设的石头路面而今已经像荷兰的街道一样清洁。这些里程碑一样的废物箱被整齐的设置在路边，让人联想到这是否一直排到长城尽头？这里的一切都与过去一样，有小个子满洲马群，蜻蜓，棕红色的蒙古雕，褐色的大蝴蝶——这些蝴蝶很像 1939 年宣战那一天，我在委兹累大教堂的钟楼里看到的、停在打钟的绳子上的那一头……

今天到明陵去，仍旧要走那条神道。道口有大理石的牌坊和一组类似我们海战纪念柱的石柱。道旁是骏马、骆驼、文臣武将等闻名的石雕。这些雕像既没有全盛时期的雕塑那种优雅的风韵，也没有被遗弃在西安小米地里的怪兽那种紧张、威严的神态。这不过是些永恒的玩具，是交给邮差什瓦尔摆弄的拉雪兹公墓（拉雪兹公墓：世界著名的墓地之一，位于巴黎的第 20 区。许多法国历史上的名人都埋葬于此——编者注）。我们在几个孩子骑着玩耍的一头象征长寿的石龟面前下车，穿过一些废弃的附属建筑，跨进一处精心维护的大花园，我知道从前这个花园是一片荒芜的。橙色和红色的花坛，美人蕉和菖兰，使浅橙色的琉璃瓦和暗紫色的宫墙相形失色。

明楼建在高高的吴哥窟和普罗波多的大理石底座上，好像把周围与它孤寂做伴的山色都纳入彀中。在它前面是暗绿的松林和绿得发亮的、像假山石一样扭曲的橡树林；它的后面是一种满树的庞大墓冢黑的身影。这不是一所庙宇，面是一扇死亡之门，是一座与金字塔一样的坟墓，不同的是它从生命的各种形式中取得自身的永恒意义。两个小女孩像两只蓝色的小猫向上攀登，梳着两条辫子的母亲跟在后头。在牌坊后面，是永久不变的田野，以及戴着永久不变的草帽的永久不变的农民。多少个王朝覆灭，多少次革命成功，他们依旧用永久不变的动作捆扎割下来的谷物。

太阳逐渐西移。去别的陵墓吧。这座陵墓的明楼建在梯形座基上，使人联想到北京的城楼。红色的菖兰在墓冢上的柏树林里开放。地宫经过清理，我们不必低头就能走进去，而进入洛阳的汉墓，却像要弯着腰才能进入金字塔内的通道一样，几乎要匍匐而行。地宫里除了石板，什么也没有留下。上面树林子里，是一座保存着皇后用翠鸟羽毛装饰的凤冠的小房子。几处檐角略微上翘，但其程度足以使屋顶脱离土地的束缚。这个地方也藏着中国深邃的灵魂之一。这里再也不是拥有战车、石碑和铜矛的开国君主们的阴阳界。彩绘的屋梁上仍旧画满框着白边的禽兽故事，但是这些陵墓与天坛一样宣告着至高无上的和谐。任何土地都是死者的土地，任何一种和谐都把生者与死者结合起来。每座坟墓都显示出天地的协调。在和谐中便可以见到永恒的存在，皇帝的遗体以可见的方式复归于永恒，就像所有其他人的遗体以不可见的方式同样复归于永恒一样。

稍远处，一座沦为废墟的陵墓。中国的废墟基本都属于死亡，屋顶一旦塌下来，整个建筑失去飞翘的檐角，便只剩下断垣残壁。两寝的树木侵入明楼、室顶，但还没有像丛林吞没印度的庙宇那样吞没这些建筑。夕阳的余晖在石头座基和高大的花岗岩围墙之上的一堵断壁上逗留，给它涂上一层粉红色的釉彩。

与公路垂直相交的小路禁止外国人通行，我们只有回去。许多大丽花，像一九四零年六月的花一样盛开。我曾以为大丽花是从墨西哥传入欧洲的……暮色苍茫中，有长长的兽挽车的行列：辕马前面配着两头疲惫的毛驴，慢吞吞地返回北京。一路上，有满载从附近的人民公社劳动回来的士兵们的卡车撵上来，赶过去。

我从市区边缘的庙宇前面经过。这次我几乎重访了这里所有的庙宇，与从前一样，我依然对它们如同画屏一般的装饰风格深感兴趣。天坛与紫禁城这两组由堪舆家设计的建筑，尽管在高耸的屋脊上也安排了成行结队的怪兽，但还是把握了宇宙的律动。除了这两个之外，清朝的寺观并不是很好的保存着狂欢日的神像，再加上西藏的妖魔鬼怪和喇嘛寺的黑色大佛，这些塑像现已不能打动任何人的心了。对于一个法国人来说，从为信仰而发动的十字军过渡到为共和国而兴起的义师，要比从路易第九时代的艺术过渡到路易十五时代的罗珂艺术容易一点。中国已重新变成中国，那些由瓷器、土地爷和玩具不倒翁组成的全部艺术只不过是一段夹在历代叹息中的不协调的插曲，显得缓和。犹如一声呻吟，显得软弱，传达了一名孤独的恋人的忧伤，一种凄清的愿望，一种徒然的期待；它发出了一声最终的、突然的、尖利的呼唤，犹如一声悲凉的呐喊，然后消失了。

佳作赏析：

安德烈·马尔罗（1901—1976），法国作家、社会活动家。主要代表作品有《征服者》《人的命运》《人的希望》《王家大道》《阿尔腾堡的胡桃树》等。

和美国作家赛珍珠的《中国之美》类似，法国作家安德烈·马尔罗的这篇《北京之游》也是外国人写在中国的游览经历和感受。作者主要写了游览明十三陵及市区边缘庙宇的经过。作者采取夹叙夹议的方式，将游览与对相关历史、中外类似建筑的议论紧密地结合起来，历史的厚重感贯穿文章始终。尽管如此，作者的叙述仍不失其生动形象的特点，对明陵一些建筑、雕像的描写堪称惟妙惟肖，不失为一篇游览记事的佳作。

古都的风貌

□〔日本〕川端康成

青莲院中巨楠木

晚秋日映似新绿

在青莲院门前的楠树下站站，环绕一周，抬头仰望着大树，虽是晚秋时节，树上的"嫩叶"还泛着青，低垂的树枝也竭力地伸展。近冬的晌午，阳光照射在繁茂的小叶上，透过叶隙洒落下来，使这棵老树显得特别娇嫩，并充满了青春的活力。我就是把这种景色写成一首诗。但是，我不知道是写作"晚秋"还是"晚秋的"好；也不知道是写作"日映似新绿"还是"日照似新绿"好。说不定写作"阳光映嫩叶"这种佶屈聱牙的句子反而更有意思。总之，这些都是我今天的印象。这棵苍老的大树，枝干盘缠交错，庄严地露出大地。这雄姿奇态，岂是我这个不谙诗歌的人吟咏一首诗就能表达的出来？这样的季节与其说是"晚秋"，倒不如说是"近冬"。京都的红叶鲜红似火，同常绿林互相辉映，呈现一派"晚秋"的景象。只是今天我发现这熟悉的大楠树的叶色竟这般的娇嫩，更是感到沉迷罢了。而这叶色的绿，正是东山魁夷画中的颜色。

东山的《京洛四季》里有一幅画了大楠木这种"经年古树"。我去观赏了东山画的楠树。我为了商量明春写东方舞的脚本，昨天拜访了西川鲤三郎，并在名古屋歇了一宿。但为了撰写寄给《京洛四季》画册的文章，我觉得还是置身于京都，才能真实地领略到东山所画的实景。于是我在名古屋告别了妻子，独自返同京都，观赏一番今天的楠树。往返名古屋都是乘车，奔驰在名古屋——神户高速公路上。在前行的途中，看到夕阳正在红霞中西沉。

秋阳夕照红彤彤
伊吹山岭溶其中

不谙俳句的我，语言的运用总是不能自如。我不知写作"秋阳夕照"还是"秋天红日"好；是写作"溶进其中"还是"耸立其中""一座其中"好。行驶在高速公路上，迎面一片晚霞，只见巍峨屹立的伊吹山庄严、雄伟，我便认为，使用硬性的语言似乎会更合适。

青莲院门前的大楠树不仅庄严、雄伟，还很优雅、艳丽。在美洲大陆或欧洲大陆上，我遇见古树总是要看上几眼。这些古树都很粗大，却缺少了日本古树的秀美纤丽、神韵雅趣，以及优美和浓绿。大概这与西方没有日本爱名树、名石之美的传统有关。就以青莲院的大楠树来说，它与我这个日本人是灵犀相通的。去年我参加三国町举办的高见顺（日本小说家——编者注）诗碑揭幕式之后，归途路过金泽，观赏了驰名的三名松，便深深地被打动了，我甚至不敢相信世上竟有这样的美。日本人几百年来创造并留存了一棵树的美，自以为是值得庆幸的。东山的《经年古树·青莲院楠树》，即使存《京洛四季》的许多画中，也是一幅最写实的画。东山的画惟妙惟肖，将我那些词未尽意的对古树的赞美都画活了。

以前东山有过一幅臣作《树根》。我虽只在画集里看过这幅画，但它早已渗入我的内心。青莲院的楠树树根向横盘缠蔓延，而《树根》中的树根则弯曲向上攀伸。这两种奇态让我感受到一种具有魔怪般的力量，一种扎根大地、支撑天空的怪异的美，这种美，是大自然与人的生命永恒的象征。当然，这种稀有的奇态中也有东山的发现。东山前次北欧系列画展上，也有描绘大树的杰作。很早以前我就看到古老的大树具有深远的生命，也曾漫游各地寻觅过它，这回我在东山所绘的大树或树根中深有感受。坐在具有几百年、甚至是上千年树龄的大树根上，抬头仰望，不由地会联想到人的生命之短暂。这不是虚幻的哀伤，而是一种伟大的不灭的精神同大地母亲的亲密交融，从大树流到了我的心中。也是出于这种感受，晚秋发现了大楠树嫩叶的颜色。"老树一花开"已是很好，现在是"老树万花开"。但是，我之所以看到洒上阳光、阳光透下来的大楠树的叶子比小楠树的叶子细小，也许是由于大楠树的树龄的关系吧。

多亏要思考为东山的《京洛四季》撰写文章，今秋我才发现京都树叶的碧绿和竹叶的碧绿，同东京一带的不同。原本一直以为，晚秋的大楠树呈现嫩叶般晶莹的绿色，其实就是京都树木的绿色。

阵阵秋雨渐沥沥
光悦垣上红叶丽

今年，光悦会秋色正浓，在茶席上，我看见觉觉斋的刻有俳句第一句"阵阵秋雨来"的茶勺，才知道这句诗。虽然那天是个小阳春天气，连北山都没有下阵雨，但是我觉得这句诗把握了京都的特色，故借用这句"阵阵秋雨来"挥笔戏写了这俳句，硬作此诗。然而，我倒是长时间坐在光悦会篱笆正前方的折凳上，面对篱火取暖，同时与朋友，精通茶道的人，以及茶具店的人谈天说地，午间吃盒饭。光悦会篱笆前面种了胡枝子，后面栽了枫树，东山的画如实地反映了这些景色。我一边观赏眼前的实景，一边品味残留在脑子里的东山画的《秋寂·光悦寺》。我指着篱笆对面远处栽有的竹子，对妻子悄声说：“那就是东山所画的竹子和颜色。”原本应从光悦寺走访大河内山庄（传次郎的遗宅），却信步深深地踏进了野野宫旁的小径。这里还残留着嵯峨的竹林，也有东山所绘的竹子的颜色。我们又从西山走到东边的诗仙堂。山茶花盛开的季节即将逝去，此刻的风光正是夕阳无限好。

　　　西山夕照诗仙堂
　　　映红一片山茶花

　　这里我也不知是用“西山夕照”好，还是用“迎着夕照”好。满树的白花和巨大的古树，并没有写入赝俳句诗人的诗句里。东山在《京洛四季》里所画的竹林有《人夏·山崎边》。今秋我在京都听说山崎、向日町一带的竹林被乱砍乱伐，辟作住宅用地，京都味竹笋的产地也渐渐地消失了。去年我从大河内山庄的传次郎夫人那里听说，岚山大约有几千棵松树无人管理，都快枯死了。因此，每次到此地，我总不免“泪眼模糊望京都”。记得几年前，我曾再三对东山说：趁如今京都风貌犹存，就请把它画下来吧，现在不画，恐怕不久就会消失了。当时我这种祈愿，多少促成东山画出《京洛四季》这出色的系列作品，这是我难以用语言来表达的幸福和喜悦。我起初对东山说这句话的时候，常漫步京都市街，看到不甚雅观的小洋房不断兴建起来，我悲叹从大街上已望不见山了。我不由地喃喃白语说：看不见山了！看不见山了！这哪是京都啊！我感到伤心。如今在京都市街望不见山已成习惯了。不过，我至今依然祈望京都的风貌能长久地保存下来。东山的《京洛四季》中的许多画，便担负起了把京都风貌保存下来的任务。这《京洛四季》画的诞生，其中不仅仅是有我的凤愿，还有东山平日的深厚情谊，让我寄去随意写就的文章。他画的许多风景，都是我经常叩访的地方，如高桐院等地。特别是《北山初雪》和《周山街道》，更是与我有很大的缘分。而且我对东山所作的北山杉画群印象特别深刻，有一种亲切感。最近我对写这篇文章的地点——京都饭店的日本式房间，以及滨作饭店的日本餐厅，也是倍感亲切的，它的窗口同东山和比睿山遥遥相望。赖山阳（日本历史学家——编者注）有这样的诗句："东山如熟友，数见不相厌。"

拨开云和雾

熟友东山现

我仍然不知是写"东山现"好，还是写"东山隐见"好。但这好歹足实际的景象。最近我经常在黎明前早起，每次起床都几乎观赏一番《京洛四季》中的《拂晓·比睿山》。在完成《京洛四季》之前，东山所作的系列作品展几乎都是描绘北欧的。我没想到我即将去斯德哥尔摩旅行，却有幸要为鲁西亚节的女王瑞典小姐点燃她桂冠上的蜡烛，我想，这大概就是我同东山缘分深的缘故吧。东山从北欧之行的无比喜悦中回到了日本的故乡，并且画了这组充满依恋、温馨、典雅、清新和自然的《京洛四季》画。而在这期间，东山还画了新皇宫大壁画等画，他在艺术上的长足进展，是有目共睹的。

佳作赏析：

川端康成（1899—1972），日本作家。1968年获诺贝尔文学奖获得者。代表作品有《伊豆的舞女》《雪国》《千只鹤》《古都》等。

京都作为日本的一座历史文化名城，有着许多优美的风景和古迹，但和世界其他古城一样，也正在日益受到现代建筑的侵蚀。川端康成的这篇文章在描述了京都庄严雄伟的青莲院大楠树及其他古香古色街区的同时，也表达了对历史名城日渐现代化的担忧。作者为了写文章要去京都，画家东山的画中也有京都，光是单凭这一点，就足以证明京都的景色名不虚传，充满着迷人的魅力。文章语言平实，感情真挚，对京都风貌消失的担心更是发自肺腑、引人深思。

中国之美（节选）

□ ［美国］赛珍珠

美国秋天的树林是美丽的，迷人的，而这一点，唯有一个生长于异国他邦的美国人才能完全领略。因此在我回美国之前，从未听到有人谈起过它。我先前一直在中国生活，那儿一片宁静，风景如画，有其独特的可爱之处：清瘦的翠竹摇曳生姿，荷塘倒映出庙宇那翘起的飞檐，大地一片郁郁葱葱。亚热带明媚的阳光和布满繁星的夜空，使它显得千般的娇、万般的柔。夏去秋来，金菊盛开，转眼又是萧瑟西风，黄花憔悴，一片苍凉。有道是：残秋不堪忍，蓄芳待来春。树叶落尽，只留下灰暗的棕色树丫，在风中瑟瑟发抖。几乎是一夜的时间，大地就披上了素净的冬装，一切都是灰蒙蒙的。苍凉的天地间，蜷伏着几座小小的农家土屋，一切了无生气。人们也都裹进了深蓝色和黑色的棉袍中，失去了往日的活力。

……

这个古老的国家，几个世纪以来，从不在乎其他国家对它的看法，一直保持缄默不言，无精打采，但正是在这儿，我发现了它世上罕见的美。

中国并没有刻意在那些名胜古迹中表现自己，即使在旅行者远东之行必去的北京，我们看到的也不是名胜古迹：紫禁城、天坛、大清真寺等这些建筑，都是这个民族根据生活的需要，逐步为他们自己建立起来的，根本不是为了吸引游客或是赚钱。的确，多少年来，这些名胜都是你千金难睹的。

中国人天生不懂得展览、广告。在杭州无论你走进哪家大丝绸店，你都会发现，店里朴素大方，安静而昏暗。排排货架，整齐的货包，包上挂着排列匀称的价格标签。在国外，店主们常在陈列架上，挂着精心叠起的绸缎，用以吸引人们的目光，招徕顾客。但在这儿，你却找不到这些。当你进店，一个店员会走上前来，当你告诉他想买什么之后，他会从货架上给你拿下五六个货包。撕掉包装纸后，你面前便会出现一片夺目的光彩，龙袍就是用这料子做成的。看着面前堆着的闪闪发光、色泽鲜艳的织锦、丝绒、绸缎，你会感觉像有一群脱茧而出的五彩缤纷的蝴蝶在你眼前飞舞一样，让你眼花缭乱。你选好了所要之物，这辉煌的景色也重又隐入了黑暗。

这就是中国！

她的美体现了最崇高的思想，体现了历代贵族的艺术追求的古董、古迹，这些古老的东西，也和它们的主人一样，正缓慢走向衰落。

这堵临街的灰色高墙，气势森严，令人望而却步。但如果你有合适的钥匙，或许可以迈进那雅致的庭院。院内古老的方砖铺地，几百年的脚踏足踩，砖面已被磨损。一株盘根错节的松树，一池金鱼，一只雕花石凳，凳上坐一位鹤发长者，身着白色绸袍，宝相庄严，有如得道高僧。在他那苍白、干枯的手里，是一管磨得锃亮、顶端镶银的黑木烟袋。倘若你们有交情的话，他便会站起身来，深鞠几躬，以无可挑剔的礼数陪你步入上房，坐在高大的雕花楠木椅子上，共品香茗；挂在墙上的丝绸卷轴画会让你赞叹不已，空中那雕梁画栋，又诱你神游太虚。美，到处是美，古色古香，含蓄优雅。

思绪又将我带到了一座寺院。寺院的客厅虽然宽敞，却有点幽暗。客厅前有一片整日沐着阳光的小小空地，空地上有一个用青砖垒起的花坛，岁月的流逝，砖的颜色几乎褪尽。每至春和景明，花坛里硕大的淡红色嫩芽便破土而出。我五月间造访时，阳光明媚，牡丹盛开，色泽鲜艳，大红、粉红红成了一团火。花坛中央开着乳白色的花朵，淡黄色的花蕊煞是好看。花坛造型精巧，客人只有从房间的暗处才能欣赏到那美妙之处。

有些家庭珍藏有古画、古陶器、古铜器，还有年代已久的刺绣，这些东西出世时，还没人知道有什么美洲的存在，它们的历史说不定真的和古埃及法老的宝藏一样古老呢！

佳作赏析：

赛珍珠（1892—1973），原名珀尔·赛登斯特里克·布克，美国女作家。赛珍珠是她自己起的中文名字。1938年获诺贝尔文学奖。主要代表作品有长篇小说《大地》《儿子们》《分家》等。

中国历史悠久、河山壮美，历代文人墨客和当代作家的吟诵之作数不胜数。而这样一个地域辽阔的古老国家给外国人的印象又如何呢？美国作家赛珍珠的《中国之美》就是一篇以外国人眼光透视中国的佳作。在作者眼里，中国"风景如画，有其独特的可爱之处"，古迹众多、物品丰富，令人眼花缭乱。名胜古迹就不用说了，即使是普通人家的四合院、善良有礼的中国老人、历史悠久的寺院就足以让人流连忘返。一切都是那么古老、一切都是那么美好。文章语言优美，写景、写人、叙事都流畅自然，刻画精准，不愧是大作家的手笔。

尼亚加拉瀑布

□〔埃及〕马哈茂德·台木尔

　　人们经常在寻找一些空气、风景都较好的游览之地，方便摆脱工作桎梏，舒身散心，以求活力再生。有的赴圣地探访，以求心清神怡；有的去知识源苑，探索思想与文明。

　　站在尼亚加拉大瀑布前，放眼望去，但见激流汹涌，波涛澎湃。那喧腾的咆哮声，似向苍穹叙说着居住在大瀑布附近地域的世代印第安人的历史。一幅自然奇妙景观映入我的眼帘。在那里，我找到了体育的馥郁、知识的食粮和灵魂的药饵；在那里，我发现了一个绝美之地，置身其中，顿感头脑清醒，精神愉快，身体健壮。我虔诚地站在瀑布前，似乎感触到了安拉的灵魂。安拉的光芒有如一柄火炬，照亮了一切，使我欣慰异常，造物主之伟大、万物之迷雾清晰可见。在那里，大地是那样谦恭，听凭巨流裂劈，留下若干岛屿、沙滩和沟壑。

　　那是一次壮游。在美国时，我们常常谈起尼亚加拉瀑布，并且很想一游。清晨乘坐火车从纽约出发。火车穿凿地腹，像是在探测大地的厚度，专在狭窄之处寻觅出口。过了一会，火车终于开到地面，继之驶向北方。当列车驶在伸着双臂怀抱阔野的城市时，前面出现一片灯光，继续前进，等到抵达大瀑布城时，天色已经暗了下来。那是一座雅致、恬静的地方，高楼鳞次栉比，或上摩苍天，或下沉深渊。那也是一个游客之乡，不论是店铺、餐馆、俱乐部，还是各种生活设施，几乎都打着旅游特色的烙印。

放眼望去，目光所到之处，尽是宽敞花园、广阔森林，以及由一座座桥梁串联着的岛屿，就像是由高明的画师精心选色绘成的一幅油画。

当你站在城市的马路上，就会听到一种不知其源，经久萦绕的回声，就像是远方天际间有人互问互答，莫名其妙，令你不禁心惊。不过，只要你留心细听，就会听到隐隐约约的呼喊声："谁呀？……怎么样……"似有一种无名的动力，唤起你对那呼唤声的留恋与向往，使你情不自禁地迈开双脚向前走去，很快便来到岛上的一座公园，眼前展现出一片望不到尽头的水毯。那是一片景况奇异的水面：时而恬恬流动，平静缓慢；时而波涛汹涌，如搏似斗。

穿行花园、森林，大自然的奇丽金秋壮景令人大饱眼福。无论把目光转向何方，大自然都会盛装欢迎你。有的树木依然葱郁青翠，有的色呈红黄，有的叶子已经落完；落叶在微风中聚集蜷缩，像是在逃避观者的目光。最使人佩服的，恐怕是覆盖大地的茫茫叶海；海浅莫怕淹没，双脚踏上去，便可听到沙沙涛声，仿佛在悄悄倾吐肺腑之语。继续前行，便会感觉到双脚正将你送往既定的目的地。每走一程，咆哮声愈大，轰鸣声愈强。突然间，你觉的心跳加速，步子自然加快，迅速穿过园林。当你想要放慢脚步时，巨大的咆哮声却催促你急行，一直到达目的地。

当你站在一块高地上，放眼望向前方时，会看到那里横卧着一道深沟，左右两侧汪洋倾泻，排射出队队雄兵，彼起此伏，你争我斗；还有远处的大河当中，卷起重重浪波，似乎都在想纵身一跃而制服对手。转眼凝视那飞身直下的队队雄兵，只见白色云雾横飞，太阳取之裁衣，绘上七彩虹霓，色泽鲜艳夺目，令人眼花缭乱，令人叹为观止。不妨留心地观看那些勇敢搏斗的兵士，直到入河之处，才能打开脱逃之路。

因为你站的地方接近河流怀抱，鄹里正是溃兵逃遁必经路口。那么，你只要像敢冒海险的渔夫，穿上一件从头包到脚的橡皮衣裤，就可以尝试准备进行一次仅穿上防水甲胄的小小的安全冒险。

站在那里，似乎感觉到一丝微酵，也会感觉到将一切淡忘，直到夜晚微风轻轻吹拂之时，方才如梦初醒，重返现世，披上衣衫，返回住所。像是远行归来者，长途跋涉给你的心神生活留下了不可磨灭的印象。

佳作赏析：

马哈茂德·台木尔（1894—1973），埃及著名作家，现代阿拉伯短篇小说奠基人之一。主要代表作品有短篇小说《胆小鬼》《小法老》《新年好》，长篇小说《无名氏的召唤》《哈利利市场的女王》《风口上的萨尔瓦》等。

这是一篇结构颇为独特的写景佳作。作者开篇先是抒发了对观赏尼亚加拉瀑布的整体感受，然后才开始写自己的这次游览经过。刚到大瀑布城，已经能听到瀑布的响动，似有一种无形的魔力吸引游人前去一观。城中景色美，大瀑布更是雄美壮观，使得游人的思绪不由得跟着那激流而下的水展开神奇的想象，产生如梦如幻的感觉。文章语言生动，运用了比喻、拟人等多种修辞手法，具有强烈的现场感，令人心旷神怡。

版权声明

本书部分作品无法与权利人取得联系，为了尊重作者的著作权，特委托北京版权代理有限责任公司向权利人转付稿酬。请您与北京版权代理有限责任公司联系并领取稿酬。联系方式如下：

北京版权代理有限责任公司

北京市东城区朝阳门内 55 号南门 1006 室

邮编：100010

电话：（010）58642004

E-mail:bookpodcn@gmail.com

Website:www.bookpod.cn